古典文獻研究輯刊

三 編

潘美月・杜潔祥 主編

第 21 冊

劉熙載《藝概》研究

周淑媚 著

明清文話敘錄

李四珍 著

國家圖書館出版品預行編目資料

劉熙載《藝概》研究 周淑媚著／明清文話敘錄 李四珍著 ——
初版 —— 台北縣永和市：花木蘭文化出版社，2006〔民95〕

序例 1+ 目 2+106 面＋序 2+ 目 2+97面；19×26 公分
（古典文獻研究輯刊 三編：第 21 冊）
ISBN：978-986-7128-51-5（精裝）
ISBN：986-7128-51-6（精裝）
1.（清）劉熙載－學術思想 2.中國文學 3.中國文學－評論－
目錄
820   95015449

ISBN 986712851-6

9 789867 128515

古典文獻研究輯刊   ISBN：978-986-7128-51-5
三 編 第二一冊   ISBN：986-7128-51-6

劉熙載《藝概》研究
明清文話敘錄

作　　者　周淑媚／李四珍
主　　編　潘美月　杜潔祥
企劃出版　北京大學文化資源研究中心
出　　版　花木蘭文化出版社
發 行 所　花木蘭文化出版社
發 行 人　高小娟
聯絡地址　台北縣永和市中正路五九五號七樓之三
　　　　　電話：02-2923-1455／傳真：02-2923-1452
電子信箱　sut81518@ms59.hinet.net
初　　版　2006 年 9 月
定　　價　三編 30 冊（精裝）新台幣 46,500 元

劉熙載《藝概》研究

周淑媚　著

作者簡介

周淑媚，1965 年出生於台灣省台中縣。1987 年畢業於東吳大學中文系，1990 年畢業於台灣師範大學國文研究所，獲文學碩士學位。現為中國醫藥大學通識教育中心助理教授、東海大學中文系博士班候選人。

提　要

　　《藝概》全書共分〈文概〉、〈詩概〉、〈賦概〉、〈詞曲概〉、〈書概〉、〈經義概〉六部分。作者劉熙載以高度概括的語言，精闢獨到的見解，抓住文藝的梗概，對中國古代的文學藝術進行全面廣泛的評論；由於高度概括之故，僅得其大意的內容，更足以引起後人的聯想。

　　本論文共分七章來探討劉熙載《藝概》內容。

　　第一章，緒論。說明《藝概》研究的意義、動機與資料，並簡述《藝概》的命名結構與內容特色。

　　第二章，作者研究。尋繹建構劉熙載的生平、著作、思想及其所處的時代環境，以為進入其文藝領域的先導。

　　第三章，本質論。從「天人合一」、「情理（志）統一」、「質文諧應」三個角度來探索藝術的本質特徵。

　　第四章，創作論。在主體精神層面，強調要「有箇自家在內」，再配合識力志氣，以達觀物類情、觀我通德的「物我無間」之境。在客體結構層面，重法卻不迷信法，認為「法高於意則用法，意高於法即用意」。

　　第五章，鑑賞論。從「詩品出於人品」的美學觀點出發，肯定唯有良善的品質才能創出真美之作；「極鍊如不鍊之自然之色」，強調淳樸的天籟須自人工求；「似花還似非花的意境論」，突出審美意象的多重性。

　　第六章，發展論。肯定「變」的必然性與合理性，同時要求藝術創作要眾體皆備，不主一格。

　　第七章，結論。總結前代文學理論，並論述對王國維《人間詞話》的影響。

目錄

敘　例

　　劉熙載《藝概》是清朝中晚期之際一部體例特殊的論著，他以詩話方式分條綜述各類文體，闡釋其中義蘊，持見深刻精到。今就美學的觀點，分析其理論架構，盼能取其精英，得其神髓。謹將本文凡例，列述如下：

一、本文研究方法計採歷史、演繹、歸納等法。經由歷史、演繹方法，對作者家世背景、重要經歷等之研究，以及對劉氏著作之分析，歸納之後對劉熙載其人其理論架構獲致整體且清晰之瞭解。

二、本文引書以《　　》標示之，篇名則以〈　　〉示之，以清眉目。

三、本文所引《藝概》，以華正書局出版之王國安點校本為主。

四、本文稱引人物，於前賢一以姓名為準；於現代學者則稱先生，以示敬重。

五、文後附參考書目，首列劉氏著作、後人研究之作，以及相關之史料傳記。其下依經、史、子、集、文學批評、文學史籍，及其他文學、美學論著等順序編排，單篇論文、學位論文附於最後。

六、本文幸承　李師爽秋時垂訓誨，開示津逮，始成茲文，謹此敬表謝忱。個人才疏學淺，罅漏疏略，自所難免，尚祈博雅君子，不吝賜正，是所至幸。

中華民國七十九年五月周淑媚
謹識於國立台灣師範大學國文研究所

第一章 緒 論

第一節 研究《藝概》的意義

　　《藝概》是清末劉熙載一本談文論藝的著作。大陸學者王氣中先生在他的《劉熙載和藝概》一書中曾說道：

　　　　《藝概》是我國文藝理論批評史上繼劉勰《文心雕龍》之後又一部通論各種文體的著作。……

　　　　《文心雕龍》總結南北朝以前的歷代文學理論批評，《藝概》總結清代以前的歷代文藝理論批評。

《藝概》雖不如《文心雕龍》之系統明白，內容詳析，但也有它自己的特色。尤其對齊、梁以下作家和作品的評論，以及與這些作品相適應的作法問題的剖析，更是《文心雕龍》所不及論的，值得我們參考。

　　《藝概》的寫作方式基本上是沿襲詩話的寫作傳統，言簡意賅。作者用極精鍊的語言，作突出重點的評論，通過「觸類引伸」〔註1〕，來顯示複雜的內容，對於作家作品的評定，對文學形式的流變，對藝術特點的闡發等，時有眞識卓見。比起大多數傳統詩話作者而言，《藝概》評論作家作品，主要著眼於藝術作爲審美創造的特點和規律，理論性較強。而且它不似傳統詩話、詞話等只涉及文學的一個門類，其主題不僅涵蓋了詩、文、詞、曲、賦，更藉著對書法的精闢見解，呈現出中國文字另一種風貌的藝術美。無怪乎龔鵬程先生稱它是「中國第一本藝術概論」〔註2〕。

　　《藝概》的主要內容，是對各個藝術門類的傳統美學思想作一番概述，尤其在

〔註 1〕〈藝概序〉：「蓋得其大意，則小缺爲無傷，且觸類引伸，安知顯缺者非即隱備者哉！」
〔註 2〕龔鵬程《藝概・導論》——中國第一本藝術概論。（金楓出版有限公司）

藝術創造的各種矛盾關係上，排出一長列美學範疇，並對這些範疇的辯證本性作了深刻的論述。然就整體而言，劉氏的美學思想較乏理論上的創新；所以，他和梁啟超、王國維等人不同〔註3〕。因此，我們研究《藝概》，不只是理論本身的探討，還要對劉氏有關論藝的資料作一整理，期盼藉此窺出歷代文藝思潮的演進與發展趨勢，以作爲創作及鑑賞的參考。

至於《藝概》在中國文藝批評史上的意義，大致有下列幾點：

（一）採擷深化

有清一代，人文蔚起，學術鼎盛，梁啟超在《清代學術概論》序中說：「有清二百餘年之學術，實取前此二千餘年的學術，倒捲而繅演之；如剝春筍，愈剝而愈近裏；如啖甘蔗，愈啖而愈有味；不可謂非一奇異之現象也。」其實這種奇特的現象，正是清代學術兼容並包的特色所在。僅就文藝方面而言，漢魏的辭賦、六朝的駢體、唐宋的古文詩詞、元朝的戲曲，乃至於漢魏以降的書法藝術，莫不在清代藝壇中激盪爭茂過。所以，清代可說是中國傳統文藝的總結束。

文藝批評伴隨著文藝創作的蓬勃而茁壯，《藝概》正是這種環境下的產物。它在不少地方汲取前人研究的成果，如對文學內容的看法，「理」與「辭」的關係，「意」和「情」在創作上的重要性等，大都從前人論述中化出；其論詞也明顯地受清代常州詞派影響。此外，〈書概〉在書法史上來看，可說是包世臣《藝舟雙楫》和康有爲《廣藝舟雙楫》間最重要的論著〔註4〕。因此，有學者稱劉熙載是「中國古典美學最後一位思想家」〔註5〕，實不無道理。

（二）書論通文論

《藝概》評論文藝除了集前人之大成外，實別有創新者在。例如從其〈書概〉中，可看出書論和文論相通之處：

> 書以筆爲質，以墨爲文。凡物之文見乎外者，無不以質有其內也。

有質而後有文，譬猶文章之有內容而後有形式，剛健篤實，輝光乃新，道理原是一貫的。又：

> 論書者謂晉人尚意，唐人尚法，此以觚棱間架之有無別之耳。實則晉
> 無觚棱間架，而有無觚棱之觚棱，無間架之間架，是亦未嘗非法也；唐有
> 觚棱間架，而諸名家各自成體，不相因襲，是亦未嘗非意也。

「意」是超乎規距之外，「法」則是周旋於規矩之中。善書者無法而有法，有法而無

〔註3〕葉朗《中國美學史大綱》第二十二章。（滄浪出版社）
〔註4〕龔鵬程《藝概》導讀卷五〈書概〉解說。
〔註5〕同註3。

法，是以能縱橫變化於法度之外，而又未嘗離乎法度。以文章論，縱橫變化如莊子，也有一貫的線索可尋﹝註6﹞。詩律精嚴如杜子美，亦未嘗不縱橫變化﹝註7﹞。以論書之意論文，可看出其一貫的道理。

此外，劉氏論書法，還能與其他論藝術的部份相連貫，如「司空表聖之《二十四詩品》，其有益於書也，過於庾子慎之《書品》。」又「書與畫異形而同品」；「東坡論吳道子畫『出新意於法度之中，寄妙理於豪放之外』。推之於書，但尚法度與豪放，而無新意妙理，末矣。」又說「學書通於學仙」等等皆是也。

（三）史論結合

《藝概》的文藝思想，在中國文藝批評史上，就其廣泛性和歷史性而言，是頗具特色的。雖然它「並沒有包含所有的藝術面（例如視覺藝術和表演藝術，它就完全沒有提到）」﹝註8﹞，但像這樣的文藝理論著作，在清代文藝批評史上，是絕無僅有的。從這個意義上說，也可看出它的歷史價值。《藝概》談文論藝的另一個特色，是充滿著史論結合的思想。由於這些思想滲透在對文藝家及其作品的批評中，因此似乎沒有什麼系統性的範疇，不像王士禎用「神韻說」，袁枚標舉「性靈說」來貫穿他們的詩論。不過，我們還是可以從劉氏論述文藝史的起源發展和著名作家、作品的特點，尋繹出他的一些不具系統，不貫穿到底的文藝思想脈絡，進而透過這些發展變化的思想來探究清朝中晚期文藝的概況。

第二節　研究《藝概》的動機與資料

一、研究動機

值得我們研究的文學理論，依照吳宏一先生的解釋，必須是（一）理論本身完善，（二）對後世影響大，（二）開創者或集大成者，至少要具備其中一二項﹝註

﹝註6﹞〈文概〉：「莊子文法斷續之妙，如〈逍遙遊〉忽說鵬，忽說蜩與鸒鳩、斥鴳，是為斷；下乃接之曰『此大小之辨也』，則上文之斷處皆續矣，而下文宋榮子、許由、接輿、惠子諸斷處，亦無不續矣。」又「文有合兩篇為關鍵者。《莊子·逍遙遊》『小知不及大知，小年不及大年』，讀者初不覺意注何處，直至〈齊物論〉『天下莫大於秋毫之末』四句，始見前語正豫為此處轉地耳。」

﹝註7﹞〈詩概〉：「律詩主意挈得定，則開闔變化，惟我所為。少陵得力在此。」又「問短篇所尚，曰：『尺尺應須論萬語。』問長篇所尚，曰：『萬斛之舟行若風』。二句皆杜詩，而杜詩之長短篇即如之。」

﹝註8﹞同註2。

﹝註9﹞見吳宏一《常州派詞學研究》第一章，以及《清代詩學初探》序說。

9〕。劉熙載的《藝概》就整體而言，正具這些特色。我們研究文學的目的，即在探究前賢的是非得失所在，從而擷長去短，以期利於自己或他人的創作與鑑賞。是以研究《藝概》，一方面既可了解其文藝理論，窺見歷代文藝的發展變化；另一方面又能藉此悠游於中國文字藝術的殿堂。這無論在創作或欣賞上，均有借鑑、參考的價值。

《藝概》的探究價值，如上所述，然而令人遺憾地，一世紀以來，鮮少有人對它作過全面性的探討（詳後）；而一般撰寫文學批評史及美學史的學者，或遺漏〔註10〕，或缺少有系統、深入的論述，所以，《藝概》一書仍有待於進一步的整理、分析與探究。《藝概》既是一部體例特殊的論著，其綜論闡釋各類文藝的義蘊，切中肯綮，精微異常，自是中國傳統文藝批評中的珠玉。作者雖無巧心妙手，敢不盡心以赴！

二、研究資料

《藝概》曾與《四音定切》、《說文雙聲》、《說文疊韻》、《持志塾言》、《昨非集》，彙刻為《古桐書屋六種》，原刊於同治十二年。民國十六年有影印單行本。後大陸有杜維沫、王國安兩種點校本；杜稿未見，王氏本則於一九七八年十二月由上海古籍出版社出版。至於台灣現存《藝概》版本則有：

1. 《劉融齋六種》第八、九冊（傅斯年圖書館藏）
2. 《古桐書屋遺書》第一、二冊，光緒八年刊本（傅斯年圖書館藏）
3. 北京富晉書社排印本（台大研究圖書館藏）
4. 百部叢書本（藝文印書館）
5. 王國安點校本（華正書局，漢京文化事業有限公司）
6. 雙流黃氏濟忠堂刊本〈文概〉（傅斯年圖書館藏）
7. 《歷代詩史長編》第二輯第九冊〈詞曲概〉論曲部份（鼎文書局）

有關劉熙載和《藝概》的研究，甚為稀少。當代文學研究者，僅大陸王氣中先生為《藝概》作過校注箋證與劉熙載的行年小志，以及台灣龔鵬程先生所撰述問世的《藝概》導讀。前者主要在考證作者生平及章句訓詁，後者則以導讀性為標的，各有發揮。至於其他所能蒐集直接探究的單篇論文或期刊，亦僅三十餘篇，依次臚列如下：

〔註10〕如郭紹虞、傅庚生、朱東潤等人均未述及。

	篇（書）名	作　者	出　　處
1	評劉熙載《藝概》	黃海章	中山大學學報 1962、1 期
2	劉熙載的美學思想初探	佛　雛	江海學刊 1962、3 期
3	劉熙載的詞品說	邱世友	學術研究 1964、1 期，又見《詞學研究論文集》上海古籍出版社
4	劉融齋〈詩概〉詮說	夏敬觀	《唐詩說》1975、河洛圖書出版社
5	劉熙載（第二章）	林玫儀	《晚清詞論研究》台大中研所博士論文、1979
6	劉熙載論詞品及蘇辛詞	詹安泰	《文學評論叢刊》第 3 輯、北京中國科學會 1979
7	劉熙載藝術思想淺談	安國梁	鄭州大學學報 1980、2 期
8	劉熙載及其《藝概》	敏　澤	《古代文學理論研究叢刊》第 1 輯、上海古籍出版社 1980
9	劉熙載《藝概》中的辯證思想	王世德	同上
10	劉熙載論詞的含蓄與寄托	邱世友	《古代文學理論研究叢刊》第 4 輯、上海古籍出版社 1980
11	劉熙載《藝概・文概》初探	陳　莊	四川大學學報 1981、1 期
12	《藝概》和劉熙載的美學思想	毛時安	文藝理論研究 1981、3 期
13	《藝概》的文學比較方法	除振輝	華東師範大學學報 1982、1 期
14	《藝概》寫作論輯要	王志彬	內蒙古師院學報 1982、2 期
15	物一無文，物無一則無文——《藝概》的審美方法論之一	陶型傳	文藝理論研究 1982、3 期
16	劉熙載的書法美學思想	金學智	文藝研究 1982、5 期
17	藝術創造中的對立強化律——劉熙載的審美方法論之二	陶型傳	文藝理論研究 1982、4 期
18	劉熙載論散文寫作法	趙伯英	鹽城師專學報 1983、4 期
19	一部簡明精闢的文藝批評論著——談清人劉熙載的《藝概》	董洪利	文史知識 1983、11 期
20	劉熙載《藝概・詞曲概》初探	殷大云	內蒙古師院學報 1982、4 期
21	品居極上，只是本色——劉熙載的美學思想散論之一	陶型傳	《中國古典文學論叢》第 2 輯、北京人民出版社 1984
22	劉熙載對詩歌藝術辯證法的探求	陳　晉	社會科學 1985、5 期

23	情深親切，尤爲詩之深致——劉熙載關於詩歌內容特點的理論	子　耕	社會科學輯刊 1985、6 期
24	劉熙載論詩品和人品	陸　煒	文藝理研究 1986、1 期
25	劉熙載及其《藝概》的美學思想	林同華	《中國美學史論集》、丹青圖書有限公司 1986、4 月
26	《藝概》導讀	龔鵬程	金楓出版有限公司 1986、12 月
27	劉熙載的《藝概》	葉　朗	《中國美學史大綱》、滄浪出版社 1986
28	《藝概》箋注	王氣中	貴州人民出版社 1986
29	《藝概》中創新意識的當代思考	朱　樺	文藝理論研究 1987、3 期
30	劉熙載和《藝概》	王氣中	上海古籍出版社 1987、4 月
31	劉熙載《藝概》及其辯證審美觀	陳德禮	北京大學學報 1987、5 期
32	自劉熙載〈文概〉論韓文義法	姚振黎	孔孟月刊 25 卷第 10 期
33	劉熙載和《藝概》	黃保眞 成復旺 蔡鍾翔	《中國文學理論史》、北京出版社 1987、12 月
34	古典書法美學的總結——簡論劉熙載的書法美學思想	姚文放	學術月刊 1988、1 期
35	劉熙載論文章的自然美	王氣中	南京大學學報 1988、1 期
36	中國古典美學的末代大師——劉熙載	董運庭	四川師範大學學報 1988、3 期
37	論劉熙載的文藝思想——《劉熙載論藝六種》序論	除中玉 蕭榮華	社會科學戰線 1988、4 期
38	劉熙載美學思想與道家影響	李德仁	山西大學學報 1989、1 期
39	劉熙載《藝概》詩歌理論研究	柯夢田	高師國文研究所碩士論文 1989、5 月

第三節　《藝概》簡述

一、《藝概》的命名結構

　　《藝概》全書共分〈文概〉、〈詩概〉、〈賦概〉、〈詞曲概〉、〈書概〉、〈經義概〉六大部門。關於《藝概》一書命名的涵義，劉熙載在〈自序〉中作了如下的說明：

　　　　顧或謂藝之條緒縈繁，言藝者非至詳不足以備道。雖然，欲極其詳，

詳有極乎？若舉此以概乎彼，舉少以概乎多，亦必殫竭無餘，始足以明指
要乎！是故余平昔言藝，好言其概，今復於存者輯之，以名其名也。……
蓋得其大意，則小缺為無傷，且觸類引伸，安知顯缺者非即隱備者哉！

所謂「概」，包括兩重意義，即梗概和概括。劉氏以高度概括的語言，精闢獨到的見
解，抓住文藝的梗概，即歷代具有典型意義的作家和作品，對中國古代的文學藝術
進行全面廣泛的評論；由於高度概括的緣故，極具豐富的內容，足以引起人們的聯
想，即所謂「觸類引伸」也。如是則虛實相生，顯隱兼備。這不僅說明了命名之由，
更道出其治學的態度。

　　《藝概》一書並未有如《文心雕龍・序志》提出明白的編輯結構，但也絕非任
意湊泊；雖因每條各具高度概括性，而顯得彷彿不相聯屬。然仔細推求全書，不難
發現它每一卷均有完整的論述結構；歸納而言，約有以下三點：

（一）對各種文字藝術，先通論其源起、流變，再分述對作家與作品的評論，最後
　　　則論及體式、作法、內涵等；剖析探討，井然有序，較之一般支離破碎的詩
　　　話、詞話，高出許多。

（二）《藝概》各卷中均包含了該門文學藝術的理論、實際批評，以及史的發展敘述
　　　（亦即史論結合），使讀者在條條獨立的札記中，獲得一些歷史脈絡和批評的
　　　輪廓。

（三）《藝概》評論的範圍，文、詩、賦、詞四種形式，僅論至宋、元，曲則稍後論
　　　及明代，原因在於曲的發展較晚之故。然而劉氏於曲，只從聲韻方面表示意
　　　見（因劉氏精通小學），對於戲曲演變的源流，及元代偉大作家在歷史上所起
　　　的進步作用和作品的價值，毫無論及。並非由於作者粗疏，實不敢強不知以
　　　為知。由此亦可看出其治學嚴謹的態度。

二、《藝概》的內容特色

（一）〈文概〉，凡三三八條，份量最多，論述全面。龔鵬程先生在所撰述的《藝概》
　　　導讀中將它分為四章，各冠以文章源流，文之內質、文之法式、作文大要，
　　　以為眉目。這是通過對歷代作家作品的深入研究，所凝聚的成果，非但是一
　　　篇簡要的散文發展史，同時也充分掌握了文章的體式與風格，更提示了散文
　　　寫作的要領。

（二）〈詩概〉，凡二八五條。主要在闡述詩歌的源流、體式、各家詩風及作詩要領。
　　　在此劉氏運用了縱橫錯綜的比較方法，對詩歌文體的發展變化進行多角度的
　　　比較（詳第四章），是這方面的研究成果之一。

（三）〈賦概〉，凡一三七條。說明賦的名義、源流、作法及各家風格。在元明兩代幾成絕響的駢文，至清世復甦。當時的學者幾乎把經學、小學考據、辭章融爲一爐，每位學者均擅長駢體文，且在阮元以「文言說」，李兆洛、蔣湘南等，以駢散合一矯正桐城末流專在形式上模擬唐宋古文的論點下，劉氏的〈賦概〉就更具意義了〔註11〕。

（四）〈詞曲概〉，詞概有二六條，劉氏論詞深受常州派比興寄託的影響，不過比常州派更強調詞的音樂性〔註12〕；此外，他還有意識地將詞品與人品繫聯起來，以人品判斷詞品的高下，這是他的創見。曲概凡四三條，劉氏論曲，大抵也是針對它的音樂性來討論，特別注意務頭〔註13〕及其他聲律、音律上的問題。這大概也和他精研文字聲韻有關。

（五）〈書概〉，凡二四六條。論述書法源流、歷代書家、著名書作、書法技巧等，系統完整，詞句含蘊，是一部簡明的書法史。論中突出書法同人品、學問之間的關係，提出：「書，如也，如其學，如其才，如其志，總之曰如其人而已」的結論。

（六）〈經義概〉，凡九五條。經義雖是科舉的敲門磚，但他希望「爲經義者，誠思聖賢之義，宜自我而明，不可自我而晦，則爲之自不容苟矣。」站在這種立場來論章法、結構、題旨、用筆，與其古文寫作論遙相呼應，超越了一般論八股制藝的主張。

〔註11〕 以儒家傳統美學思想爲主的劉氏，基本上並不視駢文爲中國文學的正統。是以在「學徒不屑談孔賈，文體不甚宗韓歐；人人妙擅小樂府，爾雅哀怨聲能道。」（龔自珍〈送丁若士詩〉）的當時，爲駢文找尋寄主，首先從《漢書·藝文志》找出「賦者古詩之流」，又〈文概〉云：「用辭賦之駢麗以爲文者，……古人自主文譎諫外，鮮或取焉。」別立〈賦概〉，以辭賦之駢麗爲駢文之寄主，用心良苦地將它們繫聯起來。

〔註12〕 〈詞曲概〉：「樂歌，古以詩，近代以詞。如〈關雎〉、〈鹿鳴〉，皆聲出於言也；詞則言出於聲矣。故詞，聲學也。」認爲詞是聲學，強調其音樂成分。

〔註13〕 所謂務頭，據王驥德《曲律》的說法是「凡曲遇揭起其音而宛轉其調，如俗之所謂做腔處，每調或一句，或二三句，每句或一字，或二三字，即是務頭。」

第二章　作者研究

藝術作品的特性不是偶發的、隨意的，而是作者生命的有機產物。作者是作品的母胎，其後又有時代背景，乃藝術成立的舞臺，爲母胎的社會文化，它們彼此間形成一密不可分的環扣，誠如〈詩概〉云：「知人論世，自能得諸言外。」因此，本章擬就從劉氏的生平、著作、思想以及其所處的環境，作一整體性的尋思，以爲進入其文藝理論領域的先導。

第一節　生　平

一、傳　略

劉熙載，號融齋，晚號寤崖子，一度自字熙哉〔註1〕，江蘇興化人。生於嘉慶十八年癸酉正月癸巳（1813 年 2 月 25 日），卒於光緒七年辛巳二月乙未（1881 年 3 月 2 日），享年六十有九。

劉氏曾祖諱瓚，字瑟玉；祖父諱詮，字衡掌；父諱松齡，字鶴與。自曾祖母以至母親並姓王氏，世以耕讀傳家，後來祖父和父親均以他爲貴，贈封奉政大夫。

劉熙載少時孤貧，十歲喪父，哭踊如禮，鄉里人甚爲詫異，數年後母親也隨之撒手人寰〔註2〕。道光十九年，舉於鄉。五年後，道光二十四年春，赴北京參加會

〔註1〕：《昨非集》卷二〈自爲熙哉字贊〉云：「哉載相通，於古可稽。熙載之字，熙哉亦宜。即名爲字，同郭子儀。哉之他解，不須多辨。惟百之熙，以嘉寓勉。勉旃勉旃，美名斯踐。」
〔註2〕：據《昨非集》卷三〈如皋盧孝子〉詩云：「慨余天所棄，十歲爲孤兒。數年復喪母，煢煢靡所依。」按：劉母逝世之準確年代不可知，俞樾〈左春坊左中允劉君墓碑〉云：「君少孤苦」，據此，可推知喪母應在未成年以前。

試，中進士，旋即擔任翰林院庶吉士，留館學習，時年三十二歲。翌年，友人宗裕昆生病，遺書屬託督教其子懷荃，當此之時，有人對他說：「將考差矣！盍緩謀歸？」熙載答道：「使垂死之言而可負，余豈有人心哉？」〔註3〕及於道光二十五年九月，請假回鄉。至道光二十七年，庶吉士散館，改授翰林院編修，自此他在北京供職，寓居北京約十年。

咸豐三年，皇帝召對稱旨，奉命值上書房，與當時的大學士倭仁以操尚相友重，而論學則有異同。《清史稿·儒林傳·劉熙載傳》說：「倭仁宗程、朱，熙載則兼取陸、王，以慎獨主敬為宗，而不喜《學蔀通辨》以下掊擊已甚之談。」劉氏治學兼取陸、王，以及邵百源、陳白沙，沈醲反覆，涵揉自得。文宗皇帝見他氣體充溢，晨昏毫無倦容，詢問他養生之道，劉氏對以「閉戶讀書」，皇上十分嘉許，特御書「性靜情逸」四大字賜之〔註4〕。

咸豐十年，英法聯軍侵入北京，滿朝文武官員紛紛走避山谷，惟劉氏守志不肯離去。後來清廷向英法屈膝求和，簽下喪權辱國的北京條約，為遮掩和欺騙，清廷昭令內外大臣薦舉賢才，以示發憤圖強。湖北巡撫胡林翼以「貞介絕俗，學冠時人」疏薦，同時並延請他主持江漢書院。後因太平天國變亂擴大，江漢書院生員聞風逃散，劉氏無法久留，只得留詩回轉北上〔註5〕。

同治三年，劉氏被徵為國子監司業，督學廣東，歷遷左春坊左中允。同治五年，學政任朝未滿，稱疾請假回里，《清史稿》傳云，「所至蕭然如寒素，未滿任乞歸，襆被篋書而已。」從此脫離宦游生活。回鄉後，接受上海龍門書院邀請，在此講學達十四年之久。

光緒六年，因疾久不癒，結束講學生涯，返回興化故里。翌年二月病逝家中，享年六十九。夫人宗氏，先熙載而歿。身後，遺有子三人，長彝程，太學生，精通天文算法；次展程，光緒元年乙亥舉人；三彝程，縣學生。女二人，長適高郵吳嵩泰，次適泰州唐恩祥。

〔註3〕《昨非集》卷二〈南歸序上〉云：「余於乙巳季秋南歸，人多以迂迂怪之。嗚呼！此豈可以人之怪而或止者乎！宗生懷荃，故學於余，其父惺泉病篤以為托，余諾之而惺泉死。噫！使垂死之言而可負，余豈有人心者哉？」

〔註4〕見《清史稿·儒林傳》。

〔註5〕〈鄂城留別〉云：「胡詠芝中丞延余主講江漢書院，比至，知諸生因避賊烽他徙。余旋辭去，作此留別。又中丞前嘗以余名入奏，故詩內及之：荐剡知名忝，招延致禮頻。傳經公許我，問字地何人。關塞連烽火，文章惱鬼神。去留感知己，不在聚宵晨。」（《昨非集》卷三）

二、性　格

　　劉氏爲人內清介而外易和，讀書睹指識微，約言孱守，一旦酬酢事變，則又斷之以誼理。其秉性儉約，即使富貴發達也不改當初。以翰林值內廷時，敝衣徒步，糲食藿羹，頗有晏子浣衣濯冠之風。他有一首〈京寓秋日寄友〉詩，描述其北京生活：

　　　　幽居門巷擬山阿，一徑清風動薜蘿。謝病且求逢客少，避名還恐著書多。雲開薊北千峰曉，夢隔淮南八月波。安得結鄰偕隱士，菊籬攜酒近相過！

這首詩前四句描述寓居北京的情況，後四句則寫他懷念故鄉的生活，好一幅清靜的貧士生活圖。

　　其後督學廣州，亦一介不苟取。對諸生試卷，無不逐一閱讀批改，或曰：「次藝可無閱」，他卻說：「不觀其全，而謂吾已得之，欺人乎？自欺也。」〔註6〕其認眞負責的態度可見一斑。爲端飭學風，作〈懲忿〉、〈窒欲〉、〈遷善〉、〈改過〉四箴，砠勉生員；同時還親自視察廣東全省府州、縣學，足跡遠達海南島，詳細考核諸生。晚年主持龍門書院，終日與學生講習，從不倦怠，每五日必一一詢問他們所讀何書？所學何事？務求黜華崇實，袪惑存眞。此外，他還經常午夜巡視學生齋舍，察看學生在否，嚴密程度一如家人父子。是以上海龍門書院弟子爲感念他，乃於松江府城內（今松江縣）共建祠室，並在祠旁建立融齋書院，以示不忘。

　　綜觀他的一生，歷經嘉慶、道光、咸豐、同治、光緒初期，正當清干朝從乾、嘉盛世轉向腐朽衰落的階段，其前輩或同時代的人，如龔自珍、林則徐、魏源等，憤於「天下興亡，匹夫有責」的情懷，莫不主張改弦易轍，步法西方科學和法治精神，從思想方面轉移社會風氣，從國民心理方面作文化的根本改革。而劉氏卻一面借詩文怡然自樂，飲「太和」之醇酒〔註7〕，歌「漁父」之清詞〔註8〕；寄閑情於「春風沂水」〔註9〕，馳神往於「嚴陵高臥」〔註10〕，儼然置身時代大潮之外。事實上，他並非眞正忘情於世，誠如其詩所言：「醉卻是醒醒是醉，試將醉眼看醒人」（〈爲客題所畫醉菩提圖〉）。像這樣的志士，實憂世至切，衞世至深。

〔註6〕見俞樾〈左春坊左中允劉君墓碑〉（《續碑傳集》卷十八）。
〔註7〕見《昨非集》卷一〈善飲酒〉。
〔註8〕見《昨非集》卷四〈水調歌頭·漁父〉。
〔註9〕見《昨非集》卷二〈題解康伯春風沂水圖〉。
〔註10〕見《昨非集》卷四〈水調歌頭·嚴子陵釣臺〉。

第二節　著　作

　　劉熙載是個博學多能，講求實踐的學者。自六經、子、史外，凡天文、算術、字學、韻學，下至詞曲及仙釋家言，靡不通曉。所著書有：《四音定切》四卷、《說文雙聲》二卷、《說文疊韻》二卷、《持志塾言》二卷、《藝概》六卷、《昨非集》四卷，彙刻爲《古桐書屋六種》，原刊於同治十二年，今有光緒八年刊本藏於中央研究院傅斯年圖書館〔註11〕。以上諸書是劉熙載晚年於書院自爲校刊行世；此外，還有《古桐書屋箚記》、《游藝約言》、《制藝書存》，彙刻爲《古桐書屋續刻三種》，這是他去世後，由學生刊刻印行〔註12〕。

　　以下依各冊成書先後分述其內容大要。

一、《持志塾言》上下二卷，「持志」爲其收徒教學時書齋之名，涵義取自《孟子‧公孫丑上》：「持其志，無暴其氣」。全書採筆記形式，略仿宋儒理學家的語錄體，其內容共分子目二十類。立志、爲學、窮理、存省、擴充、克治、力行，以上爲上卷；盡倫、立教、人品、才器、致用、濟物、正物、處事、處境、處世、天地、心性、禮樂，以上爲下卷。主旨大要依據程朱、陸王的哲學觀點，以《大學》、《中庸》、《孟子》的「格物致知」、「明心見性」學說爲綱領，同時並參酌《論語》的教育思想，完全屬於儒家的傳統。這是他在龍門書院的教學筆記，有同治六年丁卯仲秋（1867）自序，目前中研院傅斯年圖書館藏有馬敍倫點校本。

二、《藝概》六卷，依序是：文概、詩概、賦概、詞曲概、書概、經義概。這是他歷年來論藝的彙鈔，自序作於同治十二年癸酉仲春（1872），〈序〉云：「余平昔言藝，好言其概」，亦即「舉彼以概乎此，舉少以概乎多」。說明該書命名的原由，同時也表明他所採用的理論批評和理論概括的方法。

三、《昨非集》四卷，是他的詩文集。劉氏之於「藝」，不僅有精湛的理論，且有豐

〔註11〕江蘇古籍出版社於西元 2000 年出版由薛正興點校《劉熙載文集》全一冊，共蒐錄《古桐書屋六種》、《古桐書屋續刻三種》、《附錄》三部分；其中《附錄》增收了十篇文章，包括劉熙載的〈知音同人叩此宮商法〉、〈星野辨〉二文，張文虎〈復劉融齋宮允書〉，俞樾〈左春坊左中允劉君墓碑〉，蕭穆〈劉融齋中允別傳〉，《清史稿‧儒林傳》〈劉熙載傳〉，徐世昌〈融齋學案〉，陳澧〈送劉學使序〉，李詳〈劉融齋中允〉，《興化縣志》〈劉熙載傳〉。

〔註12〕〈古桐書屋續刻三種後記〉云：「師捐館後，惺庵世兄昆仲錄示諸同學，爰謹付剞劂，期與前刻並傳。至次序失後，師在日未經編是，今悉遵其舊，不敢妄參臆見云。」知此書乃劉氏生前未經整理之手稿，然書既定名，當是準備董理付刻，未及而歿。（轉引自董運庭〈中國古典美學的末代大師——劉熙載〉，《四川師範大學學報》1988、3期）

富廣泛的創作實踐，他的作品可能散佚較多〔註13〕，現存者均收入《昨非集》，有〈寤崖子〉一卷，文一卷，詩一卷，詞曲共一卷。卷首序作於光緒三年三月朔日（1877），〈序〉曰：「此集始名四旬集。蓋集中所編入，大率四十以前作也……。四十後乃始悔之。又後則欲勿存之矣，既而思之，非與是不容偏掩者也，是中有非，非中亦豈必無是。狂言聖擇。理或同與，且即未必有是，然存以著其非，庶鑒余非者得以及時趨是，而不至若余之過時而悔與。偶憶陶淵明辭有昨非二字，因以名集。」由是可見此集編定之旨趣。

　　《寤崖子》〔註14〕，凡四十二篇，主要是仿周秦間諸子寓言及《郁離子》的手法來翼贊孔孟，捍衛程朱、陸王。卷二的散文共收四十六篇，其中〈寤崖子傳〉編於卷末，但有文無目，如再加上文詩詞曲四篇自序，及見於原書而未收入文集之〈昨非集序〉、〈寤崖子自序〉與於文集編定後之〈說文疊韻序〉等，總計有文五十三篇。集中最大特點在囊括論說、記序、問答、序跋、釋、解、銘、箴、頌、贊、賦、偈、祭文等各種體裁，而沒有那些充斥於各家文集中的墓志、酬答之類的文章。

四、《四音定切》、《說文雙聲》及《說文疊韻》，這是有關古代漢語文字聲韻方面的著作。

　　《四音定切》，是　部將當時通用的《佩文詩韻》依照開、齊、合、撮重加整理、分類、解釋的韻書。全書分為〈圖說〉和〈韻釋〉兩部分。〈圖說〉是劉氏自撰，為全書之緒論，利用圖表來說明四音讀法和切音方法。〈韻釋〉則由劉氏及弟子黃晉（接三）抄輯，共成四卷。他對於開、齊、合、撮四音的發現非常自負，認為找到了切音的真訣〔註15〕。

　　《說文雙聲》上下二卷，是劉氏根據切音法「上字為母取雙聲，下字為韻取疊韻」的原則，將許慎《說文解字》所繫之聲與除鉉校定切音之母成雙聲者，分類編輯而成。他在序中說明寫這部書的意圖：「學者誠因是編以契許氏之聲，因許氏以契

〔註13〕《昨非集》卷二〈文自序〉云：「所作往往失去，雖存者亦出於偶然，非由審擇也。」又卷三〈詩自序〉云：「今姑於存者集而序之……」。

〔註14〕寤崖子是劉氏晚年的自號，其意義在〈寤崖子傳〉中有段說明：「寤崖子者，蓋其自謂。或譽之曰：寤，悟也。吾觀於子，誠大悟者乎？寤崖子憮然曰：是何言與！此吾以自警也。吾之悟瞀，若無日不在寐中。名此者，意欲庶幾一寤云爾；且張乖崖之乖也。非乖則寤，崖豈即寤乎！」寤是悔悟，崖是乖崖，即自視甚高，不肯隨波逐流，任人俯仰之意。

〔註15〕〈四音定切序〉（文集作〈切音四的序〉後段文字頗有出入，當是初稿）云：「余幼讀《爾雅‧釋詁》，至於『卬、吾、台、予』四字，忽有所悟，以為此四字能收一切之音。後證之諸韻書皆合，益自信。」

古人制字之音，庶無負諧聲之本指也哉！」上述二書成於光緒四年十月。

《說文疊韻》上下二卷，這是劉氏根據個人對古韻的看法編輯而成的。以上三書，此成書最晚，有光緒五年二月序。

除前述學術著作外，劉熙載尚兼長算學，著有〈天元正負歌〉四則（見《昨非集》），說明加、減、乘、除和消法、開方法，「簡捷易明，最便初學」〔註16〕。

至於《古桐書屋續刻三種》，國內未見，不過透過《續修四庫全書提要》，約略可知其梗概：

> 是書所輯爲《古桐書屋箚記》（一卷），多爲學道之語。如云好食異味必致疾，常味亦當受之以節，讀書之方，可於是得之。又云以所學者爲主，以我爲賓，賓從主命，是故學有益也，若既學而仍怙我見，焉用學？切實而不迂腐，頗有精到之語。《游藝約言》（一卷），則爲續《藝概》而作。如云不論書畫文章，須以無欲爲主；辭必己出，書畫亦然。又云學文學書，皆有古有俗，凡所貴於古者，爲其無欲也；若借古要譽，是其欲顯然視出俗者，其俗尤甚。熙載論文談藝多主自然，不加揉飾，與陶、蘇之旨合，故其讀陶詩云：陶淵明詩文幾於知道，至語氣率眞，亦不誇亦不謹，令人想見其爲人，其言則質而不俚，致足令人尋味。《制藝書存》（一卷），則熙載所撰之制藝文也。

由是可知，《箚記》與《持志塾言》相類，《游藝約言》與《藝概》相類，《制藝書存》原爲《昨非集》之第六卷，乃熙載生前未能即時刊入者也。

第三節　思　想

「中國近代人物都比較複雜，它的意識形態方面的代表更是如此。社會解體的迅速，政治鬥爭的劇烈，新舊觀念的交錯，使人們思想經常處在動盪、變化和不平衡的狀態中。」〔註17〕劉熙載也不例外。作爲一位美學家而非一位哲學家出現於中國美學史上，我們在研究他的哲學思想時，理應著重其哲學思想的複雜性與美學思想的關聯性。因此，本節擬從政治上的復古態度及人生志趣兩方面來作分析。

一、復古思想

〔註16〕見閔爾昌《碑傳集補》卷四十二〈疇人傳〉。
〔註17〕見李澤厚《中國近代思想史論》。

劉氏生活於中國近代史上社會大動盪的時代，然在政治態度上，他卻不贊同學習西方國家先進思想和技術的主張，認爲機械日作，爲法必且自斃，雖巧尤拙。他一生精研經學，儒家的正統思想十分濃厚，所以在面對上述形勢，便就忠君立場出發，以志士自許，以唐中興名將郭子儀自勉〔註18〕，以挽救此一殘局爲己任。

劉氏將挽救殘局的希望寄托於「復古」上。他認爲「世尙波靡」（〈祭李梅生文〉），全在於古道爲「曲儒」、「附儒者」當作敲門磚而遭致極大的破壞，唯有抗心希古，教化出一批依眞正孔孟古道塑造出來的正人君子，天下才能轉危爲安，世道才能返樸歸正。基於此一論點，其美學思想的政治內容，是反對雜家戲劇小說，認爲這些作品以儒自命，實是將以壞儒的表現。他勸戒人們不當有起義之心，不應用雜家小說來鼓動人們反對政府，主張一切要適道至中以保持孔孟之道原有的純氣，而反對偏陂者依附的時代潮流。

其復古思想的具體步驟，主要是以正人心爲主線，把它視爲最重要的匡世手段而首先予以關注。所謂「人心之不正，而世道從之。正人心乃撥亂反正之本，而自正其心，又正人心之本也。」（《持志塾言・正物》）以此觀點出發，他非常重視教育和文藝的教化作用。《藝概》即此一時代思想的產物，集中表現了劉氏的藝術觀點與憂時傷國的抱負。他在書中一再地推崇荀子的力圖「矯世之杠」（〈文概〉），李、杜的「志在經世」（〈詩概〉），王安石「務爲有補於世」（〈文概〉），盛贊那些「懲惡勸善」，「使讀者興起盡忠疾邪之意」的作品（〈文概〉），試圖恢復文藝反映社會的功能，以期使剛健的文藝在現實中發揮更大的作用。

二、道家影響

劉氏雖出身科舉，然大不同於時流儒生。他一生好道，從幼年起就與道結緣。〈夢受丹經〉詩云：

> 昔余學道尙年少，數訪仙綜問壺嶠。愛山可以養吾生，白雲盡日坐長嘯。金丹大道付無心，不執象言觀眾妙……。

又〈莊子題辭〉云：

> 南華自道是荒唐，我道南華語太莊。應爲世間莊語少，狂人多謂不狂狂。

由此可見道家老莊哲學對他的影響之深。

其次，他在自傳〈寤崖子傳〉中言道：「寤崖子於古人志趣尤契陶淵明。其爲學

〔註18〕同註2。

與教人，以遷善改過爲歸，而不斤斤爲先儒爭辨門戶。」陶淵明思想的核心爲崇尚自然。〈歸去來辭〉說：「質性自然」，〈形影神序〉說：「神辨自然以釋之」，可知「自然」是指導陶淵明生活和創作的最高準則。返回自然的思想，包涵著對於世俗社會和名教禮法的厭惡與鄙棄，雖然他的方式只是消極的逃避，但其中卻有反抗黑暗，不與統治者同流合污的積極意義。

此外，在〈讀東坡海外文〉一詩中也指出：「東坡海外篇，跌宕彌自喜。路絕風雲通，仙源溯流水。平生學道心，正爲茲境耳！」表明了他對道家學術的追求。

劉氏在研究道家的同時，對禪宗也非常重視。如〈采桑子・悟世〉云：

問春何在？春應道：也在桃花也在梨花，誰是多些誰少些？桃梨漫自爭同異，一似仙家，一似禪家，只怕東風笑兩差。

又〈查芙波先生借梵書〉詩序云：

……一日問余比來得何異書，余以《楞嚴》、《圓覺》、《淨名》三經對。索觀之，輒悟了義，嘗以爲相助有緣云。詩云：我知文訣由師受，師謂禪機自我開。何必更奇爲仰事，如薪傳火去還來。

正因爲劉熙載「熟讀周秦諸子書」，又通曉老莊和佛道兩教，所以他雖以儒家爲正宗，但在許多方面卻又受佛道思想的影響。也由於對佛道的全面研究，領悟深邃，以至在哲學思想上達到突出的造詣。所著的《寤崖子》，雖不能完全涵括其哲學成就，但從中可看出他的哲學見解，特別是道論的辯証思想相當豐富。

哲學思想的成就爲其美學造詣奠定基礎，儒釋道合流的人生旨趣，使他能從宇宙本質的高度來深刻揭示藝術的規律。

第四節　環　境

一、時代環境

劉氏所處的時代，正好是清朝面臨盛衰轉變的階段。中國社會在十九世紀初至中葉，已經起了根本上的變化。在此之前，清的統治勢力強盛，主要統治手段在於緩和並壓制內部的矛盾。其對待知識份子的政策是「恩威並施」，一面藉科名來籠絡他們，使他們忘記民族仇恨；一面則大興文字獄，使他們不敢反映現實。治學問者，鑽進故紙堆中作考據；談義理者，循規蹈矩，不敢逾越程朱範圍；攻詞章者，也只有疲精勞神於藝術技巧的追求。及至太平天國起義，緊接著蔓延於淮河流域和黃河中下游以南地區的捻亂，再加上西方帝國主義野心勃勃地展開蠶食鯨吞，在內有餓

虎外有豺狼的情況下，中國的門戶被迫洞開，逐漸淪爲半殖民地的國家。

劉氏活動的年代，正是鴉片戰爭（1840）到中日戰爭（1894）之間。隨著政治社會的轉變，內在的思想理念也爲之改變。中國傳統文化崩潰，社會秩序以及禮教制度解體，在西方文明強烈的衝擊下，知識分子對於中西文化的適應，產生激烈的爭論。於此新舊交替的時代中，舊有的體制瓦解，新的體制又尚未建立，是以人民無所措其手足。清廷雖則面臨前所未有的難題，卻仍一味地大作其「天朝」的美夢，致使中國遭遇了三千年未有之大變局。

基於這種歷史特定時期的需要，我們對於劉熙載所竭力倡導的儒家思想和道德規範，可尋繹到合理的解釋，同時也感佩於他護衛儒家傳統的信念。

二、文化環境

如前所云，滿清以異族入主中國，爲安定反側，因而採取一種軟硬兼施的政策：一面大興文字獄，箝制思想；一面提倡文學，表彰儒術。於是學者或爲避禍，或爲功名，大多埋首經傳，究心於訓詁，這就是當時所謂的「樸學」。有清一代學術界幾乎爲這種學風所籠罩。梁啓超在《清代學術概論》中就曾說道：

> 此派（指乾嘉時代的考證學）發源於順康之交，直至光宣，而流風餘韻，雖替未沫，直可謂與前清朝運相終始。

因此，它可以說是最能代表清代學術的特色所在。

考證學風的復古精神既籠罩整個清代學術界，文學自也不能不受其影響。

綜觀清代文學界的發展，無論詩文詞曲，皆循著復古路線。言詩者或尊唐，說宗法、倡格調、講性靈；或宗宋，以文入詩，反流俗、排浮濫。文壇上，桐城派亦有一套復古理論，倡文統、說義法、談物序。在詞方面，浙派標舉雅正，取法南宋；常派則著重內在意趣，推尊北宋。大抵上沒有它自己一代的風格，而能兼包前代的特點。

清代的文學批評也是如此，從前論詩論文的種種主張，「無論是極端地尚質或極端地尚文，極端地主應用或極端地主純美，種種相反或調和的主張，在昔人曾經說過的，清人沒有不加以演繹而重行申述之」〔註19〕。朱東潤在《中國文學批評史大綱》中說道：

> 凡一民族之文學，經過一發揚光大之時代者，其初往往有主持風會，發踪指使之人物；其終復恆有折衷群言，論列得失的論師；中間參任錯綜，

〔註19〕見郭紹虞著《中國文學批評史》下卷第一編第四章。

辨析疑難的作家，又不絕於途。凡此諸家之作，皆所謂文學批評也。得其
著而讀之，一代文學之流變，了然於心目間矣。

這一規律可以應用到清代文學理論的發展研究中。清代前期是中國美學的第三個黃
金期〔註20〕，王夫之、金聖嘆、石濤、葉燮等，乃此一「發揚光大時代」的「主持
風會，發踪指使」的人物，他們的理論體系是中國古典美學的高峰，已具有總結性
理論的形態。後經袁枚、姚鼐、章學誠等人，「參任錯綜，辨析疑難」，發揚蹈厲；
到了劉熙載，「折衷群言，論列得失」，使中國古典美學的範疇體系得到充分的展開，
在某種程度上可視作是古典美學的總結。

以上簡述劉熙載的生平經歷、著作思想，以及清代政治局勢與當時文壇的思潮。
就歷史觀點而言，是對劉熙載文藝思想孕育演變歷程中的內緣和外在的說明。

附錄：劉熙載年譜簡編

年　　號	西元	干支	年歲	行　履	時　　事
嘉慶十八年	1813	癸酉	1	正月癸巳生。	廣州正式設置總商，總辦洋行事務。
嘉慶十九年	1814	甲戌	2		洪秀全生於廣東花縣。
嘉慶二十年	1815	乙亥	3		定查禁鴉片煙規條，如查出夷商夾帶，不准貿易。
嘉慶二十一年	1816	丙子	4		英使阿美士德到北京，以不肯跪拜，遭拒。
嘉慶二十二年	1817	丁丑	5		搜驗進口船隻，有無夾帶鴉片。
嘉慶二十三年	1818	戊寅	6		限洋船回棹，帶去銀兩不得超過進口貨價之三成。
嘉慶二十四年	1819	己卯	7		馬禮遜譯畢舊約全書。
嘉慶二十五年	1820	庚辰	8		回人張格爾作亂。
道光元年	1821	辛巳	9		從兩廣總督阮元請，嚴禁鴉片。
道光二年	1822	壬午	10	喪父，哭踊如禮。	嚴禁海洋偷漏銀兩，私販鴉片。
道光三年	1823	癸未	11		以林則徐為江蘇按察使。李鴻章生於安徽合肥。

〔註20〕葉朗在《中國美學史大綱》緒論中將近代以前的中國美學史劃分為三個時期：
（一）中國古典美學的發端——先秦、兩漢，（二）中國古典美學的開展——魏晉南北朝至明代，（三）中國古典美學的總結——清代前期。

道光四年	1824	甲申	12		英煙船三艘到福建及台灣。
道光五年	1825	乙酉	13		以琦善爲兩江總督。
道光六年	1826	丙戌	14		設廣東水師巡船，稽查鴉片。魏源編《經世文編》。
道光七年	1827	丁亥	15		復喀什噶爾，張格爾遁。
道光八年	1828	戊午	16		容閎生於廣東香山。
道光九年	1829	己丑	17		禁外商在內地貿易。龔自珍會試中式，賜同進士出身。
道光十年	1830	庚寅	18		湖南、兩廣農民動亂。
道光十一年	1831	辛卯	19		英國有計畫向清朝傾銷鴉片；俄國也開始在清朝賣鴉片。道光對鴉片泛濫十分憂心。
道光十二年	1832	壬辰	20		禁止英船向廣東以北試航。台灣天地會舉事。
道光十三年	1833	癸巳	21		正月台灣亂平。八月申禁粵洋人民以紋銀易貨。
道光十四年	1834	甲午	22		八月，英艦入廣東，總督盧坤拒卻之。
道光十五年	1835	乙未	23		三月，兩廣總督盧坤等奏上「防範貿易夷人酌增章程」八條。
道光十六年	1836	丙申	24		六月，太常寺少卿許乃濟請弛煙禁。
道光十七年	1837	丁酉	25		以林則徐爲湖廣總督。
道光十八年	1838	戊戌	26		十一月，以林則徐爲欽差大臣，馳赴廣東，查辦鴉片事務。
道光十九年	1839	己亥	27	舉於鄉。	四月，林則徐禁毀鴉片兩萬餘箱於廣東虎門口外。五月，明定「查禁鴉片章程」三十九條。
道光二十年	1840	庚子	28		英兵入犯廣州、定海，命琦善爲欽差大臣赴粵查辦，後革林則徐職，以琦善代之。
道光二十一年	1841	辛丑	29		英兵犯廣州，陷大角沙角砲臺。革琦善職，英以穿鼻草約無效，再犯虎門。後北犯陷廈門，陷定海、寧波。

道光二十二年	1842	壬寅	30		五月，英兵陷上海。六月，陷鎮江，進逼江寧。七月，以耆英等赴英艦議和，訂南京條約，許五口通商。
道光二十三年	1843	癸卯	31		六月，公布中英五口通商稅則章程。八月，中英又於虎門訂善後條約。十月，上海開市。
道光二十四年	1844	甲辰	32	成進士，改翰林院庶吉士。	五月，中美訂立望廈條約。九月，中法訂立黃埔條約。
道光二十五年	1845	乙巳	33	九月，請假回鄉，有〈南歸序下〉記其事。	四月，嚴詔直魯豫各督撫飭拏教匪盜匪。十一月，訂上海英租界土地章程。
道光二十六年	1846	丙午	34	四月，寓泰州之東原，有〈南歸序下〉〈寓東原記〉記其事。	八月，詔沿海七省將軍督撫密籌海防。
道光二十七年	1847	丁未	35	庶吉士散館，改授編修。	九月，命直魯豫三省督撫會拏捻匪。十一月，廣西團練與拜上帝會衝突。
道光二十八年	1848	戊申	36	翰林院編修。	四月，申論兩廣湖南江西各省飭拏天地等會徒。
道光二十九年	1849	己酉	37	長江中下游大水成災，作〈己酉聞故鄉水災〉一詩。	三月，兩廣總督徐廣縉照會英香港總督文翰，堅拒進城。
道光三十年	1850	庚戌	38	翰林院編修。	洪秀全、楊秀清於廣西舉事。
咸豐元年	1851	辛亥	39	翰林院編修。	閏八月，洪秀全破永安，建號太平天國，自稱天王，大封同黨。
咸豐二年	1852	壬子	40	翰林院編修。	二月，太平軍自永安突圍，敗向榮、烏蘭泰軍，圍攻桂林。十二月，詔起侍郎曾國藩治團練於長沙。
咸豐三年	1853	癸丑	41	召對稱旨，奉命值上書房，並賜「性靜情逸」四大字。	二月，平軍入江寧，改稱天京。向榮率師團南京，是為江南大營。十二月，曾國藩造戰船、練水師。
咸豐四年	1854	甲寅	42	翰林院編修。	八月，曾國藩會師破太平軍，復武昌、漢陽及黃州。

咸豐五年	1855	乙卯	43	翰林院編修。	三月，武昌復失，以胡林翼爲湖北巡撫，率兵往援。
咸豐六年	1856	丙辰	44	京察一等，記名以道府用，君不樂爲吏，乞假客山東。	五月，江南大營失，九月亞羅船事件起，英巴夏禮借機起釁，砲擊廣州。十一月，胡林翼復武昌。
咸豐七年	1857	丁巳	45	於山東禹城設塾授徒。有〈題蟂蟀軒詩集二首〉、〈祝柯齋中〉述當時情境。	十月，捻匪入河南，陷南陽府。十一月，英法同盟軍陷廣州，擄兩廣總督葉名琛。
咸豐八年	1858	戊午	46		四月，英法聯軍北陷大沽。五月，分與英法簽訂天津條約。
咸豐九年	1859	己未	47		五月，英法北上換約，強入白河，僧格林沁禦退之，交涉再起。
咸豐十年	1860	庚申	48	入都補官。湖北巡撫胡林翼延土江漢書院，以「貞介絕俗，學冠時人」疏薦。	三月，英法聯軍侵據舟山，七月，聯軍入侵大津。八月，復進擾，文宗奔熱河，聯軍焚掠圓明園。九月，訂中英、法北京條約。
咸豐十一年	1861	辛酉	49	離京赴武昌，惟鄂省戒嚴，遂游太原。	八月，曾國荃下安慶，太平軍死傷萬餘。三月，英法聯軍侵據舟山。七月，聯軍入侵天津。八月，復進擾，文宗奔熱河，聯軍焚掠圓明園。九月，訂中英、中法北京條約。
同治元年	1862	壬戌	50	客山西，遊汾河，有〈山西五十初度三首〉、〈汾河柳〉述當時景。	二月，代軍張宗禹攻河南。四月，英法軍助清軍攻佔寧波。五月，陝甘回民起事。
同治二年	1863	癸亥	51	同治元年，詔起舊臣，君兩奉寄諭，趨入都。	二月，戈登常勝軍與李鴻章淮軍合作。七月，各國允禁商人接濟太平軍。
同治三年	1864	甲子	52	補國子監司業。秋，命爲廣東學政，歷遷左春坊左中允。	四月，太平天王洪秀全自殺。六月，曾國荃破天京。

同治四年	1865	乙丑	53	督學廣東，作〈懲忿〉、〈窒欲〉、〈遷善〉、〈改過〉四箴訓士。	四月，曾國藩爲欽差大臣節制攻捻各軍。十二月，太平軍爲左宗棠等所滅。
同治五年	1866	丙寅	54	督學廣東，未滿任乞病歸，遂不出。	十月，左宗棠奏設福州船政局，令沈葆楨主其事。是歲孫中山生。
同治六年	1867	丁卯	55	主講上海龍門書院。整理《持志塾言》，編爲上下兩卷，有同治丁卯仲秋自序。	正月，左宗棠爲欽差大臣督辦陝甘事務。十二月，東捻平。
同治七年	1868	戊辰	56	主講上海龍門書院。	正月，西捻北竄，京師戒嚴。六月，西捻平。
同治八年	1869	己巳	57	主講上海龍門書院。	七月，禁英德入台灣墾荒。八月，太監安德海私行出京，爲山東巡撫丁寶楨就地正法。
同治九年	1870	庚午	58	主講上海龍門書院。	二月，命李鴻章赴陝督辦援剿回變。五月，甘回叛亂。九月，命左宗棠剋期平甘肅回亂。
同治十年	1871	辛未	59	主講上海龍門書院。	五月，命李鴻章爲全權大臣，與日本議訂通商條約事務。七月，曾國藩、李鴻章奏請游學章程。
同治十一年	1872	壬申	60	主講上海龍門書院。大病，旋癒，有〈滬上病劇旋癒〉詩。	二月，曾國藩卒。七月，第一批幼童赴美留學。十一月，岑毓英收復大理，滇回亂平。
同治十二年	1873	癸酉	61	主講上海龍門書院。《藝概》成書，有同治癸酉仲春自序。	正月，慈安、慈禧兩太后撤簾，帝始親政。六月，各國使臣於紫光閣前瞻覲。九月，左宗棠克肅州，關隴回亂平。
同治十三年	1874	甲戌	62	主講上海龍門書院。	三月，日寇台灣，爭琉球主權。四月，派沈葆楨辦理台灣事務。十二月，帝崩，立醇親王子戴湉爲嗣皇帝，兩宮太后二度垂簾聽政。

光緒元年	1875	乙亥	63	主講上海龍門書院。	三月，以左宗棠爲欽差大臣，督辦新疆軍務。四月，分命李鴻章、沈葆楨等辦北洋、南洋海防事宜。
光緒二年	1876	丙子	64	主講上海龍門書院。《寤崖子》成書，自號寤崖子，作〈寤崖子傳〉。	元月，劉錦棠等克烏魯木齊。九月，購回英築淞滬鐵路，毀之。北疆底定。
光緒三年	1877	丁丑	65	主講上海龍門書院。將自著詩文，總萃爲《昨非集》，有光緒三年三月朔日自序。	二月，第一批海軍學生赴英法。七月，左宗棠奏請新疆建省議。十二月，南疆底定。
光緒四年	1878	戊寅	66	主講上海龍門書院。《四音定切》、《說文雙聲》成書，有光緒四年十月兩序。	五月，命吏部左侍郎崇厚出使俄國，處理伊犁事件。七月，派曾紀澤等使英法。十一月，籌設新疆行省。
光緒五年	1879	己卯	67	主講上海龍門書院。《說文疊韻》成書，有光緒五年二月序。	三月，日本併琉球，夷爲沖繩縣。八月，崇厚與俄訂伊犁條約。
光緒六年	1880	庚辰	68	主講上海龍門書院。夏五月，構寒疾，七月，因疾久不癒，乃回興化故里。	正月，以曾紀澤使俄，議改收還伊犁條約。十月，命李鴻章籌議琉球案及中日條約，李請緩議琉球案，主聯俄懾日。
光緒七年	1881	辛巳	69	二月乙未，病卒於興化里第。	正月，曾紀澤與俄改訂伊犁條約。四月，以岑毓英爲福建巡撫，規劃台灣防務，以戒備日本。

第三章　本質論

何謂本質？

近人錢鍾書在他的新編《談藝錄》中說道：

> 夫物之本質，當於此物發育具足，性德備完時求之。苟賦形未就，秉性不知，本質無由而見。此所以原始不如要終，窮物之幾，不如觀物之全。
>
> 蓋一須在未具性德以前，推其本質，一祇在已具性德之中，是其本質。

作為一特殊的精神產品，當我們要回答「什麼是文藝」時，勢必要涉及其創作根源、反映生活的特點，以及其內部結構關係等等。是以本章藉由《藝概》，擬從三個角度來探索藝術的本質特徵：

一、天人之合

二、情理（志）統一

三、質文諧應

需先聲明的是，本章雖分為三節，但它們之間卻是相互聯繫的。

第一節　天人之合

　　身為封建社會的知識分子，劉熙載受傳統儒家的長期薰陶；又由於生活時代環境使然，同時也深受清中葉以後所盛行的宋明理學的影響。比較起來，陸、王心學對他的影響似乎更大。在文藝方面，他吸收並發揮傳統儒學與宋明理學中的合理因素，加以自身的體察，提出不少啓人心智的真知灼見。

一、藝者，道之形也

　　劉氏談論文藝理論體系的核心與出發點究為何物？〈藝概序〉云：

　　　　藝者，道之形也。學者兼通六藝，尚矣！次則文章名類，各舉一端，

　　莫不爲藝，即莫不根極於道。

對文藝的本質提出明確的命題。

　　何爲「道」？「道」實中國哲學最主要範疇，它既是物質的最小單位，又是規律無限深入的核心；它是宇宙萬物之元與萬法之元的同一體。具體而言，在中國哲學史中，道的哲學意義是通過與氣、與理、與心的關係表現出來的〔註1〕。

　　文藝顯示自然之道，這種概念的起源，最早可溯至〈易傳〉〔註2〕和《禮記‧樂記》〔註3〕。韓愈以前實闡明文與道的關係者有兩種主張：其一是偏主於道者，如荀卿、揚雄。《荀子‧非相》：「凡言不合先王，不順禮義，謂之姦言。」揚雄《法言‧吾子》：「委大聖而好乎諸子者，要觀其識道也。」所論均偏重於道，而所謂道又局於儒家之道。其二是較偏於文者，如劉勰《文心雕龍‧原道》：「文之爲德也，大矣！與天地並生者何哉？夫玄黃色雜，方圓體分，日月疊璧，以垂麗天之象；山川煥綺，以鋪理地之形；此蓋道之文也。」又「道沿聖以垂文，聖因文以明道。」所論者較偏重文，而其所謂道不囿於儒家之道。韓愈論文亦重明道，他在〈題歐陽生哀辭後〉一文中說：「愈之爲古文，豈獨取其句讀不類於今者耶？思古人而不得見，學古道則欲兼通其辭，通其辭者，本志乎古道者也。」由此可知，韓愈爲學作文，都是爲「道」，因欲學古道，才兼通古文，道是主，文是從，文學是爲道而存在。綜觀諸家論點，終不如劉氏之「藝者，道之形也」立論具體精確。文藝「莫不根極於道」，說明藝術作品在最深層的本質上，取決於宇宙根本法則，並與宇宙事物內在地相通。作爲意識形態的文藝，與其他意識形態的區別在於「形也」。「藝者，道之形也」，從根本意義上說，藝術是宇宙本質之道寓於形象地文飾的形式。

　　劉氏以「道」規範、概括「藝」，將「道」當作各種「藝」的普遍依據。其所重

〔註1〕在中國古代哲學中，「氣」一般指產生天地萬物的原始物質或構成天地萬物的基本物質元素。對道與氣的關係，大體有兩種見解：一是以道爲氣，如《管子》書中，以道爲精氣；另一是以道爲宇宙間的普通法則，以氣爲產生或構成天地萬物的基本材料。至於「道」與「理」的概念，古代哲學家或等同之，或把道視爲事物運動變化的普遍法則，把理視爲具體事物運變和存在的條理。道與心的關係，在中國哲學史上是宇宙根本法則與人類思維器官及主觀意識間的關係。理學家陸九淵在〈與李宰〉書中說：「人皆有是心，心皆有是理，心皆有是理，心即理也。」亦將道與心等同之。（詳見王德有《道旨論》第一章，齊魯書社）

〔註2〕〈賁卦‧象傳〉：「觀乎天文，以察時變；觀乎人文，以化成天下。」將「天文」與「人文」類比，分指天體與人文制度。

〔註3〕《禮記‧樂記》：「地氣上齊，天氣下降。陰陽相摩，天地相蕩。鼓之以雷霆，奮之以風雨，動之以四時，煖之以日月，而百化興焉。如此則樂者，天地之和也。」認爲音樂反映著宇宙之和諧。

視的「道」，雖然和儒道有一定聯繫，主要都是指客觀事物本身固有的發揮規律及本質形態。他認為文藝當是這種「道」的感性形象之體現。宗白華在〈中國藝術意境之誕生〉一文中道：

> 中國哲學是就「生命本身」體悟「道」底節奏。「道」具象於生活、禮樂制度。道尤表象於「藝」。燦爛的「藝」賦予「道」以形象和生命，「道」給予「藝」以深度和靈魂。

這正是劉氏「藝者，道之形」的最佳註解。

二、道在境皆樂

藝術既以其特有形式來體現道，那麼不能體現道的藝術便不是真善美的藝術。劉氏在〈題解康伯春風沂水圖〉中提出：「道在境皆樂，此趣固難量」的命題。認為畫中的境界形象寓涵著道，能處處予人美的享受，其中的趣味是無以限量的。寫物兼得其道，絕非單純摹仿物外之形所能到達，務必要「澄懷味象」、「澄懷觀道」（註4），對事物內在本質進行深刻地領悟把握，如此作品才有可能體現事物的內在真實。

既然哲學史上道的意義是通過與氣、與理、與心的關係來表現的，文藝以體現道為核心，則尚須明理、養氣以存道。〈文概〉云：

> 《孔叢子》：「宰我問：『君子尚辭乎』孔子曰：『君子以理為尚。』」文中子曰：「言文而不及理，是天下無文也。」昌黎雖嘗謂「辭不足不可以為成文」，而必曰：「學所以為道，文所以為理。」陸士衡〈文賦〉曰：「理扶質以立幹。」劉彥和《文心雕龍》曰：「精理為文。」然則舍理而論文辭者，奚取焉？

文辭所以表達作者的情志，可知理在辭先。倘若二者無法達到高度的統一，當然是寧捨辭而尚理，充分表現出劉氏古文家立場，明道尚理的實用傾向。

至於「氣」的概念，自先秦至魏晉，它已逐漸由哲學範疇轉化為美學範疇。鍾嶸〈詩品序〉云：「氣之動物，物之感人，故搖蕩性情，形諸舞詠。」這是說宇宙元氣構成萬物的生命，推動萬物的變化，從而感發人的精神，產生藝術。所以藝術不

〔註4〕南朝宋山水畫家宗炳〈山水畫序〉云：「聖人含道應物，賢者澄懷味象。至於山水質有而趣靈，是以軒轅、堯、孔、廣成、大隗、許由、孤竹之流，必有崆峒、具茨、藐姑、箕首、大蒙之遊焉，又稱仁智之樂焉。夫聖人以神法道，而賢者通；山水以形媚道，而仁者樂，不亦樂乎？」又《宋書·隱逸傳》：「（宗炳）以疾還江陵，嘆曰：『老病俱至，名山恐難遍睹，惟當澄懷觀道，臥以遊之。』凡所遊履，皆圖之於室，謂人曰：『撫琴動操，欲令眾山皆響！』」「澄懷味象」與「澄懷觀道」是同一個心理過程，其審美觀照的實質乃是對於宇宙的本體和生命——「道」的觀照。

僅描寫各種物象，尚須描寫作爲宇宙萬物本體和生命的氣。《文心雕龍・序志》說：「寫氣圖貌」，正表達這種意思。美離不開氣，眞也離不開氣。劉氏繼承前人論點，首先，〈文概〉說：

> 自《典論・論文》以及韓、柳，俱重一「氣」字。余謂文氣當如〈樂記〉二語曰：「剛氣不怒，柔氣不懾。」

率先指出文氣論的源始，且對文氣提出要求，務期達到「剛氣不怒，柔氣不懾」的中和境界。其次，將氣分爲三大類，一是自然之氣，如〈文概〉；「文貴備四時之氣」；二是天地元氣，如〈書概〉：「書要兼備陰陽之氣」；三是人體之氣，如〈書概〉云：「高韻深情，堅質浩氣，缺一不可以爲書。」主張藝術作品只有在四時之氣、陰陽之氣與作者的浩然正氣融合化成一體時，才能達到眞善美的境地。

三、文，心學也

對文藝創作而言，「道」是客體。而劉氏亦未嘗忽略從主體方面來看問題，他屢次用「心」來規範文藝，明白地稱文藝爲「心學」。《游藝約言》：

> 文，心學也。心當有餘於文，不可使文餘於心。〔註5〕

〈文概〉云：

> 《易・繫傳》謂「易其心而後語」，揚子雲謂言爲「心聲」，可知言語亦心學也。況文之爲物，尤言語之精者乎？

又〈賦概〉：

> 司馬相如〈答盛覽問賦書〉有賦迹賦心之說。迹，其所；心，其能也。
> 心迹本非截然爲二。

所謂「心」，指的是人的思想情感。《持志塾言》：「人心所以爲大者，以能以義理爲主，而不聽血氣用事。」又《古桐書屋箚記》也說：「我有義理之我，有血氣之我。」〔註6〕依劉氏的看法，心可分爲兩種，一方面是理智的義理之心，一方面是情感的氣稟之心。無論是義理之心或氣稟之心，在尊重客觀的前提下，均有可能體認、體現四季遞嬗、萬彙榮枯等自然之「道」，其中當然也包括人的喜怒哀樂。

以「心」來規範文藝，與其重視「道」的主張並不相悖。道不會自己表現出來，必須經由人們去感受、觀照，因而沒有人，就沒有藝的存在。藝術品既是藝術家主觀情意的表現，又是客觀生活的再現，於此基礎，劉氏提出「詩爲天人之合」的命

〔註5〕轉引自敏澤〈劉熙載及其《藝概》〉一文（古代文學理論研究叢刊第一輯）。
〔註6〕轉引自徐中玉、蕭榮華〈論劉熙載的文藝思想──《劉熙載論藝六種》序〉一文（社會科學戰線 1988、4 期）

題，將二者緊密聯繫在一起。

四、詩爲天人之合

這一命題出現在〈詩概〉：

《詩緯・含神霧》曰：「詩者，天地之心也。」文中子曰：「詩者，民之性情也。」此可見詩爲天人之合。

賦與詞曲也和詩一樣：「詩爲賦心，賦爲詩體」（〈賦概〉），「詞導源於古詩」（〈詞曲概〉），正因如此，自然本質相遇，均屬「天人之合」。至於書法，劉氏認爲：「聖人作《易》，立象盡意。意，先天，書之本也；象，後天，書之用也。」可知這裡所說的雖然是詩，實則涵蓋各種文藝形式。

「天地之心」的「心」，在漢代緯書中有其特定的內涵，指的是天理、天道。而理學家認爲「心統性情」（張載語，見《張子全書》卷十四），是以「民之性情」即「民之心也」。劉氏《持志塾言・窮理》云：「一事有一理，萬物共一理」；人既與萬物共一理，文藝又是「天人之合」，所以歸根究底，還是「天理」的表現形式。因此，所謂「天人之合」，即文藝是天道和人心的結合，是透過人心來體現天道。

那麼，天是什麼？

劉氏云：「天地有理、有氣、有形，其實道與器本不相離。」又「天只是以人之心爲心，人以當體天之心爲心。」（《持志塾言・天地》）一方面它是抽象的，無形的，是「道」；另一方面又是通過具體事物可以感知認識的，是「器」。

至於「天人之合」的「人」，所指的當然是「人心」。天道分而爲文藝，須經過「人」這個中間環節，此乃文藝的特殊規律；因而評論文藝作品，不僅不能離開「人」的思想感情抽象地談「道」，也不可不顧形式的特點空論「理」。肯定「道」是藝術本原，同時又承認文藝具有特殊規律，並進而闡明其特殊規律，是劉熙載文藝理論的本質特徵。以下的兩節本質範疇正圍繞著「天人合一」的命題來展開的。

第二節　情理（志）統一

「從情和理著眼來考察文藝的特性，在我國由來已久，並在漫長的歷史發展過程，逐漸形成了情理論這對辯證的美學範疇。」〔註7〕情，即情感；理，古代或稱爲「志」，在一定的情況下，它也可以與「道」相通，如前一節所云。情和理這對美

〔註7〕見曾祖蔭《中國古代美學範疇》第一章（丹青圖書有限公司）。

學範疇，反映了藝術本質特性的一個重要側面，這是古今文藝無不皆然的。劉氏對文藝批評在情和理及其關係的認識上，由於歷史條件、文化傳統和審美心理的差異，頗具個人特色，其主要表現如下。

一、情甚親切，尤爲詩之深致

劉氏對文學和非文學的區分，主要是依據情感因素。不但指出「文學本於《詩》」（〈文概〉），且強調「詩以出於《騷》者爲正」，如「少陵純乎《騷》」，其詩滿篇皆「性情氣骨」，自是文學的正宗。而「出於《莊》者」，則爲「變」，因爲它們「以窮盡事理爲先」，不注重「敘事以言情」，如「東坡出於《莊》者十之八九」（以上出自〈詩概〉），其詩文往往理勝於情，所以列爲文學的變統。總之，他從「正」「變」兩方面來分析，說明情感因素在詩歌乃至文學中的重要地位。

在認識詩歌這個特點時，劉氏並非自抽象的概念出發，而是從分析具體作品入手，然後進行綜合概括。因此在品評古代詩人作品時，特別注重考察其抒情性，對那些深含寄寓，情感濃郁的篇什，不遺餘力地推崇。例如〈詩概〉云：

　　陶淵明〈讀山海經〉，言在入荒之表，而情甚親切，尤爲詩之深致也。

把「情甚親切」作爲「詩之深致」，足證劉氏何等重視詩中的情感因素。李白爲詩，馳騁幻想，「鑿空而道，歸趣難求」，原因在於「風多於雅，興多於賦也」（〈詩概〉）。所謂「風多」「興多」，即抒情多，沒有抒情，則無「歸趣」可言。至於杜甫，劉氏認爲「純乎騷」，其詩滿篇皆「性情氣骨」，而「不見語言文字」〔註8〕。或許推崇得稍嫌過分，但正見劉氏崇尚以「情勝」之詩。

其次，談賦。作爲文學形式的賦要不要抒發作者的思想感情呢？劉氏援引李仲蒙的話說：「敘物以言情謂之賦」（〈賦概〉），予以肯定的回答。賦自然離不開敘述和描寫，所謂「體物寫志」，「志因物見」；然尚須「敘事以言情」，否則不得謂之賦。他在分析屈賦時，也曾明白指出：

　　敘物以言情謂之賦，余謂《楚辭‧九歌》最得此訣。如「嫋嫋兮秋風，洞庭波兮木葉下」，正是寫出「目眇眇兮愁予」來；「荒忽兮遠望，觀流水

〔註8〕〈詩概〉：「杜詩只有無二字足以評之。有者，但見性情氣骨也；無者，不見語言文字也。」「但見性情氣骨，不見語言文字」，最早見於皎然《詩式》：「兩重意已上，皆文外之旨。若遇高手如康樂公，覽而察之，但見情性，不睹文字，蓋詩道之極也。」此謂藝術作品若能使讀者在欣賞的過程中，只感受到包蘊其中的志情理意，而忘記筆墨文字，即達理想的境界。由於杜詩「吐棄到人所不能吐棄」，「涵茹到人所不能涵茹」，「曲折到人所不能曲折」（〈詩概〉），其作品的語言文字早與其性情氣骨渾然一體，所以讀者欣賞他的作品時，完全超脫文字的外形而看到了作者的性情氣骨。

兮潺湲」，正是寫出「思公子兮未敢言」來，俱有「目擊道存，不可容聲」之意。

他如此地欣賞〈九歌〉，認爲「純是性靈語」，對於〈九章〉，則指出它「兼多學問語」，抒情成分不高，因此評價也就不高。

再次，談詞。身爲詩的一種新形式，同詩賦一樣，也具有強烈的抒情性。他說：

> 昔人詞詠古詠物，隱然只是詠懷，蓋其中有我在也。人亦孰不有我，惟「耿吾得此中正」者尚耳。詞深於興，則覺事異而情同，事淺而情深。故沒要緊語正是極要緊語，亂道語正是極不亂道語。固知「吹皺一池春水，干卿何事」，原是戲言。

事有異，景有別，但均爲了借以「詠懷」，抒發情感。當然，不同作家，作品不同，其情亦各異。「太白〈菩薩蠻〉、〈憶秦娥〉，張志和〈漁歌子〉，兩家一憂一樂，歸趣難名。」溫庭筠「類不出乎綺怨」，韋莊、馮延巳「留連光景，惆悵自憐」。總之，詞無論抒發何種情感，均自是詠懷，因爲「蓋其中有我在也」，這是詩歌的規律；有我，景物皆有情，詩歌也才有個性。

不僅詩歌須有濃厚的情感，其他文藝作品也免不了要有一定的感情色彩。例如〈文概〉中，劉氏即將散文的情感性放在很重要的地位。他說：

> 「聖人之情見乎辭」，爲作《易》言也。作者情生文，斯讀者文生情。《易》教之神，神以此也。使情不稱文，豈惟人之難感，在己先不誠無物矣。

認爲文學以情感爲基礎，情感是文章的「神明」所在。其實他的這種認識，在中國文學批評中並非新鮮話題﹝註9﹞，然卻有值得我們重視的內容。

如他認爲作品須具有強烈的情感性才能表現出鮮明的創作個性。於是大力褒舉「從肝肺中流出，是自家有底物事」（〈文概〉）的文章，以爲優秀的散文一定具有詩歌般濃烈的感情，成功的作品均往往從《離騷》中得到過啓示，〈文概〉云：

> 太史公文，兼括六藝百家之旨，第論其惻怛之情，抑揚之致，則得於《詩三百篇》及《離騷》居多。

﹝註9﹞關於文學的情感性在我國古代文論中早有涉及，《易·繫辭》：「聖人之情見乎辭」。《禮記·樂記》：「情深而文明，氣盛而化神」。而從荀子〈樂論〉到〈詩大序〉均有「情動於中而形於言」的表述。六朝是文學發展的重要時期，人們把文學的情感性提至理論層面來研究；陸機〈文賦〉標舉「詩緣情而綺靡」，將詩歌創作視爲人們情感活動的結果。劉勰分析自然和社會環境對作家情感的激發作用，在《文心雕龍·鎔裁》概括爲「萬趣會文，不離辭情」。爾後，歷代作家與批評家也有許多關於情感的論述，這可用王國維的一句話來總結：「一切景語皆情語也。」

又云：

> 歐陽公文幾於史公之潔，而幽情雅韻，得騷人之指趣爲多。

由於《離騷》孕涵著複雜強烈的抒情成分，因此劉氏不僅在〈詩概〉、〈賦概〉中討論過它，即在〈文概〉中也不遺餘力地推介它的重要性。

劉氏所概括出的文藝的抒情性，「寓情於景」、「敘物以言情」、「從肝肺中流出」等特點，正是他對這些創作實踐的高度總結和提煉的結果。

此外，對於書法藝術的本質特徵，他也提出了論述：「學書者有二觀：曰觀物，曰觀我。觀物以類情，觀我以通德。」此「二觀」說，是從遠古的形象思維和文字創造中「立象」和「盡意」生發出來的。所謂「觀物之類惰，觀我以通德」，即將《易・繫辭》中「以通神明之德，以類萬物之情」加以改造而成的。在他看來，這正是書法藝術的本質特徵所在。

書法藝術從某種意義上說，是反映客觀的自然物象。所謂「類情」，是在書藝創造過程中要「類萬物之情」，即近取諸身，遠取諸物，概括自然萬象的情況，使筆下的書法形象生氣貫注，充溢著美的活力。除了二觀，他又指出人品修養此書外工夫的四個要求：

> 高韻深情，堅質浩氣，缺一不可以爲書。（〈書概〉）

其中所謂的「深情」，他以爲：「論書者曰『蒼』、曰『雄』、曰『秀』，余謂更當益一『深』字。凡蒼而涉於老禿，雄而失於粗疏，秀而入於輕靡者，不深故也。」拈出一「深」字，即要求書法作品的個性風格，不可流於表面形式，需根植於書家心田的「深情」。有了它，方不致於浮泛淺露，而是要有諸中形諸外的，是眞誠的抒發。

二、志與諷諫，賦之體用具矣

文藝作品不僅有「情」，還有「志」。劉氏在強調文藝以「情勝」的同時，也注意到「志」的作用，對於文藝的言志說理，他亦發表不少中肯的評論。

首先，在〈詩概〉中，一開始就說：

> 「詩言志」，孟子「文辭志」之說所本也。

「言志說」最早見於《尚書・堯典》〔註10〕，後來孟子、荀子、〈詩大序〉、劉勰等本此說，加以發揮。劉氏論詩亦繼承並發揚此傳統。如他評論孔融、劉琨、李白、杜甫等人的詩說：

> 孔北海〈雜詩〉「呂望老匹夫，管仲小囚臣」，劉越石〈重贈盧諶詩〉

〔註10〕《尚書・堯典》云：「帝曰：夔！命女典樂，教胄子。直而溫，寬而栗，剛而無虐，簡而無傲。詩言志，歌詠言，聲依永，律和聲，八音克諧，無相奪倫，神人以和。」

「惟彼太公望，昔在渭濱叟」，又稱「小白相射鉤」，於漢於晉，興復之志同也。北海言「人生有何常，但患年歲暮」，越石言「時哉不我與，去乎若雲浮」，其欲及時之志亦同也。

太白與少陵同一志在經世。

太白云「日爲蒼生憂」，即少陵「窮年憂黎元」之志也；「天地至廣大，何惜遂物情」，即少陵「盤飧老夫食，分減及溪魚」之志也。

有關這類的議論很多，說明他的確主張詩中有志，肯定李、杜之志「同一在經世」，進而將太白，「若昇天乘雲，無所不之」的詩，落實到蒼生黎元之上，這是他獨具慧眼之處。

此外，他還指出，詩人可有時代的先後，作品可有詩賦詞曲文形式上的差異，所敘之事、所詠之景亦可千差萬別，然均用以「言志」，這點是共同的。〈賦概〉云：

古人賦詩與後世作賦，事異而意同。意之所取，大抵有二：一以諷諫，〈周語〉「矇賦矇誦」是也；一以言志，《左傳》趙孟曰「請皆賦以卒君貺，武亦以觀七子之志」，韓宣子曰「二三子請皆賦，起亦以知鄭志」是也。

又云：

太史公〈屈原傳贊〉曰：「悲其志。」敍傳曰：「作辭以諷諫。」志與諷諫，賦之體用具矣。

認爲詩賦的作用在於「言志」與「諷諫」，亦可見「志」在詩賦中的重要性。

然則，詩賦中的「志」從何處來呢？當然是來自作者，即作者之志在詩賦中的表現。他說：

古人一生之志，往往於賦寓之。《史記》、《漢書》之例，賦可載入列傳，所以使讀其賦者即知其人也。（〈賦概〉）

又說：

古人因志而有詩，後人先去作詩，卻推究到詩不可以徒作，因將志入裏來，已是倒做了，況無與於志者乎！（〈詩概〉）

有志而後才有詩，順序是不能顛倒的；且「志因物見」，屈原因「其志潔，故其稱物芳」（〈賦概〉），詩人有何志向，即詠何物，作何詩。同理，書法藝術雖然要表現客觀事物的美，但卻是以表現人的主觀精神的美爲主。所謂：「書，如也，如其學，如其才，如其志，總之曰如其人而已。」又「寫字者，寫志者。」（〈書概〉）

總之，「志者，文之總持。」（〈文概〉）詩書貴於顯志，而文以「明道」、「載道」的思想，更是以不同的姿態出現在文學史上。站在古文家立場的劉氏亦不能免俗地涉入這個範疇，可貴的是，他能跳出道學家的窠臼，另出新意。〈文概〉說：

文不同而志則一，猶鼓琴者聲雖改而操不變也。善夫陶淵明之言曰：「常著文章自娛，頗示己志。」或問淵明所謂「示己志」者，己志其有以別於人乎？曰：只是稱心而言耳。使必以異人為尚，豈天下之大，千古之遠，絕無同己者哉！

既然，「志」是一切文藝不可或缺的要素，又不以「異人為尚」；那麼，何謂「志」？《說文解字》；「志，意也，從心之。」即「心之所之也」。《經籍纂詁》釋「意」字，也正以「心之所之」謂意。另一方面，「在心為志？發言為詩」（〈毛詩序〉），體「道」的「心」欲成為詩必須要通過「志」。「志」既是「人之大主意」（《持志塾言·立志》），又是「文之總持」，它具體地溝通著「道」、「心」、「藝」三者。

三、寓義於情而義愈至

自《尚書·堯典》提出「詩言志」的主張後，「詩言志」便成為中國歷代詩論的「開山的綱領」〔註11〕。「在己為情，情動為志，情志一也。」〔註12〕《藝概》雖未進一步論述「志」和「情」的關係，但從他說：「余謂詩或寓義於情而義愈至，或寓情於景而情愈深，此亦三百五篇之遺意也。」（〈詩概〉）可知劉氏是贊同「情志同一」的觀點。

情和志（理）是藝術家本性及內心的真實寫照。《莊子·漁父》說：「真者，精誠之至也。不精不誠，不能動人。」藝術美的基礎正在於「真」，從未有不真而美的藝術。因而他提出「詩可數年不作，不可一作不真。」（〈詩概〉）不過，藝術美不能僅止滿足於真的描繪，還需與善結合；因為對中國哲學和美學來說，真包含於善之中，善必同時是真，離善而求真，是不可思議的。所以劉氏說：「詩要超乎『空』『欲』二界」，別無他法，曰「發乎情止乎禮義而已」（〈詩概〉）；他十分贊賞荀子「立言不能皆粹，然大要在禮智之間」（〈文概〉）。雖然他只朦朧地意識到真善美間的某些聯繫，但卻始終將情志和禮義放在一起考察，提出「不發乎情，即非禮義，故詩要有樂有哀；發乎情，未必即禮義，故詩要哀樂中節。」（〈詩概〉）這種包容在美的形式中的真善結合的藝術本質，亦正是劉氏所要求的「情」與「志」（理）的統一。誠如龔鵬程先生所言：「或許，這正是劉熙載對清中葉以來性靈派與溫柔敦厚說兩派長期爭峙的新的綜合與處理吧！」〔註13〕也許，我們可以更擴大地說，這是他在傳統的「言志說」和「緣情說」的洪流中，所透析出來的藝術的本質特徵。

〔註11〕見朱自清〈詩言志辨序〉。
〔註12〕孔穎達《左傳·昭公二十五年正義》。
〔註13〕龔鵬程《藝概·導論》（金楓出版有公司）。

　　除了以真善為美的統一外，在談到詩的「變風、變雅」問題時，〈詩概〉也進一步發揮其「志」與「情」相統一的觀點。所謂：「變風始〈柏舟〉，〈柏舟〉與〈離騷〉同旨，讀之當兼得其人之志與遇焉。」又「〈大雅〉之變，具憂世之懷；〈小雅〉之變，多憂生之意。」這些說法不但明確指出詩是情感的表現，而且把情感的表現同人的「志向」及社會政治的狀態相聯繫，肯定了人的情感欲求的產生和表現的必然性、合理性與正常性的思想。因此，當我們看到〈文概〉中說：「治勝亂，至治勝治。至治之氣象，皞皞而已。文或秩然有條而轍迹未泯，更當躋而上之。」劉氏有意識地用社會的治亂現象來比喻文章的境界時，便不會覺得不倫不類了。

　　文藝既「貴乎情」，又「貴於言志」，是否就排斥「理」〔註14〕呢？在劉氏看來，文藝作品尚理並沒錯，關鍵在於如何表達這個「理」。以詩為例：

　　　　陶、謝用理語各有勝境。鍾嶸《詩品》稱「孫綽、許詢、桓、庾諸公
　　詩，皆平典似《道德論》」，此由乏理趣耳，夫豈尚理之過哉！

劉氏以「勝境」、「理趣」四字，解決了鍾嶸未決的問題，反對因「平典似《道德論》」而排斥「理」的說法。又〈文概〉中說：「乍見道理之人，言多理障；乍見故典之人，言多事障。故艱深正是淺陋，繁博正是寒儉。」文藝尚理應不乏「理趣」，不可落為「理障」；然則，如何才能有「理趣」，又如何為落入「理障」？〈賦概〉云：

　　　　以老、莊、釋氏之旨入賦，固非古義，然亦有理趣、理障之不同。如
　　孫興公〈遊天台山賦〉云：「騁神變之揮霍，忽出有而入無。」此理趣也。
　　至云：「悟遣有之不盡，覺涉無之有間。泯色空以合跡，忽即有而得玄。
　　釋二名之同出，消一無於三幡。」則落理障甚矣。

為何會有「理趣」、「理障」之別？這是因為前者雖亦言老、莊玄學之「有」「無」，卻能借助想像和誇飾，自可道出一番心境；後者則相反，完全是玄學概念的堆砌而已。

　　劉氏明確主張文藝可以尚理，駁斥對作品中尚理的非難，提出用理語需有「理趣」、「勝境」的見解，這對於研究古典文藝的發展及其藝術風格，以及肯定文藝的不同風格流派能夠並開爭妍，有著極大的貢獻。

第三節　質文諧應

　　劉熙載在〈文概〉中有一段話：

〔註14〕此處所謂的「理」，實包括兩方面，從狹義上說，理是指玄學之理，理學之理或禪學之理，其內涵有所特指。從廣義上說，理也可以理解為文藝作品中的說理議論。

　　　　《易‧繫傳》：「物相雜故曰文。」《國語》：「物一無文。」徐鍇《說
　　　文通論》：「強弱相成，剛柔相形，故於文『人乂』爲『文』。」《朱子語
　　　錄》：「兩物相對待故有文，若相離去便不成文矣。」爲文者，盍思文之
　　　所由生乎？

這段話指明了藝術產生的根源，指出美生於一，生於相雜，生於相對待。這種思
想貫穿《藝概》全書。將這種相對待的矛盾思想具體到詩詞文賦來說，即下文所
要探討的內容與形式的矛盾對待關係。有關劉氏所論述的內容與形式的關係，主
要表現如下：

一、孤質非文，浮豔亦非文

　　在本章第一節曾提及〈藝概序〉云：「藝者，道之形也。」這是劉氏對藝術本質
特徵及其與思想內容相互繫聯的總認識。亦即形式是包含內容的形式，是爲內容服
務並與之相調合的形式。蘊於內爲「道」，形於外是「藝」。他承繼孔子「質猶文，
文猶質」（《論語‧顏淵》）的思想，明確表示「質文不可偏勝」，認爲形式因素不能
脫離一定的充實內容而單獨具有美感。肯定地指出：

　　　　書以筆爲質，以墨爲文。凡物之文見乎外者，無不以質有其內也。（〈書
　　　概〉）

　　　　蕭穎士〈與韋述書〉云：「於《穀梁》師其簡，於《公羊》得其覈。」
　　　二語意皆明白。惟言「於《左氏》取其文」，「文」字要善認，當知孤質非
　　　文，浮豔亦非文也。（〈文概〉）

在藝術中「孤質」，只求理勝，不顧藝術情趣，與內容空泛、文藻華麗的「浮豔」，
都不成其爲「文」。須知美文當在孤質與浮豔之中。

　　據此「質」「文」關係的這種看法，劉氏在處理歷來形式主義傾向的弊病——「文
滅其質」、「情不稱文」、「捨理而論文辭」、「離有物以求有章」等問題時，提出不少
振聾發聵的論見。〈文概〉說：

　　　　漢、魏之間，文滅其質。以武侯經世之言，而當時怪其文采不豔。然
　　　彼豔者，如實用何！

又：

　　　　論事敍事，皆以窮盡事理爲先。事理盡後，斯可再講筆法。不然，離
　　　有物以求有章，曾足以適用而不朽乎？

〈詩概〉：

　　　　西崑體所以未入杜陵之室者，由文滅其質也。質文不可偏勝。西江之

矯西崑，浸而愈甚，宜乎復詒口實與！

〈詞曲概〉：

> 描頭畫角，是詞之低品。蓋詞有全體，宜無失其全；詞有內蘊，宜無失其蘊。

要求藝術家在創作過程中，爲避免墜入形式主義的泥淖，應該要「尚實」，所謂「文尚華者日落，尚實者日茂。其類在色老而衰，智老而多矣。」（〈文概〉）他以「色老而衰，智老而多」的格言，提醒藝術家唯有注重內容，才有寬廣的發展前途。

基於上述的體認，劉氏主張藝術家在學習前人時，應「尚實」不可「尚華」。他極力稱讚太史公的文章，以其「精神氣血，無所不具」者，乃在於：

> 學〈離騷〉得其情者爲太史公，得其辭者爲司馬長卿。長卿雖非無得於情，要是辭一邊居多。離形得似，當以史公爲尚。（〈文概〉）

由此可知，質和文，道和藝，並不是平分秋色的。只有在「以筆爲質，以墨爲文」，「使墨之從筆，如雲濤之從風」（〈文概〉）的情況下，才能創造出「文質彬彬」的傳世傑作。

二、辭情與聲情

關於內容和形式的問題，在詩歌方面，劉氏還提出了一個值得注意的觀點。他將詩歌的內容分析爲：「辭情」和「聲情」兩方面。所謂「辭情」，是指文辭所表現的思想情感，「聲情」則是指聲調所表現的思想情感。它們同是文學作品的屬性，不過，這種屬性以詩歌的表現最爲突出。例如〈文概〉云：

> 公、穀兩家善讀《春秋》本經：輕讀，重讀，緩讀，急讀，讀不同而義以別矣。

〈詞曲概〉：

> 北曲六宮十一調，各具聲情，元周德清氏已傳品藻。六宮曰：「仙呂清新綿邈，南呂感歎傷悲，中呂高下閃賺，黃鍾富貴纏綿，正宮惆悵雄壯，道宮飄逸清幽。」十一調曰：「大石風流蘊籍，小石旖旎嫵媚，高平條暢滉漾，般涉拾掇坑塹，歇指急併虛歇，商角悲傷宛轉，雙調健捷激裊，商調悽愴怨慕，角調嗚咽悠揚，宮調典雅沈重，越調陶寫冷笑。」製曲者每用一宮一調，俱宜與其神理吻合，南曲之九宮十三調，可準是推矣。

一般而言，散文的音樂性不強，主要表現在句子的音節變化而已。如所言：「言辭者必兼及音節，音節不外諧與拗。」（〈文概〉）至於詩歌，其音樂成分則較濃厚，特別是詞曲本身即具長短緩急之節奏，而且有調有譜，可稱得上是由樂以定詞。是以劉

熙載在〈詞曲概〉中說：

> 樂歌，古以詩，近代以詞。如〈關雎〉、〈鹿鳴〉，皆聲出於言也；詞
> 則言出於聲矣。故詞，聲學也。詞有創調、倚聲，本諸倡和。

或倚聲塡詞，或自創詞調，配合辭情隨聲情的抑揚頓挫來唱和，這是文學和音樂雙
重美感的凝聚。所以說「詞，聲學也。」

在詩歌中，「辭情」和「聲情」雖是統一的，卻非平衡的。或聲情佔優勢，或辭
情居上風，不一而定。劉氏以爲這種不平衡的狀態，正形成不同體裁詩歌審美意象
的不同特色所在，同時也決定欣賞者所應採取的不同角度的鑑賞方式。〈賦概〉云：

> 賦別於詩者，詩辭情少而聲情多，賦聲情少而辭情多。

〈詩概〉：

> 樂府聲律居最要，而意境即次之，尤須以意境與聲律相稱，乃爲當行。
> 賦不歌而誦，樂府歌而不誦，詩兼歌誦，而以時出之。
> 詩，一種是歌，「君子作歌」是也；一種是誦，「吉甫作誦」是也。
> 詩以意法勝者宜誦，以聲情勝者宜歌。

詩與賦、樂府之間最大的差別，在於音樂成分的強弱。賦由於辭情多於聲情，所以
不歌而誦；樂府則相反，歌而不誦，唯以意境和聲律相稱者爲「當行」。至於詩介於
兩者之間，可歌可誦，而一以意法和聲情爲決。

劉氏在詩歌本質內涵的深刻分析，對於我們理解鑑賞詩歌審美意象的內在結
構，極具啓發性。

三、一乃文之眞宰

由於質決定文，所以內容實爲藝術作品的「眞宰」。〈文概〉說：

> 《國語》言「物一無文」，後人更當知物無一則無文。蓋一乃文之眞
> 宰，必有一在其中，斯能用夫不一者也。

在他看來，「不一」是「文之所由生」，而「一」是「文之眞宰」，藝術中的「一」和
「不一」是相反相成的。然則，何謂「一」？

在《藝概》中，我們可以發現劉氏論文極重「義法」：「義法居文之大要」（〈文
概〉），而重意尤甚於重法。〈書概〉云：「書雖重法，然意乃法之所受命也。」法從
屬於意，離法求意固不可得，以法爲宗更易陷入形式主義之坑洞，是以他強調：「賦
欲不朽，全在意勝」（〈賦概〉），「律詩主意擎得定，則開闔變化，惟我所爲」（〈詩概〉）。
這些均可視爲對「一」和「不一」的註解。

另外，從他對屈賦的論述也可窺出端倪。以〈離騷〉爲例，〈賦概〉云：

　　　　〈離騷〉東一句，西一句，天上一句，地下一句，極開闔抑揚之變，
　　而其中自有不變者存。

這個開闔抑揚中的「不變者」，即主宰「東一句，西一句，天上一句，地下一句」的
「一」。〈離騷〉中這種「不變者」，就《藝概》所論及的範疇而言，至少有三方面的
具體表現〔註15〕，茲僅就本節所探究的質與文一方試作分析：

　　就「詩言志」的角度來看。〈文概〉認為：

　　　　屈子〈離騷〉之旨，只「百爾所思，不如我所之」二語，足以括之。

此「百爾所思，不如找所之」之意，可用劉氏自己的話來作註解，〈賦概〉云：

　　　　賦家主意定則群意生。試觀屈子辭中，忌己者如黨人，憫己者如女嬃、
　　靈氛、巫咸，以及漁父別有崇尚，詹尹不置是非，皆由屈子先有主意，是
　　以相形相對者，皆若沓然偕來，拱向注射之耳。

顯然，這裡的「主意」，正是起著「主宰」作用的「一」。亦即作者的立意，作品的
主題和主要思想傾向，是構思中的「不變者」，結構上的線索。而圍繞「主意」所展
開的環境、人物、事件，乃至與之相應的多彩多姿的藝術風格、表現手法等，則是
「不一」。「一」與「不一」的統一，正如「兵非將不御，射非鵠不志」（〈經義概〉）。
作文之法雖然千變萬化，但只要扼定主腦，便可「制動以靜，治煩以簡，一線到底，
百變而不離其宗。」（〈經義概〉）

　　從本章的討論，我們可以看到兩點事實：

一、劉氏的藝術本質論幾乎完全承繼前賢的論點，雖無開新，然值得注意的是，他
　　能站在前人的基礎上更深入地透視分析，從而使其論點達到高度的概括性。

────────────

〔註15〕關於〈離騷〉中「一」與「不一」的具體體現，有如下三方：
　　（一）從詩言志的角度來看（詳本文）。
　　（二）從詩緣情的角度來看：「王逸《楚辭章句》云：『離，別也；騷，愁也。言己
　　放逐離別，中心愁思。』蓋為得之。然不若屈子自云：『余既不難夫離別兮，傷靈脩
　　之數化。』尤見離而騷者，為君非為私也。」（〈賦概〉）〈離騷〉自始至終貫穿著屈
　　原被放逐時的愁思，在這種迭宕愁情的推動下，造成了結構上的「極開闔抑揚之變」。
　　若再深進一層，「余既不難夫離別兮」兩句，包含著屈原內心的一個基本矛盾：既不
　　忍離，又不能留。通篇〈離騷〉千迴百折，或張或弛，或開或闔，全以去留為契機。
　　因此，與其說〈離騷〉以「愁思」為「一」，不如說以去留的內心矛盾為「一」。
　　（三）從融會章法的角度來看：「王逸云：『小山之徒，閔傷屈原，又怪其文升天乘
　　雲，役使百神，似若仙者。』余案：此但得其文之似，尚未得其旨。屈之旨蓋在『臨
　　睨夫舊鄉』，不在『涉青雲以汎濫遊』也。」（〈賦概〉）此處所說的「旨」，是指結構
　　要領。「涉青雲以汎濫遊」，上天入地，這是〈離騷〉章法上散、變、「不一」的表現；
　　而上天入地之後，又總是要回到眼前的現實中來，聚集在「臨睨夫舊鄉」之上，此
　　正〈離騷〉章法上聚、貫、「一」的體現。

二、劉氏將藝術的本質概括爲「道」、「心」、「情」、「理」、「質」、「文」等範疇，主
　　張各個範疇要既不出又不入，既不過又無不及，亦即要「言各有當」（〈詩概〉）。
　　強調唯有「當無盡無，當有盡有」時，才能顯現出中和的藝術美。

第四章　創作論

　　有關中國的文藝創作理論，六朝時期已建立規範〔註1〕，唐時正式予以系統化〔註2〕，然眞正大盛則在兩宋。劉克莊〈江西詩派小序〉引呂本中〈夏均文集序〉說：「學詩當識活法。所謂活法者，規矩備具，而能出於規矩之外；變化不測，而亦不背於規矩也。是道也，蓋有定法而無定法，無定法而有定法。」謝枋得亦酌取漢以來六十九篇科舉範文，標揭其篇章句法，定爲《文章軌範》，供後人寫作文章的參考。

　　蓋「文無定法，文成法立」。創作既不應有固定的框架，桎梏文人的手腳，但也非完全無「法」可循，有道是「定體則無，大體須有」。《藝概》書中關於文藝的創作論，是劉氏在對作家、作品的評論及對文藝源流的探討中，所概括反映出來的理論。在藝術活動過程中，劉氏認爲藝術作品和創作者是二而一的，〈賦概〉云：「司馬相如〈答盛覽問賦書〉有賦迹賦心之說。迹，其所；心，其能也。心迹本非截然爲二。」又「《楚辭·涉江、哀郢》，「江」「郢」，迹也；「涉」「哀」，心也。推諸題之但有迹者亦見心，但言心者亦具迹也。」心與迹合，能與所合，實藝術創作的最高境界。然由於創作活動是作者內發的行爲，故不能從迹上去求，只得自創作主體方面來講求。因此，本章即就兩方面來探討劉氏論創作的內涵：一是主體精神的涵攝，另一是客體結構的審鍊。

〔註1〕沈約在《宋書·謝靈運傳》中說：「夫五色相宣，八音協暢，由乎玄黃律呂，各適物宜。欲使宮羽相變，低昂舛節，若前有浮聲，則後須切響。一簡之內，音韻盡殊；兩句之中，輕重悉異。妙達此旨，始可言文。」他認爲精通韻律細節是文學的必要條件。與他同時代的劉勰在《文心雕龍·總術》中，亦強調「術」的重要性：「是以執術馭篇，似善弈之窮數；棄術任心，如博塞之邀遇。」此外，陸機的〈文賦〉也提到許多有關創作的技巧和規範。

〔註2〕日僧遍照金剛的《文鏡秘府論》探討詩文寫作的各種準則，乃當時創作者的指南。而皎然《詩式》、司空圖《詩品》等，亦論及詩歌的技巧作法。

第一節　主體精神的涵攝

　　劉氏在強調藝術的本質是道心、情志與質文統一的同時，並未忽視藝術家的創造活動。他從主觀和客觀的關係、作者的學力，以及志氣的涵養等方面，來探究藝術創作過程中主體精神的感受與涵攝。

一、物我無間的主客聯繫

　　劉氏論文藝創作的核心，首先，提出「有我」的命題。〈文概〉說：

　　　　周、秦間諸子之文，雖純駁不同，皆有箇自家在內。

又：

　　　　文有寫處，有做處。人皆云云者，謂之寫；我獨云云者，謂之做。

〈詞曲概〉：

　　　　昔人詞詠古詠物，隱然只是詠懷，蓋其中有我在也。

《游藝約言》：

　　　　偶爲書訣云：「古人之書不可學，但要書中有箇我，我之本色若不高，
　　　　脫盡凡胎方證果。」不惟書也。

主張藝術創作必須「有箇自家在內」，千萬不可「於彼於此，左顧右盼」（〈文概〉），或任意「隨人笑嘆」（〈賦概〉）。作品中「有我」，始有深邃的感情。〈文概〉中論及王安石的文章說：「介甫每言及骨肉之情，酸惻嗚咽，語語自俯肺中流出。他文卻未能本此意擴而充之。」這正是文中有我與無我的差別。劉氏從不同的角度強調「我」在創作實踐中的意義，指出沒有「我」，藝術將成爲毫無生命的「死灰」（〈賦概〉）。

　　其次，談到物我的關係。劉氏在「有我」、「無我」與「有箇自家在內」、「以萬物爲我」的相對關係，作了如下的繫聯。〈文概〉：

　　　　太史公文，如張長史於歌舞戰鬥，悉取其意與法爲草書。其秘要在於
　　　　無我，而以萬物爲我也。

〈詩概〉：

　　　　陶詩「吾亦愛吾廬」，我亦具物之情也；「良苗亦懷新」，物亦具我之
　　　　情也。

我具物之情爲「有我」，物具我之情是「無我」，而所謂「無我」，實是「以萬物爲我」。這種「以萬物爲我」的論點，既非機械的唯物論，也不是主觀的唯心論；相反地，更契合於藝術本身的規律。劉氏十分強調主體「意」與客體「物」的結合而非分離。
〈賦概〉說：

> 在外者物色，在我者生意。二者相摩相盪而賦出焉。若與自家生意無
> 相入處，則物色祇成閒事，志士違問及乎？

藝術形象不同於未加改造的素材「象」，也絕非隨心所欲的「意」，而是二者「相摩相盪」產生出的「意象」。這種以主觀的意爲主導，以客觀「象」爲基礎的藝術創作觀，正是中國古典藝術創作的結晶。

藝術離不開物我兩方，是以二者不可偏廢。因此，藝術家應該具備所謂的二觀：「曰觀物，曰觀我。觀物以類情，觀我以通德。」（〈書概〉）就藝術創造的過程而言，觀物類情之極，必通我之德，觀我通德之極，亦必類萬物之情，此二者可相通相合。其相合的程度，亦正是藝術家思維領悟深度的標誌。

所謂「物我無間」，乃指主客間的高度統一。沒有物我的融合，就不可能有藝術作品的產生，至少不會有優秀作品出現。在物我的關係中，「我」起著決定性的作用。〈詩概〉云：

> 無一意一事不可入詩者，唐則子美，宋則蘇、黃。要其胸中具有鑪錘，
> 不是金銀銅鐵強令混合也。

又：

> 代匹夫匹婦語最難，蓋飢寒勞困之苦，雖告人人且不知，知之必物我
> 無間者也。杜少陵、元次山、白香山不但如身入閭閻，目擊其事，直與疾
> 病之在身者無異。頌其詩，顧可不知其人乎？

「飢寒勞困之苦」，本生活中之普遍存在，而許多人卻對它視若無睹，唯杜甫、元結、白居易等人爲它所動，達到物我無間的境界。杜詩動人的力量並不完全取決於它的題材和思想，同時也在於其藝術的表現，杜甫善於刻畫眼前眞實具體的景物，表現內心情感的細微波瀾，其作品往往從實處入手，逐漸推衍到有關國家和人民命運之統攝全局的問題。如〈北征〉，由國寫到家，再由家寫到國，用一己家庭的遭遇反映整個國家的變化，在綜論國家大事之中，插入一段關於兒女衣著的細節描寫，以此反映戰亂帶給人們的苦難。白居易之提出「惟歌生民病，願得天子知」（〈寄唐生〉）的主張亦非偶然的，這與他的時代、經歷和政治思想有很密切的關係。他出身於中下層官僚階級，早年經歷過一段顚沛流離的生活，對人民的疾苦和願望十分了解。

這些作家將個人生活經驗，透過胸中「鑪錘」的鍛鍊，所展現出來的作品不僅具客觀的眞實性，且蘊涵著濃烈的主觀情感。是以，劉氏的創作論，在主體精神的涵攝方面，強調作者須具備「才、學、識」三長，而其中以「識」尤爲重要。

二、文之要，曰識曰力

關於藝術美的創造，自宋至清，始終存在著天分與學力兩種相對立的看法。持天分說的學者認爲，眞正的藝術美當由天授，非人力所能至；如明代謝榛《四溟詩話》所言：「詩有天機，待時而發，觸物而成，雖幽尋苦索，不易得也。」學力派的學者則認爲，藝術美是用功至極所達到不見雕琢痕迹的境界，是學力所能及的；因而他們主張：「多讀書爲詩家最重要事」，「究竟有天分者，非學力斷不能成家。」（李重華《貞一齋詩說》）

劉氏論藝術美的創造，多採學力派的意見，他在〈論文四首〉中說：

> 天才從古少，許者莫相詆，但願平常語。人間一字無。神氣至靈物，變化難具陳，偃師矜巧製，畢竟非眞人。〔註3〕

他並不否認有天才，但是天縱的藝術天才畢竟是少數。是以他主張藝術創造者需要有「識」有「力」：「文之要，曰識曰力。識見於認題之眞，力見於肖題之盡。」（〈經義概〉）

所謂「識」，指的是藝術家對宇宙萬物是非美醜的辨識能力，也指藝術家認識宇宙的高卓獨到的眼力。他不似學力派將「學」置放在首位，而承繼葉燮《原詩》：「才、膽、識、力四者，交相爲濟，苟一有所歉，則不可登作者之壇。四者無緩急，而要在先之以識。」的見解，提出：

> 文以識爲主。認題立意，非識之高卓精審，無以中要。才、學、識三長，識尤爲重，豈獨作史然耶？（〈文概〉）

> 嚴滄浪謂詩有「別材」、「別趣」，余亦謂賦有別眼。別眼之所見，顧可量耶？（〈賦概〉）

藝術創作倘若缺乏「卓識」、「別眼」，充其量只能是人云亦云，拾人餘唾罷了。

所謂「力」，是指藝術家運用形象概括生活的功夫和筆力，以及在創作中獨樹一幟的個人魅力。〈文概〉：

> 文家得力處人不能識，如東坡〈表忠觀碑〉，王荆公坐客畢竟似子長何語，坐客悚然是也。用力處人不能解，如歐陽公欲作文，先誦《史記·日者傳》是也。

〈書概〉：

> 李陽冰篆活潑飛動，全由力能舉其身。一切書皆以身輕爲尚，然除卻長力，別無輕身法也。

又：

〔註 3〕《昨非集》卷三。

書要心思微，魄力大。微者條理於字中，大者磅礴乎字外。

藝術創作個性，在於藝術家以獨到的藝術表現形式來「鍛鍊」豐富的藝術內容，而這又必須築基在藝術家具有紮實獨特的藝術功力和勇於創新的藝術魄力。若無「力」則藝術之美難以具象顯現出來。

深厚的識，是筆力的源泉。然則，「識」從何而來，歷來亦有很大的歧議〔註4〕。多數人視「識」為「學識」，認為由多讀書而來，王夫之則強調識見、靈感均來自客觀生活的審美觀照，所謂「身之所歷，目之所見，是鐵門限」（《薑齋詩話》卷一）。劉氏則著眼於識見的「深度」，他說：「文之要，本領氣象而已。本領欲其大而深，氣象欲其純而懿。」（〈文概〉）主張藝術家應從下列兩方面來提高自己識見的深度和廣度。

（一）多讀書

〈文概〉：

> 後世學子書者，不求諸本領，專尚難字棘句，此乃大誤。欲為此體，須是神明過人，窮極精奧，斯能託寓萬物，因淺見深，非光不足而強照者所可與也。

〈詞曲概〉：

> 黃魯直跋東坡〈卜算子〉「缺月掛疎桐」一闋云：「語意高妙，似非喫煙火食人語，非胸中有萬卷書，筆下無一點塵俗氣，孰能至此！」

〈經義概〉：

> 欲學者知存心修行，當以講書為第一事。講書須使切己體認，及證以目前常見之事，方覺有味。

識見的取得主要從古籍中來。要想創造出真正好的作品，必須在藝術本身之外的「事」上下功夫，所謂「胸有萬卷書」是也；因為「先有在物之理，而後有處物之義，作詩然，作文亦然。」〔註5〕是以高卓精審的識見只能從「在物之理」入手。

（二）深入虎穴，實事求是

〈文概〉：

> 言此事必深知此事，到得事理曲盡，則其文確鑿不可磨滅，如〈考工記〉是也。《梁書蕭子雲傳》載其「著《晉史》，至〈二王列傳〉，欲作論

〔註4〕嚴羽《滄浪詩話》：「夫詩有別材，非關書也；詩有別趣，非關理也。然非多讀書，多窮理，則不能極其至。」魏禧說：「或曰：識可造乎？曰：可。造識之道有三：曰見聞，曰揣摩，曰閱歷。」（《魏叔子日錄》卷一〈里言〉）。
〔註5〕見《游藝約言》。

草隸法，不盡意，遂不能成」。此亦見實事求是之意。

又：

> 陳同甫〈上孝宗皇帝書〉貶駁道學，至謂「今世之儒士，以爲得正心誠意之學者，皆風痺不知痛癢之人」。而其自跋《中興論》，復言「一日讀《楊龜山語錄》，謂『人住得然後可以有爲，才智之士非有學力卻住不得』，不覺恍然自失。」可見同甫之所駁者，乃無實之人，非龜山一流也。

劉氏倡導創作需有廣博的生活見識，熟知社會生活，具眞切的生活實感。他說：「事莫貴於眞知」〈《詞曲概》〉，認定「識」非人們所固有，也不止存在於典籍之中，更能在社會實踐中取得的。這裡所謂的「事」，指的是社會生活中千變萬化的矛盾現象。劉氏強調對「事」的「眞知」、「深知」，無疑地是指對社會生活須有深刻、眞切地了解與認識。

爲「深知」、「眞知」社會生活，他除主張要如杜甫、白居易等人「身入閭閻，目擊其事」，「直取性情眞」外，更進一步導出「師農工」的課題。他說：「夫農之言耕作，工之言樸斫，其事至淺近矣，要其言之，眞能自知自信，與聖賢之言志行一也。至商賈則飾矣，至巫卜則飾之甚矣。昔人稱爲文宜師聖賢，吾謂若吾人者且師農工也可。」〈《論文》〉於此不僅把農工與聖賢並論，且直接要求藝術創作者師法農工，這在桐派古文籠罩整個文壇的當時，確是獨樹一格。強調唯有師農工之「不飾」，才能實事求是，曲盡事物之理，而不致淪爲「風痺不知痛癢」的「無實之人」。

三、務盈守氣

我國古代文論家均十分重視「氣」在創作過程中的地位和作用。劉氏在《藝概》中也一再論及氣，他認爲「文不外理、法、辭、氣」〈《經義概》〉。把「氣」視爲創作中不可或缺的要素。

什麼叫「氣」？在先秦諸子著作中，「氣」原是一個哲學概念，被認爲是一種極細微而流動物質，並且是萬物之源。作爲自然物質的「氣」，其與文藝創作有著密切的關係〔註6〕；而作爲藝術創作個性的「氣」又何指呢？劉氏兼取前人諸家之說，在不同的地方，對「氣」的涵義作了不同的論述。

〔註6〕鍾嶸〈詩品序〉：「氣之動物，物之感人，故搖蕩性情，形諸舞詠。」劉勰《文心雕龍‧物色》也說：「寫氣圖貌，故隨物以婉轉；屬采附聲，亦與心而徘徊。」兩家所言，均指自然之氣作用於萬物，四時之景物變動不居，從而感染詩人，情以物興，辭以情發。

（一）「氣」是指「人的內心道德經久不懈的修養功夫」﹝註7﹞，包括人的氣質、個
　　　性、品格、才學，以及待人接物的處事態度。〈文概〉中所說「集義養氣，是
　　　孟子本領」、「韓以氣歸之於養」，《持志塾言・立志》：「氣主於志，志則須主
　　　於義，孟子動心章，義字最重要。」即此思想。劉氏此說之所由，大抵本孟
　　　子所提出養「浩然之氣」的命題。

（二）「氣」是指創作構思過程中的精神狀態或心境，它是在作家對生活感受的概括
　　　與思考中逐漸形成的。例如，〈文概〉：「文以鍊神鍊氣爲上半截事，以鍊字鍊
　　　句爲下半截事」、「柳州自言爲文章『未嘗敢以昏氣出之，未嘗敢以矜氣作
　　　之』」，又〈書概〉云：「學書通於學仙，鍊神最上，鍊氣次之，鍊形又次之。」
　　　等均是也。《文心雕龍・神思》也說：「方其搦翰，氣倍辭前」，〈養氣〉：「清
　　　和其心，調暢其氣」都是對作家精神狀態的強調。

（三）「氣」是指文章和作品中節奏、氣勢，及由此展現的條理、脈絡。劉氏引韓愈
　　　〈答李翊書〉：「氣，水也；言，浮物也。水大而物之浮者大小畢浮，氣盛則
　　　言之短長與聲之高下者皆宜。」清楚表明此意。他如〈文概〉：「《太玄》、《法
　　　言》，抑何氣盡力竭耶？」〈詩概〉：「少陵以前律詩，枝枝節節爲之，氣斷意
　　　促，前後或不相管攝，實由於古體未深耳。」〈賦概〉：「鄒陽獄中上書，氣盛
　　　語壯。」均此意。

（四）「氣」是指作品的風格。例如，〈文概〉：「蘇子由稱太史公『疏蕩有奇氣』」、「余
　　　謂幹之文非但其理不駁，其氣亦雍容靜穆，非有養不能至焉。」「會文窮盡事
　　　理，其氣味爾雅深厚，令人想見碩人之寬。」〈詩概〉：「曹公詩氣雄力堅」、「士
　　　衡樂府，金石之音，風雲之氣，能令讀者驚心動魄」、「學太白詩當學其體氣
　　　高妙，不當襲其陳意」、「唐詩以情韻氣格勝」等均指風格。

　　　《藝概》對氣的論述，尚有一些較寬泛的涵義，不過主要可歸納爲上述四種；
然而在實際運用中，它們是彼此聯繫的，有時甚至難以分割，這也是爲何氣往往只
可意味而難以言傳的原由之一。

　　　在藝術發展的軌跡中，不難發現古文藝理論批評相當注重作品的氣勢。文章有
氣勢，語言形式方面的因素固然不容忽視，但更主要的是關乎作家的養氣。就作品
而言，文氣是指作者情意和文辭的活動現象；就作者而言，文氣則又是作者個人的
情性、才質的活動現象。前者爲文學生命力的表現，後者是作者生命力的表現﹝註
8﹞。明清時期一些文論家，或者把氣看得比才更重要。如賀貽孫謂孔融的作品出類

<hr>

﹝註7﹞《中國歷代文論選》上冊第十二頁。
﹝註8﹞見朱榮智《文氣論研究》第二章第一節。

拔萃，並不在於才與學過人，而在於體氣高妙〔註9〕。葉燮以「才」、「膽」、「識」、「力」論詩之外，也很強調「氣」。他說：「立言而爲文章，韓愈所言『光燄萬丈』，此正言文章之氣也。氣之所用不同，用于一事則一事立極，推之萬事，無不可以立極。故自得與甫齊名者，非才爲之，而氣爲之也。」〔註10〕劉氏明顯地受到當時風尚所及，且更強化了氣在個性結構中的地位。〈文概〉說：

> 道文壯節，於漢季得兩人焉：孔文舉、臧子源是也。曹子建、陳孔璋文爲建安之傑，然尚非其倫比。

> 孔北海文，雖體屬駢麗，然卓犖道亮，令人想見其爲人。唐李文饒文，氣骨之高，差可繼踵。

氣既與文藝創作關係如此密切，那麼該如何「養氣」？這是個複雜的問題，由於各人的理解不同，方法也互有差異。劉氏對於「養氣」的具體內容，大致可歸納爲如下三方面。

（一）曰立品

〈詩概〉云：

> 詩格，一爲品格之格，如人之有智愚賢不肖也；一爲格式之格，如人之有貧富貴賤也。

> 言詩格者必及氣。

> 氣有清濁厚薄，格有高低雅俗。

〈詞曲概〉云：

> 齊、梁小賦，唐末小詩，五代小詞，雖小卻好，雖好卻小，蓋所謂「兒女情多，風雲氣少」也。

〈書概〉云：

> 書，如也，如其學，如其才，如其志，總之曰如其人而已。

他強調藝術作品要達到眞善美的最高境界，首要前提是「人品要高」，所謂「詩品出於人品」（〈詩概〉）。儘管藝術作品與人品的關係不能絕對化，但不能否認地，品節高尚的人才能涵養天地之正氣，其作品亦絕不流於塵俗；因爲他的情操志趣必然會反射到作品中去。

〔註 9〕賀貽孫《詩筏》云：「與曹氏文子兄弟並驅者，惟文舉與蔡伯喈二公之詩，綽有風骨耳，王粲諸人，皆所不及。文帝謂孔融、王粲諸人『于學無所遺，于辭無所假』。又云『文以氣爲主』。然則王粲諸人，才與學皆孔北海匹也，所不及北海者，氣耳。北海詩云：『幸托不肖軀，且當猛虎步。』三復此語，浩然之氣，至今尚在。」

〔註10〕葉燮《原詩‧內篇》。

（二）曰理性

〈書概〉云：

> 筆性墨情，皆以其人之性情爲本。是則理性情者，書之首務也。

「性情」者，即今所謂氣質。劉氏主張氣質變化說，《持志塾言‧爲學》說：

> 習染之久，便成氣質。所謂習與性成者也。變化氣質，當兼習染。
> 以惡習變壞氣質者多矣。然則善其所習者，能將氣質變好，何疑？

先天氣質不僅作用於整個人生，而且異常頑固。倘若不懂得修鍊、運用、發揮個人的氣質特長，縱有豐富的學識，也終難成爲一流的藝術家。此處所謂「善其所習者」，指的就是要善於修養自身的性情，盡力克服稟性中不好的一面。

（三）曰讀書

〈書概〉云：

> 凡論書氣，以士氣爲上。若婦氣、兵氣、村氣、市氣、匠氣、腐氣、
> 傖氣、俳氣、江湖氣、門客氣、酒肉氣、蔬筍氣，皆士之棄也。

「士氣」是指古代知識分子在書法藝術上所追求的富高雅韻律美的文人氣、書卷氣。〈詩概〉也說：

> 詩要避俗，更要避熟。剝去數層方下筆，庶不墮「熟」字界裡。

「俗」，反映出人的學識淺薄，或見解不高，或胸襟狹隘，甚至氣質卑劣，除非多讀書，否則難以改變。至於「熟」，〈書概〉云：「書家同一尚熟，而熟有精粗深淺之別，惟能用生爲熟，熟乃可貴。自世以輕俗滑易當之，而眞熟亡矣。」藝術家要在筆下形成自己的某種風格時，是需要一定的積淀；這種積淀絕非一朝一夕所能奏效，須經過長時期的用功，方能擺脫「輕俗滑易」達到「眞熟」的境界。

總之，藝術創作需要才、學、識兼備。先天稟賦的「才」，加上後天修養的「學」，方能蔚成所謂的器識與志氣。

第二節　客體結構的審鍊

陸機〈文賦〉云：「體有萬殊，物無一量，紛紜揮霍，形難爲狀。」大抵文章一類有一類之格〔註11〕，欲學爲文，首先，須辨其體要。其次，文以情意爲主。然情

〔註11〕曹丕《典論‧論文》云：「奏議宜雅，書論宜理，銘誄尚實，詩賦欲麗。」陸機〈文賦〉云：「詩緣情而綺靡，賦體物而瀏亮，碑披文以相質，誄纏綿而悽愴，銘博約而溫潤，箴頓挫而清壯，頌優游以彬蔚，論精微而朗暢，奏平徹以閒雅，說煒燁而譎誑。」劉勰《文心雕龍‧定勢》云：「章表奏議，則準的乎典雅；賦頌歌詩，則羽儀

意只是內在的、抽象的情感和思想，須藉由文字的運用，才能明確而深刻地表現出來。在運用文字時，一方面對使用的字彙須考慮周詳，才能恰當地反映所要表達的情意；另一方面對使用字彙的結構組織須精細講求，方可準確地顯現出作者的情感和思想。

劉氏總結前人的創作經驗，在《藝概》中精當地論述了詩文詞賦與書法的體要、法度及命意，提出其對創作的原則與要求。

一、辨體要

劉氏利用比較各種文體的基本特點，揭示各種文藝的特有樣式。詩歌是我國民族文學最基本的文學形式，其中有許多內部規律尚待探討，許多經驗尚待總結，劉氏在詩歌體制的發展演變上進行多角度的比較，有助於我們在創作中，為一定的思想內容選擇恰當的文體形式。

五言與七言乃古體、近體詩的主要形式，有關它們之間的區別，劉氏在〈詩概〉中有詳析的論述：

> 五言質，七言文，五言親，七言尊。幾見田家詩而多作七言者乎？幾見骨肉間而多作七言者乎？
>
> 五言無閒字易，有餘味難；七言有餘味易，無閒字難。
>
> 五言與七言因乎情境，如〈孺子歌〉「滄浪之水清兮」，平澹天真，於五言宜；甯戚歌「滄浪之水白石粲」，豪蕩感激，於七言宜。
>
> 五言上二字下三字，足當四言兩句，如「終日不成章」之於「終日七襄，不成報章」是也。七言上四字下三字，足當五言兩句，如「明月皎皎照我床」之於「明月何皎皎，照我羅床幃」是也，則五言乃四言之約，七言乃五言之約矣。

五、七言之別在於音節的短長和語調的緩急，這些形式因素又能動地影響情態韻味的變化。從五言至七言，從「平澹天真」至「豪蕩感激」，從反映田家生活、骨肉情誼至無所不包的廣闊社會，五言詩在前，七言詩在後。「一句五言詩是兩句四言詩的省約，一句七言詩是兩句五言詩的省約。文句由繁趨簡，含義由簡趨繁。」〔註12〕這正是社會生活日趨複雜，人們思想情感更為豐富，文學形式臻於完美的表現。內容不斷地開拓藝術形式，藝術形式又使內容益發深厚豐滿。在這迴環往復的文藝歷

乎清麗；符檄書移，則楷式於明斷；史論序注，則師範於覈要；箴銘碑誄，則體制於弘深；連珠七辭，則從事於巧豔。」

〔註12〕見范文瀾《中國通史》第二冊第323頁。

史發展過程中，得以留存下來的文藝體式，才是值得我們學習的寶貴遺產。

就詩歌的風、騷、賦三種體裁而言，劉氏認為：

> 學騷與風有難易。風出於性靈者為多，故雖婦人女子無不可與；騷則重以脩能，嫺於辭令，非學士大夫不能為也。賦出於騷，言典致博，既異家人之語，故雖宏達之士，未見數數有作，何論隘胸襟、乏聞見者乎！（〈賦概〉）

上述的比較，不僅反映其各異的形式特徵、作者對象、創作素養，且體現文學與人民生活聯繫的程度。又〈詩概〉云：

> 長篇以敘事，短篇以寫意，七言以浩歌，五言以穆誦，比皆題實司之，非人所能與。

> 五言尚安恬，七言尚揮霍。安恬者，前莫如陶靖節，後莫如韋左司；揮霍者，前莫如鮑明遠，後莫如李太白。

文藝樣式，或宏制鉅構，或抒情淺唱，或鋪陳典麗，均須因人、因事、因情而宜。婦人女子宜作風，學士大夫宜作騷，宏達之士宜作賦。陶潛、韋應物「尚安恬」，所作多五言，鮑照、李白「尚揮霍」，七言之作多。從事創作務先了解各類文藝的體制，選擇最適合自己思想內容、情感素質的外衣，才能達到質文諧應的境地。

至於詩文之間的區別，兩者的界限，依照中國傳統的美學思想，即「詩」與「筆」的界限。〈文概〉云：

> 古人或名文曰筆。《梁書·庾肩吾傳》太子與湘東王書曰：「謝朓、沈約之詩，任昉、陸倕之筆。」筆對詩言者，蓋言志之謂詩，述事之謂筆也。其實筆本對口談而言，《晉書·樂廣傳》：「廣善清言，而不長於筆。將讓尹，請潘岳為表，岳曰：『當得君意』廣乃作二百句語述己之志。岳因取次比，便成名筆。時人咸云：『若廣不假岳之筆，岳不取廣之旨，無以成斯美也。』」昌黎亦云：「不惟舉之於其口，而又筆之於其書。」觀此而筆之所以命名者見矣。然昌黎於筆多稱文，如謂「漢朝人莫不能為文，獨司馬相如、太史公、劉向、揚雄為之最」是也。

前人將「文述事」、「詩言志」作為詩文的主要特徵加以區別，劉氏卻認為文筆沒有本質上的不同，就如韓愈所言，文筆是相對於口談而言，至於詩歌則是：

> 文所不能言之意，詩或能言之。大抵文善醒，詩善醉，醉中語亦有醒時道不到者。蓋其天機之發，不可思議也。故余論文旨曰：「惟此聖人，瞻言百里。」論詩旨曰：「百爾所思，不如我所之。」（〈詩概〉）

此與吳喬所云：「文喻之炊而爲飯，詩喻之釀而爲酒。」〔註13〕有同工之妙。

詩歌具有「能言」文所「不能言」或「道不到」的特殊性，其關鍵就在於「天機」。劉氏在〈游山與友人論詩〉中說：

> 自昔伶倫始作律，六琯陰陽辨徐疾。乃是天籟應自鳴，豈與人工同倨屈？騷人詩客太古無，但感喉舌爲歌呼。試聽山童與野叟，歌聲動與天機俱。〔註14〕

對於當時詩歌刻意求辭、無病呻吟的風尚深表不滿，主張「有志堪寫直須寫」〔註15〕、「試聽山童與野叟」，這同他提倡爲文「師農工」的主張相互應合。

總之，「文章以體制爲先，精工次之。失其體制，雖浮聲切響，抽黃對白，極其精工，不可謂之文矣。」又「文莫先於辨體，體正而後意以經之，氣以貫之，辭以飾之。體者，文之幹也；意者，文之帥也；氣者，文之翼也；詞者，文之華也。」（徐師曾《文體明辨》）既已詳析文之體要，接下來論其組織章法。

二、審法度

劉氏創作論的另一重要內容，是重視「法」在創作實踐中的作用。《藝概》中所謂的法，包括多方面涵義；分別其不同情況，大抵是指創作的原則、原理、方法與技巧。劉氏認爲「文有文律」、「以法爲律」（〈詩概〉），以古人論文時所云「言而當法」、「高簡有法」、「悉有法度」爲依據，而得出「義法居文之大要」、「具見法之宜講」〔註16〕的結論。他凝縮古代文家的創作經驗，於《藝概》中對詩文詞賦的篇法、章法、筆法，乃至於句法，提出簡明扼要的寫作原則。〈經義概〉：

> 文之要三：主意要統一而貫攝，格局要整齊而變化，字句要刻畫而自然。

〈文概〉：

> 文有七戒，曰：旨戒雜，氣戒破，局戒亂，語戒習，字戒僻，詳略戒失宜，是非戒失實。

以這些原則爲中心，劉氏結合對作家、作品的評論，提出具體的創作方法。

〔註13〕見《圍爐詩話》。

〔註14〕《昨非集》卷三。

〔註15〕《昨非集》卷三〈與客論詩戲作〉云：「詩求佳句掛人口，徇物忘己眞可憐，有志堪寫直須寫，不爾莫使詩魔牽。」

〔註16〕《文概》云：「『書法』二字見《左傳》，爲文家言法之始。《莊子‧寓言篇》曰：『言而當法』；宛公武稱陳壽《三國志》『高簡有法』；韓昌黎謂『經承子厚口講指畫爲文辭者，悉有法度可觀』；歐陽永叔稱尹師魯爲文章『簡而有法』，具見法之宜講。」

（一）扼定主腦

何謂「主腦」？〈經義概〉：

> 凡作一篇文，其用意俱要可以一言蔽之。擴之則為千萬言，約之則為一言，所謂主腦者是也。

然則主腦有何作用？〈經義概〉：

> 主腦既得，則制動以靜，治煩以簡，一線到底，百變而不離其宗，如兵非將不御，射非鵠不志也。

劉氏此處所言主腦的作用，指的是主體思想的概括，乃創作構思中不可缺少的步驟。正如〈書概〉所云：「畫山者必有主峰，為諸峰所拱向；作字者必有主筆，為餘筆所拱向。主筆有差，則餘筆皆敗，故善書者必爭此一筆。」文藝創作者如何才能將「主腦」、「主筆」表現出來呢？劉氏認為需做到以下三點：

甲、慎辨而去取

〈文概〉云：「文固要句句字字受命於主腦，而主腦有純駁平阪高下之不同，若非慎辨而去取之，則差若毫釐，繆以千里矣。」說明題材的選擇取捨要慎重謹嚴，力求「依大義而削異端」，達到「漱滌萬物，牢籠百態」，「當無者盡無，當有者盡有」的境地。此外，劉氏特別指出，在「人多事多難遍論」的情況下，要「借一論之，一索引千鈞」，達到舉一以例百，合百以為一的效果。

這種見解，在選材上已接觸到「典型性」的水平。（以上引文出自〈文概〉）

乙、一語為千萬語所託命

〈文概〉云：「一語為千萬語所託命，是為筆頭上擔得千鈞。然此一語正不在大聲以色，蓋往往有以輕運重者。」這是主腦作用在作品中的具體表現，陸機〈文賦〉有所謂「立片言而居要，乃一篇之警策」，大抵是此論的淵源。說明創作的要訣在提鍊出凝聚全篇精神的精湛語句，將主腦突顯出來；就詩詞而言，即所謂「詩眼」和「詞眼」所在。〈詩概〉云：

> 鍊篇、鍊章、鍊字，總之所貴乎鍊者，是往活處鍊，非往死處鍊也。夫活，亦在乎認取詩眼而已。
> 詩眼，有全集之眼，有一篇之眼，有數句之眼，有一句之眼；有以數句為眼者，有以一句為眼者，有以一二字為眼者。

〈詞曲概〉云：

> 「詞眼」二字，見陸輔之《詞旨》。其實輔之所謂眼者，仍不過某字工，某句警耳。余謂眼乃神光所聚，故有通體之眼，有數句之眼，前前後

後無不待眼光照映。若舍章法而專求字句，縱爭奇競巧，豈能開闔變化一
動萬隨耶？

這「主腦」、「詩眼」、「詞眼」之於作品，正如「主意」與「群意」間的繫聯，一旦
「主意定則群意生」，「是以相形相對者，皆若杳然偕來，拱向注射耳。」（〈賦概〉）

丙、客筆主意

〈文概〉云：「客筆主意，主筆客意。如《史記‧魏世家贊》、昌黎〈送董邵南
遊河北序〉，皆是此訣。」意即不直接道出作品的主腦，而寄寓於客觀事物的敘述，
或以事實、景象自然地體現出來。〈文概〉云：

> 敘事不合參入斷語。太史公寓主意於客位，允稱微妙。

> 論不貴強下斷語，蓋有置此舉彼，從容敘述，而本事之理已曲到無遺
者。

清楚地表出「客筆主意」的內涵。除了散文，在詩、詞、賦作中，劉氏也極力強調
此法的運用。〈詩概〉：

> 以鳥鳴春，以蟲鳴秋，此造物之借端託寓也。絕句之小中見大似之。

> 山之精神寫不出，以煙霞寫之；春之精神寫不出，以草樹寫之。故詩
無氣象，則精神亦無所寓矣。

〈賦概〉：

> 在外者物色，在我者生意，二者相摩相盪而賦出焉。

一般而言，實體形貌較易描摹，精神虛象則難以捉摸。為此，劉氏提出作詩：「蓋意
不可盡，以不盡盡之。正面不寫寫反面，本面不寫寫對面、旁面，須如覷影知竿乃
妙。」（〈詩概〉）虛與實、形與神雖然相對立，但它們在創作中卻是可以統一乃至互
相體現。寓精神於氣象，即借形傳神；以不盡寫盡，以反面、對面寫正面、本面，
即以虛顯實，這在作者是捨竿求影，在讀者卻是「覷竿知影」。

（二）有筋有節

這是說明章法結構既要層次分明，又須緊密銜接：〈經義概〉云：

> 文家辨得一節字，則界畫分明；辨得一筋字，則脈絡聯貫。

指出在章法結構中，整體與部分的相互聯繫。

然則，如何才能做到「有節」？

劉氏以為作品可分成「始、中、終」三部分。〈文概〉云：

> 兵形象水，惟文亦然。水之發源、波瀾、歸宿，所以示文之始、中、
終，不已備乎？

〈詞曲概〉：

> 曲一宮之內，無論牌名幾何，其篇法不出始、中、終三停，始要含蓄
> 有度，中要縱橫盡變，終要優游不竭。

〈經義概〉：

> 筆法之大者三：曰起，曰行，曰止。而每法中未嘗不兼具三法，如起，
> 便有起之起，有起之行，有起之止也。

明白揭示作品應有的結構層次，反映出創作的一條普遍規律。

如何能做到「有筋」？

劉氏認為要設置「關鍵」，使前後「貫一」。〈經義概〉：

> 文有關鍵便緊。有題字之關鍵，如做此動彼是也；有文法之關鍵，如
> 前伏後應是也。

基於這種認識，他在〈文概〉中說：

> 揭全文之指，或在篇首，或在篇中，或在篇末。在篇首則後必顧之，
> 在篇末則前必注之，在篇中則前注之，後顧之。顧注，抑所謂文眼者也。

又〈經義概〉云：

> 起、承、轉、合四字，起者，起下也，連合亦起在內；合者，合上也，
> 連起亦合在內；中間用承用轉，皆兼顧起合也。

以此來解決作品之始、中、終三部分的銜接問題，使其能首尾連接，前後貫一。

想要作品「有筋有節」，除了上述作法外，還必須正確地處理作品中各層次、段落間的斷續與變貫關係。

甲、斷與續

何謂「斷」與「續」？〈經義概〉：

> 文忽然者為斷，變化之謂也，如斂筆後忽放筆是；復然者為續，貫注
> 之謂也，如前已斂筆，中放筆，後復斂筆以應前是。

〈文概〉：

> 章法不難於續而難於斷。先秦文善斷，所以高不易攀。然「拋鍼擲線」，
> 全靠眼光不走；「注坡驀澗」，全仗韁彎在手。明斷，正取暗續也。

〈書概〉：

> 草書尤重筋節，若筆無轉換，一直溜下，則筋節亡矣。雄氣脈雖尚綿
> 互，然總須使前筆有結，後筆有起，明續暗斷，斯非浪作。

作品的段落若能或「明斷暗續」，或「明續暗斷」地斷續相間，又能「立定主意，步步回顧，方遠而近，似斷而連」（〈文概〉）地前後相聯，便可達到「纍纍乎端如貫珠」

的境界。

乙、變與貫

劉氏認為講求章法，須立足於一「變」字。何謂「變」？〈詩概〉云：

> 大起大落，大開大合，用之長篇，此如黃河之百里一曲，千里一曲一直也。然即短至絕句，亦未嘗無尺水興波之法。

長篇之「大起大落」，短篇之「尺水興波」，皆「變」。沒有「變」，即無所謂章法。在「變」的基礎上，劉氏又強調「通其變」，認為惟有「通其變」，方能成就「天地之文」。所謂「通其變」者，就是要把握和遵循「變」的規律，達到「變化」的融貫。〈詩概〉：

> 律詩既患旁生枝節，又患如琴瑟之專壹。融貫變化，兼之斯善。

〈詞曲概〉：

> 詞中承接轉換，大抵不外紓徐斗健，交相為用，所貴融會章法，按脈理節拍而出之。

又：

> 小令難得變化，長調難得融貫。其實變化融貫，在在相須，不以長短別也。

「專壹」是無變化，「旁生枝節」是變而不能融貫，二者皆偏傷，只有「紓徐斗健，交相為用」，才能既變且貫。《藝概》言融貫，總先求變化。劉氏立足於變化中求融貫，在融貫的制約中求變化，這是他對劉勰《文心雕龍・神思》「貫一為拯亂之藥」的深化與發展。

（三）曲折盡變

劉氏特別強調作品須富於曲折變化。他說：「賦須曲折盡變」（〈賦概〉），「文莫貴於精能變化」（〈文概〉），盛贊那些「如奇峰異嶂，層見疊出」的詩文，謂其「一波未平，一浪已作，出入變化，不可紀極」（〈文概〉）。

如何才能使作品曲折盡變？

劉氏不僅提出行文中慣用的四種筆法，即「突起、紓行、峭收、縵迴」（〈文概〉），且多方地概括章法、句法中各種相對待的辯證關係，要求章法須有「反正、淺深、虛實、順逆」，句法須有「明暗、長短、單雙、婉峭」（〈經義概〉）等對立面。至於在詩歌方面，他指出「伏應、提頓、轉接、藏見、倒順、縮插、淺深、離合諸法，篇中段中聯中句中均有取焉。」（〈詩概〉）結構上須「起有分合緩急，收有虛實順逆，對有反正平串，接有遠近曲直。」（〈詩概〉），才能達到既「流動」而又「凝重」的

風格美。

以下是《藝概》中論及有關作品如何曲折盡變的技巧。

甲、絕處逢生

〈經義概〉云：「空中起步，實地立腳，絕處逢生，局法具此三者，文便不可勝用；尤在審節次而施之。」然則何謂「絕處逢生」？〈文概〉云：

> 《莊子》是跳過法，《離騷》是回抱法。
>
> 有路可走，卒歸於無路可走，如屈子所謂「登高吾不說，入下吾不能」是也。無路可走，卒歸於有路可走，如莊子所謂「今子有五石之瓠，何不慮以爲大樽而浮於江湖」，「今子有大樹，何一樹之於無何有之鄉，廣莫之野」是也。而二子之書之全旨，亦可以此概之。

或用「回抱」或用「跳過」之法，如此自然有曲折變化，進而產生無窮的魅力。

乙、前後摩盪

〈詩概〉云：「篇意前後摩盪，則精神日出。如《豳風‧東山》詩，種種景物，種種情思，其摩盪祇在『但』『歸』二字耳。」意即在有關部位做必要的鋪襯、渲染，而不直書其事，以取其相反相成之妙。如〈詞曲概〉：

> 詞之章法，不外相摩相盪，如奇正、空實、抑揚、開合、工易、寬緊之類是也。

又：

> 空中蕩漾，最是詞家妙訣。上意本可接入下意，卻偏不入，而於其間傳神寫照，乃愈使下意栩栩欲動，《楚辭》所謂「君不行兮九夷猶，蹇誰留兮中洲」也。

丙、紆陡相濟

是指筆法起伏相間，疏密弛張有致。劉氏云：「文家用筆之法，不出紆陡相濟。紆而不懈者，有陡以振其紆也；陡而不突者，有紆以養其陡也。」（〈經義概〉）此處不僅說明行文須有起有伏，有張有弛，尚且指出其間相互依存、作用的關係。

丁、平淺深奇、坦易微妙

作品過於平淺或深奇，均非上乘之作。劉氏所強調的是「易處見工」、「用常得奇」。此乃由於「詩中固須多得微妙語，然語語微妙，便不微妙。須是一路坦易中，忽然觸著，乃足令人神遠。」（〈詩概〉）全是妙語，缺少矛盾的另一方，便無法顯出其微妙。坦易不是奇妙，卻是構成奇妙不可缺的條件。故此，劉氏推崇陸游詩「明白如話，然淺中有深，平中有奇，故是令人咀味。」（〈詩概〉）

三、工命意

（一）意與法

劉氏在《藝概》中反覆論及章法、句法、筆法，但並不迷信「法」。他指出：「書雖重法，然意乃法之所受命也。」（〈書概〉）關於書藝的表意特性，〈書概〉中有大篇幅的闡發；他說：「揚子以書為心畫，故書也者，心學也。心不若人而欲書之過人，其勤而無所也宜矣。」因此，「書雖學於古人，實取諸性而自足者也。」又援引鍾、王之言進一步加以發揮。〈書概〉云：

> 鍾繇筆法曰：「筆迹者，界也。流美者，人也。」

> 右軍〈蘭亭序〉言「因寄所託」，「取諸懷抱」，似亦隱寓書旨。

此處之「筆迹」「界」，乃書之用；而「流美」「人」，是書之本。書家在創作時，應「因寄所託」、「取諸懷抱」，如此筆性墨情中便能「流美」，流露出情意之美，從而構成藝術之美。

又〈文概〉云：「莊子曰：『語之所貴者，意也。意有所隨，意之所隨者不可以言傳也。而世因貴言傳書。』是知意之所貴者，非徒然也。為文者苟不知貴意，何論意之所隨者乎？」文章惟能命意，方能造境，作文之法，在辭句未成前，即須立意，既立之後，或出之始，或出之終，或發之前，或發之後，百變而不離其宗。但是一方面如果沒有掌握「法」，縱有精奧的見解，也無法鮮明表出。因此，劉氏在〈文概〉中提出：

> 敘事要有法，然無識則法亦虛；論事要有識，然無法則識亦晦。

又〈經義概〉也說：

> 立一義於先，然後有離有合，離者離此，合者合此也。若未嘗先有所立之義，不知是離合箇甚。

所謂「識」、「義」，是指思想內容；所謂「離合」，乃法的一種。離開識與義，法便無所依附，只有「主意拏得定」，才能做到「開闔變化，惟我所為」（〈詩概〉）。於此突出說明意對於法的統帥作用。

（二）意與障

劉氏曾多次提到「障」，如〈文概〉云：

> 乍見道理之人，言多理障；乍見故典之人，言多事障。故艱深正是淺陋，繁博正是寒儉。文家方以此自足而夸世，何耶？

「障」至王國維《人間詞話》，變成「隔」：

> 問隔與不隔之別，曰：陶謝之詩不隔，延年則稍隔矣；東坡之詩不隔，

　　　　山谷則稍隔矣。

「障」與「隔」的意思相同，乃創作技巧與功力的要求；簡而言之，文學作品中，作者苟能見之宜、知之深，感受眞切，且立意鮮明，令讀者有「言有盡而意無窮」的無限餘味，則此作品即是「不障」、「不隔」。反之，作者非意在筆先，無眞切之感受而徒然爲文造情，或因襲陳言，或堆砌雕琢，無法使讀者「得意忘言」，則此類作品即患「障」、「隔」之病。

　　以山谷詩爲例。〈詩概〉云：「蘇、黃皆以意勝，惟彼胸襟與手法俱高，故不以精能傷渾雅焉。」然由於黃詩只「瘦硬通神」，缺少「水深林茂之氣象」，又「山谷詩取過火一路」，「未能若東坡之行所無事」（〈詩概〉），因此，山谷詩也就缺乏東坡詩那種「埋趣」。正如趙翼《甌北詩話》所言：「東坡隨物賦形，信筆揮灑，不拘一格，故雖瀾翻不窮，而不見有矜心作意之處。山谷則專以拗峭避俗，不肯作一尋常語，而無從容游泳之趣。」此蘇、黃之別也。

　　是知作品欲得「不障」、「不隔」，須具備兩大要件：

甲、意在筆先

　　〈文概〉云：「〈文賦〉：『意司契而爲匠。』文之尚意明矣。」〈賦概〉云：「賦欲不朽，全在意勝。《楚辭・招魂》言賦，先之以『結撰至思』，眞乃千古篇論。」作家爲表達一己之思想而創作，其寫作之先，心中必先存某種觀念或體驗，以爲地值表達，方才下筆。

乙、意內言外

　　〈詞曲概〉云：「詞之妙莫妙於以不言言之，非不言也，寄言也。如寄深於淺，寄厚於輕，寄勁於婉，寄直於曲，寄實於虛，寄正於餘，皆是。」「不障」、「不隔」的妙處，正在於「含不盡之意」、「見於言外」的「寄言」。

　　就本章以上所論，關於劉熙載《藝概》論創作的內涵，大致可勾勒出下列兩個重點：

一、藝術創作莫不根源於主體精神的涵攝。所以，首先要「有箇自家在內」，其次配合識力志氣，以達觀物類情、觀我通德的「物我無間」之境。

二、在創作論中，劉氏雖重法卻不迷信法。他認爲：「法高於意則用法，意高於法則用意，用意正其神明於法也。文章一道，何獨不然？」（〈文概〉）

第五章　鑑賞論

　　一切文學藝術都是訴諸感性的，它永遠關注呈現於感官經驗中的現象世界；因為構成其美感觀照內容的，不只是外在的現象，同時是人類對此現象的感覺與專注，這是人類生存體驗的基層。

　　面對現象世界中的自然景物，文藝所捕捉的也許是感覺經驗中純粹的美感觀照，然而一旦它進一步觸及人性的感應與體察，其所同時產生的便又是一種倫理的觀照。這類倫理觀照往往經由語言、意象的暗示，表現在作品中。因此，我們鑑賞作品不能用分析的方法去尋找所謂的典型，只能抓住作品的意象，以及意象所包涵的旨趣、體現的情調，意象的社會意義與感染作用，才能真正地鑑賞文藝。

　　此外，文藝欣賞是一種生命情調的分享，於此分享行動中，必然會產生自省與評判。在這種評判的觀照下，生命情調自然有高下，所以勢必訴諸一己之永久普遍的倫理覺識〔註 1〕。是則劉氏自感覺經驗的美感觀照與倫理觀照的層面上，提出對文藝的鑑賞論：
　　一、詩品出於人品的美學觀
　　二、極鍊如不鍊之自然本色
　　三、似花還似非花的意境論

第一節　詩品出於人品的美學觀

　　品第高下的觀念起自魏晉的九品論人，從鍾嶸開始又被引進文藝批評的領域，沈約《碁品》、庾肩吾《書品》〔註2〕，皆此風氣下的產物。關於詩品與人品的涵義，

〔註 1〕〈生命情謂的分享──談文學欣賞〉，見柯慶明《現代中國文學批評論》。
〔註 2〕沈約《碁品》今佚，《全梁文》存〈碁品序〉一卷，見嚴可均輯《全上古三代秦漢三

古代文論家的論述不盡相同，總括地說，詩品的內涵涉及作品思想內容與藝術特色的各方面；人品的內涵則涉及作者道德修養與創作才能的各方面。然而，詩品與人品間的關係，已非單純地論詩和論人的問題，而是研究作品與作者間關係的問題。

一、詩品與人品的源流

在我國古代文藝批評中，間續地進行著作家與作品關係的論爭。首先，是以東漢揚雄為代表。他在《法言·問神》提出：「言，心聲也。書，心畫也。聲畫形，君子小人見矣。」明確地指出文藝創造及文藝家主觀思想情感的關係，突出了古代美學將文藝看成是人的內在思想情感的表現，這一根本觀點，從歷史上看，已隱含在「詩言志」的命題中，後來《禮記·樂記》又提出「凡音之起，由人心生也」的論點，把藝術創造同「人心」聯繫起來，不過主要仍就音樂而言。揚雄將〈樂記〉的說法推廣至文學作品，並且涉及漢代後期顯著發展的書法藝術；因為，自文學的角度看，「書」固然指的是用文字所寫成的文學作品，但在印刷術尚未發明的漢代，文學作品均由作家親自寫在竹簡、布帛上，因而也同書法藝術聯繫起來。唐張懷瓘在《文字論》中說：「文則數言乃成其意，書則一字已見其心。」說明文章要靠許多字組成語言，通過語言以了解作者的思想；至於書法，只要動一筆，這筆觸的造形特徵立刻洩露寫者的心理狀態。

揚雄的「心聲」、「心畫」說，強調藝術與個體人格不可分的思想，對後世產生相當大的影響。後世所謂「文如其人」，「人品」與「畫品」、「書品」的高下密切相關的說法，均明顯源自揚雄。

其次，梁簡文帝蕭綱提出完全相反的論調。他在〈誡當陽公大心書〉中說：「立身之道，與文章異；立身先須謹重，文章且須放蕩。」梁簡文帝極力否認文學的墮落與其精神品格的關係。這非但未能掩飾他們自身的墮落，反倒證明作家與作品間的聯繫是不容割裂的。齊梁間淫靡的宮體文學，正是滿足帝王和士族放蕩的產物。

至金元，元好問在〈論詩三十首〉中對揚雄提出質疑：「心畫心聲總失真，文章寧復見為人。千古高情〈閑居賦〉，爭信安仁拜路塵。」這說明另一種情況，詩品是人品的隱晦曲折反映，人品的真貌甚至隱藏於完全相反的假象中。因此，論詩者不能就詩論詩，尚須知人論世。

再者，詩論家們看到詩品隨詩人前後遭際、胸襟寬狹、學識高下的不同而不同，因此他們也論述了詩人在加強道德修養的同時，尚應注重才、識、膽、力的培植。

國六朝文》。

劉勰在《文心雕龍‧程器》中首引「周書論士，方之梓材」，以明「士先器識而後文藝」，將作品的優劣與作家品德修爲繫聯在一起。其後又本「貴器用而兼文采」的觀點，來衡論天下文士，要求作家得志則開物成務，澤加於民；不得志則著書立說，修身見於世。

　　從以上概要的歷史回顧基礎上，不難發現劉氏「詩品出於人品」說，乃上承揚雄的觀點。〈文概〉云：「《易‧繫辭》謂『易其心而後語』，揚子雲謂言爲『心聲』，可知言語亦心學也。況文之爲物，尤言語之精者乎！」同時他又提出觀詩之法，在於「頌其詩貴知其人」（〈詩概〉），從而對鍾嶸《詩品》中所謂〈古詩〉出於〈國風〉，李陵出於《楚辭》，如此生硬地尋求作家作品風格淵源的讀詩方法頗生微詞，主張「知人論世者，自能得諸言外」（〈詩概〉）。於此，詩品與人品的一致性是基本思想，而「詩言志」說則是樹立此思想的理論依據。《藝概》提出「詩品出於人品」，正是對此一致性思想的明確概括。

二、詩品出於人品說

（一）品的涵義

　　劉氏繼承前人在詩品與人品問題上的理論觀點，然其理論又自有側重點與特色。他所謂的「品」，其內涵有明確的界定。甲、品是一種質，是思想道德的品格；與此相應，品作爲批評方法，非解決批評任務的全部，而是評價作品的第一步。乙、品是風格；藝術家將人品轉化爲胸襟、氣度，通過作品表現出來。

　　甲、品是品格

　　〈詩概〉云：「詩格，一爲品格之格，如人之有智愚賢不肖也；一爲格式之格，如人之有貧富貴賤也。」可知，「品」指品格，非關作品的水準高低問題，而是如人之智愚賢不肖般地質的高低問題。〈文概〉：

　　　　荊公文是能以品格勝者，看其人取我棄，自處地位儘高。

〈賦概〉：

　　　　賦尚才不如尚品。或竭盡雕飾以夸世媚俗，非才有餘，乃品不足也。

〈詞曲概〉：

　　　　周美成詞，或稱其無美不備。余謂論詞莫先於品。美成詞信富豔精
　　　工，只是當不得箇「貞」字。是以士大夫不肯學之，學之則不知終日意
　　　縈何處矣。

「人取我棄，自處地位儘高」是論人品。在此不是以王安石的人品來論文，而是以

論人品的標準的來論王安石的文章。藝術是由美的情緒所組成，然在純美之中，必蘊蓄眞善之性；眞善之裡，必滋生純美之表。思想違眞遠善，雖富豔精工，美而有玷。是以劉氏論詩品的內涵不包括藝術技巧，論人品的內涵也不包括才氣。因而，得出「論詞莫先於品」，「尚才不如尚品」的結論。固然第一流的作品在確定其有高的「品」之後，仍須進而求其才，但是若作品之「品」不高，作者之「才」再高也無法躋入傑作之林。

乙、品是風格

品爲品格的單純性，使劉氏的理論不包括藝術技巧等歷來詩品論的內容。不過，劉氏繼承前人的觀點，對作品風格與作家氣質、才能的關聯性，亦有著豐富的論述。在書論領域，風格成了主要突出的問題；書法無法直接表現情感，更遑論思想，書家的人品只有轉化爲胸襟、氣度之類，透過風格來表現。於是，劉氏又將風格稱爲「品」。

在書法的風格批評方面，他出色地發展了「書如其人」的傳統書論，將風格與人格密切地繫聯起來。〈書概〉云：

> 書，如也，如其學，如其才，如其志，總之曰如其人而已。

較之「書如其人」的籠統說法更爲具體。以王羲之爲例，〈書概〉云：

> 羲之之器量，見於郗公求婿時，東床坦腹，獨若不聞，宜其書之靜而
>
> 多妙也。經綸見於規謝公以虛談廢務，浮文妨要，宜其書之實而求是也。

王羲之的書藝如其「器量」亦即「如其志」；如其「經綸」，亦即「如其才」。〈書概〉又云：

> 書可觀識。筆法字體，彼此取舍各殊，識之高下存焉矣。

書法中必然表現出書家之「識」，此亦主張「書如其人」的原因之一。書藝創造離不開書家的審美意念，它決定字體、筆法、結字、布白，以及巧拙、奇正、剛柔、方圓、藏露等因素的選取和組合，亦決定書家風格的個性和書品的高下。個性不同者，其書風亦各異。所以，〈書概〉進而指出：

> 賢哲之書溫醇，駿雄之書沈毅，畸士之書歷落，才子之書秀穎。

（二）詩三品與詞三品

劉氏有意識地將「品」的意涵區分爲二，指出品格乃評鑑作品的第一步，同時又強調作家人格與作品風格的關聯性問題。然而，「品」的高低如何確定？

主要是依人品而定。〈詩概〉云：

> 詩品出於人品。人品悃款朴忠者最上，超然高舉、誅第力耕者次之，
>
> 送往勞來、從俗富貴者無譏焉。

〈詞曲概〉云：

> 「沒些兒嬝娜勃窣，也不是崢嶸突兀，管做徹元分人物」，此陳同甫
> 〈三部樂〉詞也。余欲借其語以判詞品。詞以「元分人物」爲最上，「崢
> 嶸突兀」猶不失爲奇傑，「嬝娜勃窣」則淪於側媚矣。

在這兩則論述中，劉氏分別提出三種人品和詞品。前者言「詩品出於人品」，繫聯下文之三種人品，可知詩品乃由人品而來；詩品者，詩中之人品也。後者先列舉陳甫言三種人品，再「借其語以判詞品」，同樣是以人品的標準來評判詞品。

品的高低既然依人品而定，則人品的標準爲何？

劉氏於《持志塾言》立有〈人品〉一節，關於人品的判定有具體說明。首先，他提出觀品：「觀品者，觀其志與行。」「喜怒、語默、行止、去就、利害、毀譽皆可以徵心以定品。」人品是人的內在品質，只有當人和外界發生關係時，這種品質才會表現出來。劉氏並未侈言胸襟、氣度，唯主張以行觀志，這使其人品概念變得具體切實。至於，志與行的標準，《持志塾言・立志》云：

> 王沂公平生之志不在溫飽，范文正公做秀才時更以天下爲己任，明道
> 程子自十五、六時聞周子論道，遂厭天下科舉之業，慨然有求道之志，此
> 皆可爲主志之法。

又：

> 自問其志與聖賢之志同否，同則固而存之，不同則務絕去而求同者存
> 之。

「志於道，藝亦道也」（《持志塾言・立志》）。當被道所貫注充滿的志發而爲藝時，藝同樣會貫注充滿著道的精神，此即所謂「詩爲天人之合」（〈詩概〉）的最佳詮釋，亦即劉氏「詩品出於人品」命題提出的另一依據。

其次，劉氏將人品的外在形式分爲狂狷與鄉愿兩種。他十分憎惡鄉愿，寧可稱道狂狷，因爲「大抵狂狷異於鄉愿，惟能不爲利害壓住。」狂狷不計個人利害，敢於直言，堅持原則，「可爲社稷之臣、直諒之友」；鄉愿則缺乏獨立人格，「僞德利口」，「容悅而已矣，善柔而已矣」（以上《持志塾言・人品》）。因此，他推崇屈原、司馬遷、陶淵明、李白、杜甫、韓愈、蘇軾、辛棄疾等人，爲他們的狂狷行徑深深折服。

〈賦概〉云：

> 屈靈均、陶淵明，皆狂狷之資也。屈子〈離騷〉一往皆特立獨立之意。
> 陶自言「性剛才拙，與物多忤，自量爲己，必貽俗患」，其賦品之高，亦
> 有以矣。

〈文概〉：

　　　　昌黎自言其文亦時有感激怨懟奇怪之辭，揚子雲便不肯作此語。此正
　　韓之胸襟坦白高出於揚，非不及也。

〈詞曲概〉：

　　　　蘇、辛皆至情至性人，故其詞瀟灑卓犖，悉出於溫柔敦厚。世或以粗
　　獷託蘇、辛，固宜有視蘇、辛為別調者哉！

他們幾人或「特立獨行」，或「胸襟坦白」，或「至情至性」，在在表現出不隨俗俯仰
的高潔情操；高潔的情操形諸於藝，則發之為特立獨行之「別調」。

三、詩品出於人品之審美要求

　　基於「詩品出於人品」的主張，劉氏提出了自己對文藝的具體要求。

　　（一）從浩然正氣的崇高人格論出發，主張作品要有「高、大、深」的氣韻與
格調，反對輕薄之氣與柔靡之音。他在〈虞美人・填詞二首〉之二自道填詞宗旨：

　　　　好詞好在鬚眉氣，怕殺香奩體。便能綺怨似閨人，可奈先拋骯髒自家
　　身！剛腸似鐵經百鍊，肯作游絲罥？……（《昨非集》卷三）

又〈詩概〉云：

　　　　杜詩高、大、深俱不可及。吐棄到人所不能吐棄，為高；涵茹到人所
　　不能涵茹，為大；曲折到人所不能曲折，為深。

據此審美標準，在評論作家作品時，劉氏贊賞屈原作品之「雷塡風颯之音」（〈賦概〉），
太史公文「精神氣血，無所不具」（〈文概〉），嵇康、郭璞之「激烈悲憤」（〈詩概〉），
鮑照之「慷慨任氣，磊落使才」（〈詩概〉），李白〈憶秦娥〉之「聲情悲壯」（〈詞曲
概〉），柳宗元「記山水，狀人物，論文章，無不形容盡致；其自命為『牢籠百態』，
固宜。」（〈文概〉）東坡詞「具神仙出世之姿，方外白玉蟾諸家，惜未詣此。」（〈詞
曲概〉）

　　（二）從稱道狂狷，反對鄉愿的獨立人格論出發，主張文藝要去陳言，勇於獨
創，鄙薄迎合流俗的鄉愿之文。〈文概〉云：

　　　　昌黎尚陳言務去。所謂陳言者，非必勦襲古人之說以為己有也，只識
　　見議論落於凡近，未能高出一頭，深入一境，自「結撰至思」，皆陳言也。

主張藝術創作需「高出一頭，深入一境」，要道人之未道，語貴常新。他認為藝術創
作的形式與內容均應反映出作家鮮明的創作個性，不但要其有獨創性，還要獨抒己
見。〈文概〉云：

　　　　王充、王符、仲長統三家文，皆東京之矯矯者。分按之：大抵《論衡》
　　奇創，略近《淮南子》；《潛夫論》醇厚，略近董廣川；《昌言》俊發，略

近貫長沙。范史譏三子好中一偶之説，然無害爲各自成家。

又：

> 王充《論衡》獨抒己見，思力絶人，雖時有激而近僻者，然不掩其卓
> 詣。

這均可看出他重視創造的精神。王充在《論衡》中嚴厲批判讖緯的支離妄誕，否定
天的意志之存在，同時對於孔孟思想，亦毫無忌憚地加以諷刺。劉氏不以其非聖無
法，反認爲縱有偏激，也無礙其獨抒見。倒是，對著《太玄》以擬《易》，著《法言》
以擬《論語》的揚雄，以爲「其病正坐近似聖人」（〈文概〉），頗有微詞。

第二節　極鍊如不鍊之自然本色

「鏤金錯采」和「出水芙蓉」是文藝理論中兩種相對立的美學境界。古代文藝
理論家大都推重藝術的自然本色美；然而，在程度上卻不盡相同。他們或標自然以
爲宗〔註3〕，或把自然本色視爲藝術美多種境界、風格中的一種〔註4〕，各有其側重
之處。劉氏則更進一步，提出「品居極上之文，只是本色」（〈文概〉），既是「極上」，
又是「只是」，將「自然本色」推到其他藝術風格之上，標爲藝術美的最高境界。

爲何劉氏以「自然本色」爲藝術美的最高境界？其自然本色論究竟有何特點？

一、自然本色之要因

（一）何謂本色當行

「本色」，原指各行業人的衣著服飾。孟元老《東京夢華錄》卷五：「其士農工
商諸行百戶衣裝，各有本色，不敢越外。」「當行」，則指應官府回買與差使的行業
〔註5〕。凡未加入這種正式團行組織者，就不是當行；既屬當行，則須遵守本色，
每一行的衣飾各有規矩和特色，不得混淆。後來，這些詞語被運用到詩文及藝術活
動上。如陳師道《后山詩話》：

> 退之以文爲詩，子瞻以詩爲詞，如教坊雷大使之舞，雖極天下之工，

〔註3〕《文心雕龍・明詩》：「人稟七情，應物斯感，感物吟志，莫非自然。」將自然本色
　　　視爲一切藝術均應具備的基本審美特徵。

〔註4〕皎然《詩式》把「至麗而自然」、「至苦而無迹」看作詩歌六種「至境」中的兩種。
　　　又司空圖《二十四詩品》以「沖淡」、「自然」爲詩歌二十四種品格中的兩種風格。

〔註5〕岳珂《愧郯錄》卷九〈京師木工〉條：「今世郡縣官府，營繕創締，募匠充役，凡木
　　　工，率計在市之樸斲規矩者，雖居鍥枝，無能逃；平日皆籍其姓名籍差以俟命，謂
　　　之當行。」

要非本色。

又嚴羽《滄浪詩話》：

> 禪道在妙悟，詩道亦然。惟悟乃為當行，乃為本色。

這種批評的觀念和術語之所以大興於北宋末葉，據龔鵬程先生的說法，主要是為了解決釐析宋代所面臨的文體分辨問題〔註6〕；他們藉此術語，對創作和批評提供了每一文體的標準藝術形象，並界定每一文類的成規、每一作家的風格。

宋朝以後，詩文詞曲的本色觀念，仍普遍地被運用在文學批評中，且與元明清各種文學理論、流派及觀念的發展，息息相關。對於這個長久以來的議題，劉氏清理了理論並予以進一步發揮與總結。

（二）品居極上之文，只是本色

劉氏對於本色美給予極高的評價，《藝概》中屢次談及這個問題，〈文概〉云：

> 賈長沙、太史公、《淮南子》三家文，皆有先秦遺意，若董江都、劉中壘，乃漢文本色也。
>
> 半山文瘦硬通神，比是江西本色，可令黃山谷詩派觀之。

〈賦概〉：

> 賦長於擬效，不如高在本色。

〈詞曲概〉：

> 洪容齋論唐詩戲語，引杜牧「公道世間惟白髮，貴人頭上不曾饒」，高駢「依稀似曲才堪聽，又被吹將別調中」，羅隱「自家飛絮猶無定，爭解垂絲絆路人」。余謂觀此則南北戲中之本色當家處，古人早透消息矣。

又：

> 辨小令之當行與否，尤在辨務頭。蓋腔之高低，節之遲速，此為關鎖。故但看其務頭深穩瀏亮者，必作家也。俗手不問本調務頭在何句何字，只管平塌填去，關鎖之地既差，全闋為之減色矣。

劉氏以本色當行之說來釐析不同體裁、作家之特色與規範，認為藝術有「借色」和「真色」之別，然「借色每為俗情所豔」，「必先將借色洗盡，而後真色見也」（〈詞曲概〉）。倘若一味地追求麗詞豔語，徒「有借色而無真色，雖藻繢實死灰耳」（〈詩概〉），這樣的作品只是堆砌辭藻而已，毫無藝術價值可言。

他將自然本色作為審美準則，於〈文概〉中提出：

> 白賁占於賁之上爻，乃知品居極上之文，只是本色。

〔註6〕見龔鵬程《詩史本色與妙悟》第三章。

這是假借《周易》解釋賁卦爻辭「上九，白賁」的意義，來說明文章自然美的品格之高。賁卦最上爻（上九），所以稱為「白賁」，乃由於賁之義為文飾，「處飾之終，飾終反素，故任其質素，不勞文飾」（《周易·王弼注》），故謂之「白賁」。「質素」即本色，「飾終反素」，所以說「品居極之上文，只是本色」，指點出其另一鑑賞標準。

（三）自然本色之要因

在這種審美觀點的實際批評中，我們可以歸納出其自然本色美的構成要素約有如下幾方面。

甲、真　誠

即情真意實，不摻半分虛妄，可謂本色美的根基。〈文概〉論陶淵明說道：

> 陶淵明為文不多，且若未嘗經意。然其文不可以學而能，非文之難，有其胸次為難也。

〈詩概〉：

> 詩可數年不作，不可一作不真。陶淵明自庚子距丙辰十七年間，作詩九首，其詩之真，更須問耶？彼無歲無詩，乃至無日無詩者，意欲何明？

〈文概〉：

> 或問淵明所謂「示己志」者，己志其有以別於人乎？曰：只是稱心而言耳。

「示己志」出自〈五柳先生傳〉之「嘗著文章自娛，頗示己志」；「稱心而言」，則是不做作的表現，是真情的自然流露，他稱陶詩所以過人者，在「真率」二字而已（〈書概〉）。既以本色美為審美準則，就必然要強調「詩品出於人品」美學觀，重視詩人本身的品格，所謂有何種「胸次」，作何樣文章是也。由於陶淵明全憑真性情來創作，因而能表現出與萬物共存之博大而自然的色彩，如〈詩概〉贊其詩道：

> 陶詩「吾亦愛吾廬」，我亦具物之情也；「良苗亦懷新」，物亦具我之情也。〈歸去來辭〉亦云：「善萬物之得時，感吾生之行休。」

這種物我交融的境界，亦即〈形影神·神釋〉：「縱浪大化中，不喜亦不懼」的混茫世界。詩文至此，當然能予人自然的美感。

乙、簡　易

即樸素平易，不雕飾，不虛美，是達到本色美的條件與方法。〈文概〉論孟子文章說：

> 孟子之文，至簡至易，如舟師執柁，中流自在，而推移費力者不覺自

屈。

行船至中流，只要掌穩柁梢，任船隨波自在地漂盪，則毋須再白費氣力。這種悠然自得的境界，頗有「春潮帶雨晚來急，野渡無人舟自橫」的情趣。於此，既指出孟子文章的特色在於自然本色之美，又說明其方法「至簡至易」；「簡」，即古文家所說的「潔」，乃明淨無滯之意，而非簡單化。〈文概〉云：

> 多用事與不用事，各有其弊。善文者滿紙用事，未嘗不空諸所有；滿紙不用事，未嘗不包諸所有。

此處雖指用典，亦可用來說明「簡」之意。簡非省約字句，而是精鍊語言。他說：「詞之大要，不外厚而清。厚，包諸所有；清，空諸所有也。」（〈詞曲概〉）不僅是詞，凡作品能做到令讀者「空諸所有」，不覺累贅，就是簡，是清。「易」，則是淡樸平易，不飾雕琢，使讀者不感艱難，自然地接受。他一再地強調「眞美無飾，飾美之意即醜也」〔註7〕，「詩涉修飾，便可憎鄙」（〈詩概〉）。要求作品要簡易淡樸，如陳年佳釀，清醇芳香，毫無辛辣之感，只稍涓滴在舌，便覺餘韻無窮，達到「幽淡極矣，然幽中有雋，淡中有旨」（〈詩概〉）的境界。

丙、自　然

即創作要水到渠成，若「蓮子熟時花自落」（〈詞曲概〉），不可刻意矯揉，乃創造本色美必用由之徑。〈文概〉說：「文之自然無若〈檀弓〉」，劉氏將〈檀弓〉與《左傳》列比說：

> 《左氏》森嚴，文贍而義明，人之盡也。〈檀弓〉渾化，語疎而情密，天之全也。

「森嚴」是指《左傳》文章法度嚴整明密，「文贍而義明」，說明在嚴謹的章法下，做到語言豐富，意思明白；其優點只在盡力發揮人爲的功用用已。至於〈檀弓〉之文，渾然天成，著語不多，卻能充分地表情達意，保全自然的本色。因此，〈文概〉中極力推崇〈檀弓〉：「語少意密，顯言直言所難盡者，但以句中之眼、文外之致含藏之，已使人自得其實，是何神境？」其次，劉氏論東坡文章：

> 蘇老泉云：「風行水上，渙，此天下之至文也。」
> 余謂大蘇文一瀉千里，小蘇文又一波三折，亦本此意。（〈文概〉）

「風行水上」，自然成文，所以是天下至文。蘇氏兄弟循此自然法則創作，故能「一瀉千里」，「一波三折」，所謂「東坡文只是拈來法」（〈文概〉），正此意耳！

丁、精　深

〔註 7〕見《游藝約言》。

眞情實意，樸素平易，自然天成，均有精粗深淺之別；倘若不論精深，則眞誠恐流爲浮滑，簡易恐流爲粗淺，自然恐流爲庸俗。「精深」可謂劉氏對自然本色美理論的一個重要補充。他剖析作品本色美的特點時，除了肯定眞誠、簡易、自然等要因外，又特別強調精能、深刻。〈詩概〉論太白詩境：

「有時白雲起，天際自舒卷」，「卻顧所來徑，蒼蒼橫翠微」，即此四語見太白詩境。

前人多謂太白詩所以能達此化境，在於「天然去雕飾」，劉氏則認爲「此得手處，非下手處也。必取太白句意以爲祈嚮，盍云『獵微窮至精』乎？」（〈詩概〉）指出「獵微窮至精」是因，「天然去雕飾」是果，正由於太白在「獵微窮至精」處下手，所以其詩才能達到「機會與造化爭衡，非人工可到」（〈詩概〉）之境，此正所謂「精能之至，返造疏澹」（〈書概〉）。

又論陸游詩，雖「明白如話，然淺中有深，平中有奇，故足令人咀味。」（〈詩概〉）強調凡美的作品必要是「澹語有味，壯語有韻，秀語有骨」（〈詞曲概〉）、「雄健彌復深雅」（〈書概〉），總之曰：「更當益一『深』字」（〈書概〉）。

對藝術創造而言，精深出自然，乃普遍之必然規律，「少年不識愁滋味」，「爲賦新詞強說愁」，這種創作，自然也就談不上自然本色美。唯胸中有，下筆才能精；感受眞，下筆才能深。

戊、充　實

此乃自然天成之關鍵、契機所在。〈文概〉論莊子文章：

意出塵外，怪生筆端，莊子之文，可以是評之。其根極則〈天下篇〉已自道矣，曰：「充實不可以已。」

「充實不可以已」，說明莊文的最高境界。水開則沸，酒滿則溢，「足於道者，文必自然流出」（〈文概〉），此勢之所然。文章要做到自然，作家須具備豐富的生活經歷及充分的寫作修養，於不斷深入觀察和實踐中鍛鍊識力，在艱苦習作中增強技藝，經過千錘百鍊，方可達到爐火純青，絢爛之極歸於平淡的自然化境。劉氏說莊文如大鵬之「怒而飛」、「無端而來，無端而去」（〈文概〉），說屈賦、太史公文「如雲龍霧豹，出沒隱見，變化無方」（〈文概〉），謂太白詩「言在口頭，想出天外」、「幕天席地，友月交風，原是平常過活，非廣己造大也」（〈詩概〉），稱東坡文「遠想出宏域，高步超常倫」、「打通牆壁說話」（〈文概〉），無不體現「自然流出」、「充實不可以已」之精義。

作家唯有自我充實，才能達到最高的藝術境界。這說明文章之自然本色美非原始狀態事物的客觀反映，而是作家創作藝術的最高表現。由此亦可看出，劉氏所主

張的自然本色，實藝術創作的昇華，非單純之自然主義。

二、極鍊如不鍊，出色而本色

以上審美主體因素的探討非劉氏所獨得，然其獨到之處，在於對自然本色論創造過程中所建構之邏輯系統。

首先，他認爲藝術追求之本色與自然形態之本色不同；它是在「胸中具有鑪錘」之下「鍊」出來的，這種鍊的過程，還不能如「金銀銅鐵強令混合」（〈詩概〉），務必要「鍛鍊而歸於自然」（〈詩概〉）。這說明藝術上的自然天成，非依賴神來的靈感，而是靠純熟精到功夫所致；「鍊」的過程，正是藝術實踐，不斷磨鍊，精益求精的過程。

繼之，他把這個過程分爲兩階段。〈書概〉云：

> 書當造乎自然。蔡中郎但謂書肇於自然，此立天定人，尚未及由人復天也。

在此，他提出一個「天」──「人」──「天」，亦即「自然」──「人工」──「自然」的三段式實踐過程。藝術不僅要取源於自然，且要在藝術家長期的磨鍊中把客觀的自然規律內化、積澱爲人的心靈規律，再將此物我統一的審美心靈規律轉化爲藝術規律，方能創出既出於心靈涵茹，又不露斧鑿痕迹的自然本色。

由「鍛鍊而歸於自然」的過程，只有靠「極鍊」才能達到如「不鍊」的境界。劉氏認爲，在此又包含另一個「不工」──「工」──「不工」的三段式過程。〈書概〉云：

> 學書者始由不工求工，繼由工求不工。不工者，工之極也。《莊子‧山木篇》曰：「既雕既琢，復歸於樸。」善夫！

〈詞曲概〉：

> 詞之爲物，色香味宜無所不具。以色論之，有借色，有眞色。借色每爲俗情所豔，不知必先將借色洗盡，而後眞色見也。

又：

> 古樂府中至語，本只是常語，一經道出，便成獨得。詞得此意，則極鍊如不鍊，出色而本色，人籟悉歸天籟矣。

〈詩概〉：

> 常語易，奇語難，此詩之初關也；奇語易，常語難，此詩之重關也。香山用常得奇，此境良非易到。

由工求不工，在「不工」──「工」──「不工」的三段式中，第二個「不工」並

非簡單地回到第一個「不工」，而是「工之極」，是第一個「不工」的更高層次的回歸。此處，劉氏從工與不工、借色與真色、極鍊與不鍊、人籟與天籟、奇與常的轉化等方面，建構出作家於創作實踐過程中所逐步達到本色美境界的幾個主要階段：

創作源頭	揚棄	創作歸宿
天 ——	人 ——	天
不工 ——	工 ——	不工
真色 ——	借色 ——	真色
不鍊 ——	極鍊 ——	不鍊
天籟 ——	人籟 ——	天籟
常 ——	奇 ——	常

　　從自然規律（自然）到心靈規律（人工），再到藝術規律（自然本色）的這兩個階段，以劉氏的話來說，即「初關」與「重關」。所謂「初關」，是指從生活到藝術，從自然到藝術美的躍進；此時所達到的只是形式、字面上的「工」，尚未進入質的「工」。「重關」則是藝術美的初級階級——人工雕琢，到藝術美的高級階段——自然本色美的躍進。

　　第一次的躍進，由不工到工，由樸素到雕琢，由真色到借色，乍看之下，似乎是向自然本色的反向，其實不然。我們真正研究的對象是藝術美，只有藝術美才符合美的理念的存在。所以，至此為止，我們始終把自然美當作美的第一種存在。自然美與藝術美間最主要的區別，大抵在於直接的自然的形式和創造的心靈的形式。是以雖然藝術描繪有「按實肖象」（〈賦概〉）和「妙肖自然」的情況，但是更強調「憑虛構象」，只要「能構象，象乃生生不窮矣」（〈賦概〉）。因此，所謂「肇於自然」，是對自然的摹寫，從自然發源，由自然規定，故又謂「立天定人」。

　　第二次的躍進，由工到不工，由雕琢到樸素，由借色到真色，這是「鍛鍊歸於自然」的過程。「因為藝術要把被偶然性和外在形狀玷污的事物還原到與它的真正概念的和諧，它就要把現象中凡是不符合這種概念的東西一齊拋開，只有通過這種清洗，它才能把理想表現出來。」〔註8〕透過這種「清洗」的功夫，作品自可達到「清水出芙蓉，天然去雕飾」（〈詞曲概〉）的境界。

　　劉氏這種肯定、否定、否定之否定所構成之螺旋式上升的辯證法，不僅闡明了自然本色乃不見人工雕琢痕迹的藝術精品，同時還強調了人工鍛鍊在自然本色美創造中不可或缺的地位與作用。

〔註 8〕見黑格爾《美學》第一冊第一卷第三章。

第三節　似花還似非花的意境論

「似花還似非花」，是劉氏借用蘇詞以形容「不離不即」（〈詞曲概〉）的意境美。古典美學十分重視「味外之旨」的美學特徵〔註9〕，而這種美學特徵的實現，需靠「似花還似非花」的意境創造。似花還似非花的矛盾，在意境中，特別是詩歌，常具體表現爲情與景的對立。景是意境的物質表現，是實的；情是意境的美學意蘊，是虛的；只有到達情景交融的境地，才能產生優美的意境。

一、意與境的交融

近人論意境大凡以王國維爲集大成，此話固不假；但從前人到王國維，劉熙載實扮演著不容忽視的重要渡橋。今觀《藝概》提及「意境」時，儘管前後表述不盡相同，或用「情境」：「五言與七言因乎情境」（〈詩概〉），「騷人情境，於斯猶見。」（〈賦概〉）或時明稱「意境」：「樂府聲律居最要，而意境即次之，尤須意境與聲律相稱，乃爲當行。」（〈詩概〉）或稱「境界」：「〈騷〉雖出《三百篇》，而境界一新。」（〈詩概〉）亦有直呼一「境」字：「司空表聖云：『梅止於酸，鹽止於鹹，而美在酸鹹之外。』嚴滄浪云：『妙處透徹玲瓏，不可湊泊，如水中之月，鏡中之象。』此皆論詩也，詞亦以得此境爲超詣。」（〈詞曲概〉）雖前後用語不一，絲毫不影響其對意境說的闡發。

在中國古代文藝理論中，「意境」一詞，指的是作者主觀情意與觀物象相互交融而成的藝術境界。這個美學範疇的形成，是總結了長期創作實踐經驗的成果。早期的詩論並未注意到創作中主客兩方的關係〔註10〕；魏晉以後，隨著詩文觀念的發展，在總結前代創作經驗的基礎上，對文學創作中的主客關係有較深入的認識。陸機〈文

〔註9〕魏晉南北朝以來盛行以「味」論詩。陸機〈文概〉：「闕大羹之遺味」，以肉汁的餘味來比喻詩文的藝術感染力。劉勰《文心雕龍》亦多次以「味」論詩文；如〈宗經〉：「至根柢槃深，枝葉峻茂，辭約而旨豐，事近而喻遠，是以往者雖舊，餘味日新。」又〈情采〉：「繁采寡情，味之必厭。」〈隱秀〉：「文隱深蔚，餘味包曲。」〈物色〉：「四序紛迴，而入興貴閑；物色雖繁，而析辭尚簡，使味飄飄而輕舉，情曄曄而更新。」他所說的「味」，與藝術之善於狀物、情感眞切、有言外之意等有密切聯繫。鍾嶸〈詩品序〉也強調詩歌要有「滋味」，認爲「五言居文詞之要，是眾作之有滋味者也。」唐宋時期，司空圖提出：「辨於味，而後可以言詩。」倡導韻味說，詩味說的理論於焉確立。

〔註10〕如《尚書·虞書·舜典》：「詩言志。」《荀子·儒效》：「詩言是其志也。」都僅將詩視作主觀情志的表現。《禮記·樂記》談到音樂時說：「凡音之起，由心生也。人心之動，物使之然也。」雖涉及客觀物境，卻未曾對人心與物境相互交融的關係加以論述。

賦〉已從情思和物象相互交融的角度談藝術構思的過程：

> 遵四時以嘆逝，瞻萬物而思紛。悲落葉於勁秋，喜柔條於芳春。心懍
> 懍以懷霜，志眇眇而臨雲。

又劉勰《文心雕龍・神思》也說：

> 故思理爲妙，神與物游。神居胸臆，而志氣統其關鍵；物沿耳目，而
> 辭令管其樞機。

指出構思規律的奧妙在「神與物遊」，亦即作家主觀精神與客觀物象的契合交融。

「意境」說的正式提出，是在唐代。由現存資料看，意境這個名稱最早見於傳爲王昌齡所作的《詩格》，書中以意境與物境、情境並舉，稱「三境」：

> 詩有三境，一曰物境。欲爲山水詩，則張泉石雲峰之境，極麗秀絕者，
> 神之於心，處身於境，視境於心，瑩然掌中，然後用思，了然境象，故得
> 形似。二曰情境。娛樂愁怨，皆張於意而處於身，然後馳思，深得其情。
> 三曰意境。亦張之於意而思之於心，則得其眞矣。

這段話中所說的境，一曰物境，從心與物的關係來說，主要是表現泉石雲峰等自然景物，著重在「得其形似」，以寫物見長。二曰情境，從心與物的關係來說，主要是表現娛樂愁怨等思想情感，著重在「深得其情」，以寫情取勝。三曰意境，此處沒有講到物，只說到「張之於意而思之於心」，強調審美主體的聯想與想像。《詩格》把境分爲三種，意境只其中之一，且此處的意境和後來人們的理解，亦稍有出入。古代詩論中影響較大的幾家，如嚴羽的「興趣說」、王士禎的「神韻說」、袁枚的「性靈說」，雖各有獨到之處，但較多偏重主觀情意的一面。所謂「興趣」，「當是指由於內心之興發感動所產生的一種情趣」。「是以詩人內心中情趣之感動爲主」〔註11〕。所謂「神韻」，「當指自山水景物之敘寫中，可以表達一種情趣使人有所體悟的作品。」〔註12〕所謂「性靈」，可說是「實感與想像」、「韻與趣」、「情與才」的綜合；情與韻的表現重在「眞」，才與趣的表現則重在「活」〔註13〕。

上述論點大多偏向詩人主觀精神方面。劉氏於前人的基礎上，不僅注意詩人主觀情意的作用，同時也注意到客觀物象的功效；主張二者須相摩相盪，才能產生意境。他在〈賦概〉中道：

> 在外者物色，在我者生意。二者相摩相盪而賦出焉。若與自家生意無

〔註11〕葉嘉瑩〈人間詞話境界說與中國傳統詩說之關係〉，見《中國古典詩歌評論集》（源流出版社）。
〔註12〕同註1。
〔註13〕郭紹虞《中國詩的神韻格調及性靈說》（華正書局）。

相入處，則物色祇成閒事，志士遑問及乎？

賦自然須曲盡事物之妙，然尤貴蓬勃有生意；所謂蓬勃有生意，即情是也。在外的物色與在我的生意相吻合、相摩盪，無異是說，情景交融而賦生焉。徒然模山範水，吟風弄月，實不能算是好的賦。

在劉氏的意境論中，意與境的交融有三種方式：

（一）情隨境生

這是說作家本無自覺的情思和意念，由於生活中遇到某種物境，忽有所悟，思緒滿懷，乃藉對物境的描寫將自己的情意表達出來，以達意與境渾的地步。情隨境生，此情固隨境而生，但往往原先已有，不過隱蔽而不自覺。一旦耳目觸及外境，遂如吹皺的一池春水，喚起心中的意緒。關於這個過程，劉氏在〈詞曲概〉中描述得很清楚：

> 詞深於興，則覺事異而情同，事淺而情深。故沒要緊語正是極要緊語，亂道語正是極不亂道語。固知「吹皺一池春水，干卿甚事」，原是戲言。

又：

> 鄰人之笛，懷舊者感之；斜谷之鈴，溺愛者悲之。東坡〈水龍吟‧和章質夫詠楊花〉云：「細看來不楊花，點點是離人淚」，亦同此意。

鄰人的笛聲勾起了向秀對往事的追憶，斜谷的鈴聲觸發了風流天子唐玄宗的無限哀思，這就是感情的起因，審美的基礎。然而如果沒有觸景前的情感蘊蓄，就不會有觸景後的情感迸發。

（二）移情入境

當作家帶著濃烈的主觀情感觸及外界物境，把自己的情感注入其中，再藉對物境的描寫將它抒發出來，客觀的物境遂染上詩人主觀的情意。劉氏在〈題伯牙待成連圖〉中，對移情美學作了具體的發揮：

> 教人之道，審其離合而已矣。成連以琴教伯牙三年，當是時，若惟知有琴也者，然而伯牙之情未移，是合而未免於離也；及與之至海上，忽焉別去，當是時，若不知有琴也者，然而伯牙之情移，是離而適得眞合也。
>
> 〔註14〕

傳說伯牙是春秋時代著名的音樂家，曾向成連學琴三年，而心之所想，目之所注，皆在琴上；正因如此，反而物而不化，情感與物象，貌合神離，終「未免於離也」。待成連離去，伯牙心為洶湧的波濤所感，不知琴之所在，乃援琴而歌，遂成天下之

〔註14〕《昨非集》卷二。

妙的〈水仙操〉。這種由移情入物而達遺形得神「渾然無迹」的境界，正是司馬遷「寓主意於客位」、「以萬物為我」的作法。

（三）情景交融

這是指作家將自我主觀的情意與外物在形態色調上之差異所產生客觀的性情融合起來，構成作品的意境，以達到形神兼備的地步。劉氏在〈詞曲概〉中說：

> 詞或前景後情，或前情後景，或情景齊到，相間相融，各得其妙。

大凡優秀的作品，情景是無法截然分離的。〈詞曲概〉又說：

> 東坡〈水龍吟〉起云：「似花還似非花。」此句可作全詞評語，蓋不離不即也。時有舉史梅溪〈雙雙燕・詠燕〉、姜白石〈齊天樂・賦蟋蟀〉令作評語者，亦曰「似花還似非花」。

東坡〈水龍吟〉，詞中寫的是楊花，但又不是楊花，這是因為他藉著詞表現了身世飄零的逐臣游子的心情。全詞似而非似，不離不即，在整體形象中，楊花和逐臣游子同具一性，於含蓄空靈的形象中，寄托無窮之思；於有盡的言語之外，見幽怨綿邈之情。

二、境生於象外

（一）意象和意境

意象是中國古代文藝理論固有的概念。客觀的物象進入作家的構思，一方面接受作家審美經驗的鍛鍊，以符合其美學理想和趣味；另一方又經過作家思想情感的點化，滲入其品格和情趣。經過這兩層加工的物象進入作品中，即成意象。

然則，意象和意境的關係如何？

《周易・繫辭上》說：「聖人立象以盡意。」王弼《周易略例・明象》：「夫象者，出意者也；言者，明象者也。」象本指《周易》中的卦象，其涵義是具體的；境則有境界、境地之別，範圍超乎象之上。古人或以象、境對舉，如劉禹錫：「詩者，其文章之蘊邪？義得而言喪，故微而難能；境生於外，故精而寡和。」〔註15〕毫無疑問地，境生於象而超乎象。意象是形成意境的材料，意境是意象組合後的昇華；意境的內涵較意象豐富，意象的外延則大於意境。是以，並非一切審美意象都是意境，唯有「超以象外」，才能「得其環中」〔註16〕，創出高妙的意境。

（二）審美意象的類型與特色

〔註15〕〈董氏武陵集紀〉，見《劉賓客文集》卷十九。
〔註16〕司空圖《二十四詩品・雄渾》（金楓出版有限公司）。

劉氏認為不同藝術門類的作品，不同作家的作品，其審美意象的特色是不同的。就詩詞而言，雖各有其特質與風格，而又均屬於韻文。朱承爵《存餘堂詩話》云：

> 詩詞雖同一機杼，而詞家意象與詩略有不同：句欲敏，長篇須曲折三致意，而氣自流貫乃得。

按「詞為豔科」、「詩莊詞媚」，然亦不得流於淫褻，媚中有莊，不墜風雅，此詩詞之分界；又欲使詞之上不似詩，下不類曲，則須致意焉。

另外，由於賦特重鋪排，故其表現亦特別注重意象。

劉氏根據不同的藝術門類，將作品的審美意象區分成不同的類型，如他認為詩的審美意象可分為四種類型，〈詩概〉：

> 花鳥纏綿，雲雷奮發，絃泉幽咽，雪月空明：詩不出此四境。

賦的審美意象可分為三種類型：

> 屈子之纏綿，枚叔、長卿之巨麗，淵明之高遠，宇宙間賦，歸趣總不外此三種。（〈賦概〉）

詞的審美意象亦可分為三種類型：

> 昔人論詞要如嬌女步春。余謂更當有以益之，曰：如異軍特起，如天際真人。（〈詞曲概〉）

曲的審美意象則以《太和正音譜》之三品為評：

> 《太和正音譜》諸評，約之只清深、豪曠、婉麗三品。清深如吳仁卿之「山開明月」也，豪曠如貫酸齋之「天馬脫羈」也，婉麗如湯舜氏之「錦屏春風也」。（〈詞曲概〉）

此外，對於中國特有的書法藝術，劉氏也標出了四種意象：

> 書與畫異形而同品。畫之意象變化，不可勝窮，約之，不出神、能、逸、妙四品而已。（〈書概〉）

於此我們見到書法的妙境通於繪畫，神明裡透出幽深，峻秀中傳出動盪，乃一切藝術的造境。

至於同一藝術門類之不同體裁，審美意象亦各有不同的特色。如他將書體總括為兩大類：

> 書凡兩種：篆、分、正為一種，皆詳而靜者也；行、草為一種，皆簡而動者也。（〈書概〉）

儘管行、草同屬於「簡而動」的美，然它們之間還是各有區別。劉氏在論行書的特徵時說：

> 行書有真行，有草行。真行近真，而縱於真；草行近草，而斂於草。

東坡謂「眞如立，行如行，草如走」，行豈可同諸立於走乎！（〈書概〉）

凡美的事物都是在固定的形式裡變化，而藝術家又借此形式，表現自己的時代和心靈；因此，一切又都在流動變化。固定的流動，乃書法藝術美之生命所在。就書法發展史而言，行書介於楷、草之間，所謂「行者眞之捷而草之詳」（〈書概〉）；由於這種伸縮變化，行書既不像楷書之規矩，也不似草書之奔放難辨，因而它除藝術價值外，還有著廣泛的實用意義，是以〈書概〉又云：「行書行世之廣，與眞書略等，篆隸草皆不如之。」由此再發展下去，便是草書。

在審美意象的特色方面，還有一個值得注意的問題，即「美」與「醜」的關係。通常人們視美爲絕對的、不變的。劉氏在藝術史上論證了詩歌和書法藝術的美醜轉化，突顯出隱含於意象中之作家獨特的情趣與性格。〈詩概〉云：

> 「若使乘酣騁雄怪」，此昌黎〈酬盧雲夫望秋作〉之句也。統觀昌黎詩，頗以雄怪自喜。

又：

> 昌黎詩往往以醜爲美，然此但宜施之古體，若用之近體則不受矣。是以言各有當也。

在中國文學史上，韓愈乃有意識追求醜怪之美，曾蓄意地用了艱澀難讀的句法描寫許多怪異恐佈、灰暗慘淡的事物景象，於其間令人感到生命的顫慄，進而開拓了雄奇險怪的一個重要藝術流派〔註17〕。

陳師道《后山詩話》云：「寧拙毋巧，寧樸毋華，寧粗毋弱，寧僻毋俗，詩文皆然。」劉氏不但求「寧醜」，而且還要求「醜到極處」。〈書概〉云：

> 怪石以醜爲美，醜到極處，便是美到極處。一醜字中丘壑未易盡言。

又：

> 俗書非務爲妍美，則故託醜拙。美醜不同，其爲爲人之見一也。

美醜是可以轉化的。怪石之所以爲美，是因爲它醜到極處。所謂「一醜字中丘壑未易盡言」，正個性達到最充分的表現，但這並非意謂愈醜的書法愈美。怪石與書法本質不同，其美醜轉化條件也就不一樣。劉氏認爲世俗的書法非專力於妍美，因而託醜拙表現出來；書法美醜不同，人們對它的審美評價不一，足見審美仍有其共同性

〔註17〕韓愈古體詩語言艱澀隱晦，意境怪僻荒唐，甚至專以生字僻典、險韻拗句堆砌起來作文字遊戲；不過，由於氣魄大，筆力足，因此情感洋溢，内容豐富。如〈赴江陵途中寄贈王李等三學士〉、〈八月十五夜贈張功曹〉、〈謁衡岳廟遷宿岳寺題門樓〉等篇，頗能表現出作者所獨有的奇崛傲兀的人格和驚心動魄的詩風。其他思想性較弱而專以藝術技巧之新奇險怪取勝的詩，如〈南山〉、〈陸渾山火〉等亦非常有名。

和一致性。

　　中國美學向爲溫柔敦厚的觀念所籠罩，寧醜派的主張甚不被重視，實則我們知道藝術並不只在閒雅中產生，相應於明清時期種種社會醜態，書法中出現了狂草一派，他們不怕俗，不怕醜，用厲筆惡墨揮掃個人胸中陰暗的沈積。此種蓬頭粗服的作品，在追求平衡和諧的人看來，白屬醜怪。不過，這種寧拙毋巧、以醜爲美的美醜轉化規律，仍值得後人去發掘並給予新的評價。

（三）意境的創造

甲、象與興

　　象指其體實有的物象，境是綜合虛無的效果。意象與意境的關係？實際上就是劉氏所說的「象」與「興」的關係。〈賦概〉云：

> 春有草樹，山有煙霞，皆是造化自然，非設色之可擬。故賦之爲道，重象尤宜重興。興不稱象，雖紛披繁密而生意索然，能無爲識者厭乎？

又：

> 賦兼比興，則以言內之實事，寫言外之重旨。故古之君子上下交際，不必有言也，以賦相示而已。不然，賦物必此物，其爲用也幾何！

劉氏對比興的理解，乃「索物以託情謂之比，觸物以起情謂之興。」（〈賦概〉）從意象組合的角度來觀察，可以說比興是運用藝術聯想將兩個或兩個以上的意象接連在一起的一種藝術技巧。這種接連以一個意象爲主，其他的爲輔；輔助的意象對主要的意象起映襯、類比的作用。所以，「比與興雖同是附託外物，比顯而興隱，當先顯而後隱，故比固先也。」（〈詩概〉）

　　以上的論述中，劉氏較偏重於詠懷，所以說「賦之爲道，重象尤宜重興」；但反言之，無「象」即無「興」。是以，他主張將「言內之實事」與「言外之重旨」統一，強調情須通過景來表現。〈賦概〉云：

> 以精神代色相，以議論當鋪排，賦之別格也。正格當以色相寄精神，以鋪排藏議論耳。

又：

> 荀卿之賦直指，屈子之賦旁通。景以寄情，文以代質，旁通之妙用也。

這種「以色相寄精神」、「景以寄情」的手法，正是詠物與詠懷的統一。這種統一還體現於句法和字法之中，〈詩概〉云：

> 冷句中有熱字，熱句中有冷字；情句中有景字，景句中有情字。詩要細筋入骨，必由善用此字得之。

又：

> 詩有雙關字，有偏舉字。如陶詩「望雲慚高鳥，臨水愧游魚」，「雲」
> 「鳥」「水」「魚」是偏舉，「高」「游」是雙關。偏舉，舉物也；雙關，關
> 己也。

這種對比、雙關的修辭手法，能增強藝術的感染力，使作者的意念與外界的物境達到高度的統一，從而釋放出言有盡而意無窮的韻味。

乙、虛與實

意象是構成作品意境的基本要素，而其中的意與象、形與神、有定質與無定質等因素的對立統一的程度，直接影響了意境的高下。因此，劉氏論賦重「言內之實事，寫言外之重旨」；論詞強調「言有盡意無窮」，論詩則推崇鏡花水月，象外有象。他引司空圖和嚴羽的話說：

> 司空表聖云：「梅止於酸，鹽止於鹹，而美在酸鹹之外。」嚴滄浪云：
> 「妙處透徹玲瓏，不可湊泊，如水中之月，鏡中之象。」此皆論詩也，詞
> 亦以得此境為超詣。

這既是意象的創造，同時又是意境的創造。

藝術作品所以不同於機械攝影和科學圖表，在於它通過藝術家運用想像和虛構的加工、改造，體現了藝術家的美學思想。藝術形象源自現實生活，卻又不同於實際生活，它呈現出是相非相的特徵。就藝術反映生活的特點來看，如果說現實景物是「實」，通過景物所體現的思想情感就是「虛」。〈文概〉云：

> 《春秋》文見於此，起義在彼。左氏窺此秘，故其文虛實互藏，兩在
> 不測。

又：

> 蘇子由稱太史公「疎蕩有奇氣」，劉彥和稱班孟堅「裁密而思靡」，「疎」
> 「密」二字，其用不可勝窮。

又：

> 文或結實，或空靈，雖各有所長，皆不免著於一偏。試觀韓文，結實
> 處何嘗不空靈，空靈處何嘗不結實。

又：

> 章法不難於續而難於斷。先秦文善斷，所以高不易攀。然「拋鍼擲線」，
> 全靠眼光不走；「注波鷺澗」，全仗疆巒在手。明斷，正取暗續也。

〈書概〉云：

> 懷素自述草書所得，謂觀夏雲多奇峰，嘗師之。然則學草者徑師奇峰

可乎？曰：不可。蓋奇峰有定質，不若夏雲之奇峰無定質也。

劉氏所言之疏與密、空靈與結實、斷與續、無定質與有定質等，均屬虛與實的範疇，這些概念儘管前人結合不同的藝術門類分述過，但劉氏講得更全面，更透徹。尤其最後一則，懷素通過長期對「夏雲多奇峰」的觀察、聯想、想像，豐富了胸中的千形萬象，不斷孕育和觸發書藝創造的靈感，得之於心而應之於手，這種富於靈感地憑虛構象的書藝形象，反過來也能激發欣賞者各種神態的生動聯想。

劉氏強調藝術對生活的反映，須處於不離不即的狀態，因此特別重視藝術的虛構。〈賦概〉云：

賦以象物，按實肖象易，憑虛構象難。能構象，象乃生生不窮矣。

這話雖針對賦體，卻也適合於一切藝術創作。「按實肖象」，是依據一定的對象創作，自然容易；「憑虛構象」，則是運用想像和虛構，概括地反映現實生活，當然比較難。如何才能使藝術形象產生虛實相生的效果？劉氏以為「求空必於其實」（〈書概〉），「實者虛之，虛者實之」（〈經義概〉），從實處著手，由實引出虛；從虛處入手，化虛為實，以達力貫而氣空的境界。

從以上的論述，我們可以看到劉氏鑒賞論的特色是：

一、從「詩品出於人品」的美學觀出發，雖則「文章純古，不害為邪；文章豔麗，不害為正」〔註18〕，但他肯定唯有良善的品質，才能創出真美的作品。

二、「極鍊如不鍊之自然本色」，強調淳樸的天籟須自人工求。將天縱的神明落實至「獵微窮至精」的極鍊功夫，使後人有所依循。

三、「似花還似非花的意境論」，突出審美意象的多重性，並提示美醜的意象不是對立的，在鑒賞活動中，除了要有審美的眼光外，仍須注意「審醜」的意象。

〔註18〕見宋吳處厚《青箱雜記》，轉引自錢鍾書《談藝錄》。

第六章　發展論

當我們觸及文學史、文藝理論等問題時，同時也會接觸到文藝中的「變」。蕭子顯《南齊書·文學傳論》云：「習玩爲理，事久則瀆，在乎文章，彌患凡舊，若無新變，不能代雄。」清吳之振在《瀛奎律髓》序文中也說：「兩間氣運，屢遷而益新，人之心靈意匠，亦日出而不匱，故文者日變之道也。」這幾句話，幾乎概括了古今文藝的發展規律。

早在兩千多年前，《易傳》的作者就對宇宙萬象、人事紛陳理出規律通則，通變即爲易學中一對重要命題。在《周易·繫辭》中，「變」、「通」二字可視爲兩個階段或平行對待，前者如「易窮則變，變則通，通則久。」後者如「一闔一闢謂之變，往來不窮謂之通。」惟有在「通變」二字同時出現時，絕不可理解爲兩件事，〈繫辭〉中一者曰「通變謂之事」，再者曰「通其變遂成天下之文」，三者曰「通其變使民不倦」；前者包括一切人事狀態，後者涉及政治措施，中間一句正觸及文學的核心。

劉勰《文心雕龍》吸收了《易經》通變的觀念，將它納入文學評論中成爲一個主要章節；此外，他在〈知音〉提出六觀的批評論時，通變也居其一。所謂：「文律運周，日新其業。變則堪久，通則不乏。」（〈通變〉）總之，文學形式乃至由若干客觀環境所引起作者情志的反射，均無法久而不變，在這自然激盪的「變」中，文藝研究者只能提出「通」的方法了。

第一節　以是異爲則之正變觀

在中國文藝批評史上，「正」、「變」關係始終是個激烈爭論的問題，復古主義和反復古主義的論辯方興未艾。劉氏雖非新文藝潮流的理論家，卻能以其自發的辯證觀點來認識文藝發展的歷史，較客觀地闡述正變的意義，同時並肯定「變」的必然

性與合理性。

一、與時爲消息

　　前面曾提及劉氏從「正」、「變」兩方面來分析說明情感因素在文藝中的重要性。他所謂的「變」，是體現自然之道的變；《持志塾言‧窮理》：「知本、知類、知變，非窮理何以至之。」道運行變化，永無竭止，體現於一切事物之中亦是變化無窮。可知「變」的思想貫穿《藝概》全書。劉氏從時代、體製、流派、風格、章法〔註1〕等方面來討論文藝演變的歷史，如〈文概〉云：

　　　　文章蹊徑好尚，自《莊》、《列》出而一變，佛書入中國又一變，《世
　　說新語》成書又一變。

〈詩概〉：

　　　　古體勁而質，近體婉而妍，詩之常也。論其變，則古婉近勁，古妍近
　　質，亦多有之。

〈賦概〉：

　　　　變風變雅，變之正也；〈離騷〉亦變之正也。

又：

　　　　詩人之優柔，騷人之清深，後來並難矣。惟奇倔一境，雖亦詩騷之變，
　　而尚有可廣。

簡而言之，正變關係是由相依相對的兩種或兩種以上的因素構成，在這些因素中必有其一是主導者。批評家以「正宗」來推尊主導者，而以「變統」來稱述其他。面對複雜的正變問題，劉氏首先肯定文藝隨時代變遷而轉化的合理性及必然性。藝術自小範圍言一幅作品一人作品充滿變化；自大範圍言，隨時空變遷，整個藝術界也爲之改變。藝術創造的變化反映著審美變化，審美的變化又取決於時代條件。實則，時代爲變動不居的藝術審美的對照系。因此，〈文概〉說：

　　　　文之道，時爲大。《春秋》不同於《尚書》，無論矣。即以《左傳》、《史
　　記》言之，強《左》爲《史》，則噍殺；強《史》爲《左》，則嘽緩。惟與
　　時爲消息，故不同正所以同也。

每一時代的精神風貌不同，藝術創造的趣尚自然也隨之而異。所謂：「秦文雄奇，漢文醇厚。大抵越世高談，漢不如秦；本經立義，秦亦不能如漢也。」（〈文概〉）先秦學術，百家爭鳴，蓬勃異常，是以高談闊論，漢家學者自是不如；而漢家制度，獨

〔註 1〕有關章法的「變」，參見本書第四章第二節。

尊儒術，本經立義，深奧宏傅，先秦諸子亦難望其項背。雖則如此，藝術表現在「與時爲消息」的觀點上卻是千古不移的。

「文之道，時爲大」，說明藝術創造隨時代環境的變遷而變化，這是藝術發展的基本規律，然而，促進藝術變化發展的因素又是多方面的。

其一，〈詩概〉云：「〈大雅〉之變，具憂世之懷；〈小雅〉之變，多憂生之意。」這是由社會政治的治亂所造成文藝的變化。

其二，〈書概〉云：「秦碑力勁，漢碑氣厚，一代之書，無不肖乎一代之人與文者。〈金石略序〉云：『觀晉人字畫，可見晉人風猷；觀唐人書蹤，可見唐人之典則。』諒哉！」一代的書風不僅肖乎一代之人，亦與一代之文風相肖似。「秦文雄奇，漢文醇厚」，相應於書體，則「秦碑力勁，漢碑氣厚」。同一時代裡，彼一藝術形貌隨時代前進發生變化，此一藝術樣式也會隨之而變，這是因爲各種藝術樣式之間相互影響所致。書法與文章的關係如是，詩歌和音樂的關係更加密切〔註2〕。

其三，〈詞曲概〉云：「文文山詞有『風雨如晦，雞鳴不已』之意，不知者以爲變聲，其實乃變之正也。故詞當合其人之境地以觀之。」作者個人遭遇往往對藝術的變化發展產生深刻影響，如其所言：「史記低昂反覆，善矣！然較三代之文有不平意，蓋當時身世使然。」〔註3〕作家作品風格的先後變化，需繫聯個人的遭際，方能把握正確的理解。

藝術美的時代性是由整個社會所鑄就的，非個人意志所能移轉，因此藝術的「正」、「俗」不必以古人爲準，藝術創作也不可雷同於古人。由於風格有其時代性，因此，藝術創作切忌泥古不化，停滯不前；當須與世推移，時出新意，從而創出時代的新風尙。劉氏在〈書概〉中論道：「東坡論吳道子畫『出新意於法度之中，寄妙理於豪放之外』。推之於書，但尙法度與豪放，而無新意妙理，末矣。」這實際上是提倡書法要標新立意，要求有「新意妙理」，亦即從歷史發展的角度向書法藝術提出革新的要求。由於書藝的特殊性最易崇古守舊，所以，劉氏大膽指出：

　　張融云：「非恨臣無二王法，恨二王無臣法。」余謂但觀此言，便知
　其善學二王。儻所謂見過於師，僅堪傳授者耶？（〈書概〉）

這段話充分表述了他對藝術的繼承與革新的看法。舉凡大家之作必有出新於前代，每一時代有其特定的時代氣息與生活內容，藝術創作即應因時而異，「與時爲消息」，方不致落入俗套。劉氏這一「變」的觀點，實可謂劉勰《文心雕龍‧時序》：「歌謠

〔註2〕〈詞曲概〉云：「詞如詩，曲如賦。賦可補詩之不足也。昔人謂金、元所用之樂，嘈雜淒緊緩急之間，詞不能按，乃更爲新聲，是曲亦可補詞之不足也。」
〔註3〕見《游藝約言》。

文理，與世推移」，「文變染乎世情，興廢繫乎時序」思想的發揚光大。

二、用古與變古

「變」既為藝術發展的基本規律，然則，該如何變呢？

劉氏所處的時代是道光至光緒年間，其時統治文壇者，先有所謂「宋詩運動」〔註4〕，後有由此衍出之「同光體」〔註5〕，及與之對立的「漢魏六朝詩派」〔註6〕等，無論其如何分合向背，要皆以擬古、摹古為主。觀劉氏所提出之「法古」主張，非但與當時文壇擬古作風涇渭分明，甚且針鋒相對。他對擬古主義的批判集中於：

文貴法古，然患先有一古字橫在胸中。（〈文概〉）

一則提出「法古」，一則又以胸中先有古字為「患」。藝術為時代的反映，所謂：「〈離騷〉不必學《三百篇》，〈歸去來辭〉不必學〈騷〉，而皆有其獨至處。固知真古自與摹古異也。」（〈賦概〉）摹古者忽略時代聲氣，強令張冠李戴，移花接木，結果自然「拾得珠玉，化為灰塵」（〈詞曲概〉）。一旦胸中先有一古字，勢必無法「與時為消息」，亦必然為「患」，非「真古」也。

他針對擬古主義的字摹句擬，提出「用古而變古」的主張。〈文概〉論韓愈所以能取得超出前人的成就，主要原因在於：

韓文起八代之衰，實集八代之成。蓋惟善用古者能變古，以無所不包，故能無所不掃也。

將「善用古」作為「變古」的前提，合理地解決了對傳統的批判和繼承的問題。〈文概〉又說：「韓文學不掩才，故雖『約《六經》之旨而成文』，未嘗不自我作古。至歐、曾則不敢直以作者自居，較之韓若有『智崇禮卑』之別。」指出韓愈在實踐中

〔註4〕乾隆、嘉慶年間，翁方綱等人為了糾正明代前後七子一味復古，鄙薄宋詩的弊病，提倡以學為詩，企圖擴大宋詩的影響。其後在道光、咸豐年間，經程恩澤、祁寯藻等人的倡導，方形成所謂「宋詩運動」。他們將模仿的對象由「詩必盛唐」改為宋代江西詩派的黃庭堅，並進而學習杜、韓等唐宋名家，打破分唐分宋的界限，強調作詩一要「性情」，二要「學問」，普遍重視以學為詩，自成一種風氣。

〔註5〕「同光體」是興起於同治、光緒以迄辛亥革命的一個復古主義詩歌流派，為宋詩運動的末流。代表作家為陳三立、陳衍、沈曾植、鄭孝胥等人，他們的作品在藝術技巧上一味地模仿江西詩派，力求生澀、枯淡、迂緩，毫無生氣，在內容上有時又表現出不滿民主革命的情緒。由於陳衍在《石遺室詩話》中將同治、光緒以來「詩人不專宗宋唐者」稱為「同光體」，後以此稱這一詩派。

〔註6〕「漢魏六朝詩派」，指的是道光、咸豐年間一個模擬主義詩歌流派，代表人物為王闓運。他寫作詩歌、散文均以模擬漢魏六朝為準則，宣稱自己的詩都是「雜湊模仿」的。他以為模擬古人可以「治心」，可以通入大道。但是，如此對待寫作，結果只能是脫離現實，自我麻醉而已。

得到成功；不過，較之杜甫，韓愈對用古和法古的看法卻不及杜甫之全面。〈詩概〉云：

> 少陵於鮑、庾、陰、何樂推不厭。昌黎云：「齊梁及陳隋，眾作等蟬噪。」韓之論高而疏，不若杜之大而實也。

「詩以〈騷〉爲祖，以賦爲襯，以漢魏諸古詩、蘇李《十九首》、陶謝庾鮑諸人爲嫡裔。子美詩中沈鬱頓挫，皆出於屈宋，而助以漢魏六朝詩賦之波瀾……，以清矯之才，雄邁之氣，鞭策之，漸老漸熟，範我馳驅，遂爾獨成一體。」〔註7〕杜甫於古人之長盡括囊中，任他驅馳，眼界之廣的確較韓愈「大而實」。

他如〈書概〉云：「顏魯公書，自魏、晉及唐諸家皆歸隴括。東坡詩有『顏公變法出新意』之句，其實變法得古意也。」他將古意、新意二而一地繫聯在一起，由於藝術的發展離不開傳統，尤其是學書須從碑帖臨摹入手，其歷史繼承性特強，因此書家欲開創一代風氣，不但要吸收時代的新氣息，還要博采傳統中一切有益於革新的成分。唯有隴括傳統，才能跳出傳統；唯有博采古意，才可推出新意。此即所謂「善用古者能變古」。

道家認爲道無時無刻不在運動變化，而這種運動變化又是永遠不變的，所以是變之不變，不變之變。劉氏的美學思想正是主張這種變與不變的統一。不變，體現美的繼承性；變，體現美的發展性。藝術美的發展變化，包含新與古的對立統一，如〈詩概〉所言：「詩不可有我而無古，更不可有古而無我。」不出新亦即不得古，不得古亦不出新，須知古當觀於其變，新則觀其不變；古中有變者，而新中有不變者存焉。

三、以是異爲準則

劉氏肯定古與新、不變與變的積極存在，合理地闡釋了傳統與革新的問題。然而，我們如何在浩瀚的典籍中去發掘變中的不變，以及不變中的變呢？實則，劉氏對於「變」並非一概地肯定。於此，他對「變」提出二項要求，一曰「是」，二曰「異」。

所謂「是」，又有兩層涵義。一是變而不失其正，即不可違背政治、社會、倫理的基本原則。二是變而不失其真，即須真實地反映變化的時代及個人的不同遭際和情感。他認爲：「古與今，理同勢異。不能貫通之，是不知本；不能變化之，是不知用。」（〈持志塾言・致用〉）古今往來，事緒紛雜，情勢殊異，但卻可從中抽繹出一共同物：「理」。在他看來，無論文章如何變化，都存在著相同的理：

〔註7〕見賀貽孫《詩筏》。

　　　　蓋文惟其是，惟其眞。（〈文概〉）

古文與今文，古人與今人，均可在此點上取得共識，這是劉氏「法古」思想的理論
基礎與出發點。

　　　〈文概〉說：「蓋文惟其是，惟其眞。舍是與眞，而於形模求古，所貴於古者果
如是乎？」這裏他提出一個發人深省的問題：所謂「貴於古者」，究竟何指？亦即文
藝創造該繼承何種傳統？關於這個問題，他在〈論文〉中提出自己的看法：

　　　　文之道二：曰循古，曰自得。循古者尚正，而庸者托焉；自得者尚眞，
　　　而僻者托焉。庸者害眞，亦害正也。僻者害正，亦害眞也。如是之文日出，
　　　害且不獨在文也。然則何以已之？曰：古人重好學深思。庸由於思之不精
　　　也，僻由於學之不粹也。孔子曰：「學而不思則罔，思而不學則殆。」此
　　　非爲文言之也，然殆、罔均免而文不正以眞者，無之。〔註8〕

「古」與「自」，「正」與「眞」，都是作品中不可或缺的內在對立統一因素。學習古
人需尚正，自我創造須尚眞。「眞」與「正」可謂文藝發展所必遵循的正確道路；但
是，有兩種不良風尚會妨礙文藝發展，即低級庸俗的趣味和怪僻不實的文風。爲貫
徹「眞」與「正」的主張，劉氏又提出「學」與「思」的問題；循古者必好學，自
得則源於深思。學與思缺一不可，循古與自得亦缺一不可。

　　　劉氏所謂的「眞」，是指作者對生活的體驗和作品內容的關係而言。他在談到陶
淵明和杜甫的作品時，都強調一「眞」字，〈詩概〉云：

　　　　杜詩云：「畏人嫌我眞。」又云：「直取性情眞。」一自詠，一贈人，
　　　皆於論詩無與，然其詩之所尚可知。

「眞」包涵主體方面的性情眞與客體方面的物理眞。然則，劉氏並不否認像莊子、〈離
騷〉、蘇軾等浪漫主義的作家和作品，他認爲在這些作家和作品的「玄」、「誕」、「變」、
「奇」中，仍存在著眞實性。他說：

　　　　莊子寓眞於誕，寓實於玄，於此見寓言之妙。（〈文概〉）

　　　　〈離騷〉東一句，西一句，天上一句，地下一句，極開闔抑揚之變，
　　　而其中自有不變者存。（〈賦概〉）

　　　　子由曰：「子瞻之文奇，吾文但穩耳。」余謂百世之文，總可以「奇」
　　　「穩」兩字判之。（〈文概〉）

　　　　文尚奇而穩，此旨本昌黎〈答劉正夫書〉。奇則所謂異，穩則所謂是
　　　也。（〈經義概〉）

──────────────

〔註8〕見《昨非集》卷二。

莊子是個憤世嫉俗的狂者，其文看似荒唐，實則荒唐處正是正經處，不過借用生動的寓言故事來表達胸中所欲言而已，惟其有充實的內涵，所以橫說、豎說、正說、倒說，無一有「分數」存乎其間。東坡之文「奇」，實源自《莊子》。〈文概〉指出：「東坡讀《莊子》，嘆曰：『吾音有見，口未能言，今見是書，得吾心矣。』後人讀東坡文，亦當有是語。」用他的話來形容他自己的文章，不但了然於心且了然於口、手。至於〈離騷〉雖上天入地，極盡玄怪，然屈原的忠君愛國的精神至始至終不變。

　　所謂「正」，是指作品與倫理道德的關係而言。〈文概〉云：

　　　　論述古義，箴砭末俗，文之正變，即二者可以別之。

又〈詩概〉云：

　　　　天之福人也，莫過於予以性情之正；人之自福也，莫過於正其性情。

由此知「正」包含立意正和性情正兩方面。依照儒家傳統美學觀念，詩者言志，「志」由「意」和「情」的對立統一所構成。劉氏一則堅持詩賦言志的美學理論，再則又希望將清代所流行的袁枚「性靈說」納入儒家的美學體系中，以豐富其美學思想。他以為性靈之說自有其根據，鍾嶸《詩品》，杜詩的美學觀均不排斥性靈的說法，其主要關鍵在於性靈之正與不正而已。〈詩概〉云：

　　　　鍾嶸謂阮步兵詩可以陶寫性靈，此為以性靈論詩者所本。杜詩亦云：

　　　「陶冶性靈存底物，新詩改罷自長吟。」

對於元稹譴責性靈，劉氏頗有異議：

　　　　元微之作〈杜工部墓誌〉，深薄宋、齊間吟寫性靈、流連光景之文。

　　　　其實性靈光景，自風雅肇興便不能離，在辨其歸趣之正不正耳。（〈詩概〉）

他把變風〈柏舟〉與〈離騷〉並列，認為它們所表現的主旨相同，強調「讀之當兼得其人之志與遇焉」（〈詩概〉）。

　　正因為如此，他主張衡文標準，「真偽」較「正變」重要。〈賦概〉云：「賦當以真偽論，不當以正變論。正而偽，不如變而真。屈子之賦，所由尚已。」這種主張在清代一片擬古聲浪中，確實能起振聾發聵之用。

　　所謂「異」，是指藝術要有創造，有發展。劉氏的法古主張中的時代感，相應地必然激起對文藝「創新」的要求。他以詩文為作者性格情操的自然流露，如寫雲，相同的雲在不同作家的筆下定會出現迥異的風貌。〈賦概〉：

　　　　賦因人而異。如荀卿〈雲賦〉言雲者如彼，而屈子〈雲中君〉亦雲也，

　　　乃至宋玉〈高唐賦〉亦雲也；晉楊乂、陸機俱有〈雲賦〉，其旨又各不同。

　　　以賦觀人者，當於此著眼。

認為作者只要天籟自鳴，性情真正，作品必能越世高談，自開戶牖；同理，不同時

代的作家亦必有時代的特點，詩文中自然也會反映出時代的變易，從而創造出時代的新意。

新由眞出，眞爲新源。是與異二者相對相成。〈文概〉云：「昌黎以『是』『異』二字論文。然二者仍須合一。若不異之是，則庸而已，不是之異，則妄而已。」這種論調，在當時性靈泪沒，形同抄書的摹古風氣之下，宛如一道清洌的溪流。

第二節　不主一格

既然「變」是合理的，文藝的創新自然也是合理的。劉氏根據其文藝發展觀，進一步論證他關於藝術意象與風格多樣化的主張。藝術意象與風格的多樣化，本質上是藝術美的多種形態的表現，也是一個民族文藝高度繁榮昌盛的表徵之一。

我國古代傳統的美學思想，歷來主張藝術風格要多樣化，要求作品眾體皆備，不主一格。劉氏繼承這一思想，分別從四個不同的角度對此主張進行反覆論述。

首先，他認爲自然萬物形形色色，變化無端，作爲自然美的反映，藝術意象與風格也應多樣化。在書藝的創造過程中有所謂的「二觀說」〔註 9〕。書家究竟如何觀物取象，以類自然萬物之情呢？劉氏以唐篆書家李陽冰爲例。〈書概〉云：

> 李陽冰學〈嶧山碑〉，得〈延陵季子墓題字〉而變化。自論書也，謂於天地山川、日月星辰、雲霞草木、文物衣冠，皆有所得。雖未嘗顯以篆訣示人，然已示人畢矣。

李陽冰在〈上采訪李大夫論古篆書〉中，將自己對於自然界各種形象的體悟描繪得十分具體透徹。他說：「於天地山川得方圓流峙之常，於日月星辰得經緯昭回之度，於雲霞草木得靉布滋蔓之容，於衣冠文物得揖讓周旋之體，於眉髮口鼻得喜怒慘舒之分，於蟲魚禽獸得屈伸飛動之理，於骨角齒牙得擺拉咀嚼之勢。」此即所謂備萬物之情狀也。李陽冰之所以終能卓然成家，其書作所以能與各家篆書在個性、風格上有明顯的差別，這種「近取諸身，遠取諸物」的「因物構思」的取象法則，不可不謂是一重要原因。

由於自然萬物的變化「無定質」（〈書概〉），因此表現出來的藝術意象與風格也不該是單一化、標準化，而是鮮明多采的。

其次，藝術意象與風格的多樣性，並非故意造就，而是因爲人們的性情和胸襟不同，不可強同，也不必強同。有關李、杜優劣高低的評價，曾是文學史上沒

〔註 9〕見本書第三章第二節。

完沒了的官司，如清葉燮認爲：「李白天才自然，出類拔萃，然千古與杜甫齊名，則猶有間。蓋白之得此者非以才得之，乃以氣得之也。從來節義、勛業、文章，皆得於天，而足於己；然其間亦豈能無分際！」(《原詩》)。葉燮以爲李白所以能和杜甫齊名，並非以「才」，而是靠「氣」。劉氏亦強調李白詩「體氣高妙」(〈詩概〉)，然對二人的作品風格卻不分軒輊，他說：「太白早好縱橫，晚學黃、老，故詩意每託之以自娛。少陵一生卻只在儒家界內。」又「少陵純乎〈騷〉，太白在〈莊〉、〈騷〉間。」(〈詩概〉)二人的性情和胸襟不同，不應將杜甫的「思精」與李白的「韻高」對立起來分別高下，主張「眞賞之士，尤當有以觀其合焉。」(〈詩概〉)，劉氏此論眞是切中肯綮。

藝術風格的多樣化，其呈顯的方式亦非常豐富。從縱的方向看，個別藝術家的風格其本身即有一變化發展的過程，由此顯示出風格的多樣性。以杜甫爲例，〈詩概〉：「少陵以前律詩，枝枝節節爲之，氣斷意促，前後不相攝，實由於古體未深耳。少陵深古體，運古於律，所以開闔變化，施無不宜。」說明杜甫的詩風隨著技巧的純熟，閱歷的深入，不斷地發展變化。可知即使同一作家，其風格表現的特點，前後也可能不一致。

從橫的方面看，許多優秀藝術家的風格往往也非單一的。他們常常有好幾副筆墨，或以一種風格爲主導，再配上其他色調，使其作品顯得繽紛多彩，氣象萬千。如〈詩概〉云：「太白詩以《莊》、《騷》爲大源，而於嗣宗之淵放，景純之儁上，明遠之驅邁，玄暉之奇秀，亦各有所取，無遺美焉。」李白的創作風格主要表現爲飄逸的浪漫作風，他以《莊》、《騷》的浪漫情趣作爲整個作品的主調，在這個主調的基礎上，他的創作又擷取諸家之長，呈現出多種多樣的風采。

第三，從欣賞者方面而言，由於各人審美趣味的差異，必然導致對藝術風格的選擇性也就不同。劉勰《文心雕龍・知音》：「慷慨者逆聲而擊節，醞藉者見密而高蹈，浮慧者觀綺而躍心，愛奇者聞詭而驚聽。」作爲客觀的、科學的文藝批評，所講求的應是「圓該」，然而事實上，一般藝術欣賞者則不免「會己則嗟諷，異我則沮棄」(同上)。劉氏對於這種說法深表贊同，〈詩概〉云：

> 「曲徑通幽處，禪房花木深」，六一賞之；「四更山吐月，殘夜水明樓」，東坡賞之。此等處古人自會心有在，後人或強解之，或故疑之，皆過矣。

不同性格的人，對不同的藝術風格有所多偏好，這是十分自然的事，世人自不必強作調人。

藝術風格相近的作家，或因彼此思想感情、創作主張相似，或因取材範圍相近，或因表現方法、技巧一致，往往形成不同的藝術流派。流派風格的多樣化，標識著

藝術發展的興盛繁榮。我國至唐朝以後，各流派風格有很大的發展，名目亦相當繁多。它們彼此間不僅相互論爭對話，且相互繼承、淘汰，直接地促進文藝思想的活躍與創作的發展。例如，宋詞中婉約派與豪放派各擅勝場，相互影響；書法中「溫雅」的南書「自有南之骨」，「雄健」的北書「自有北之韻」（〈書概〉），彼此融合，化成一新的風格，各為欣賞者所接受。

最後，劉氏指出既然藝術的「變」與「自」合乎規律，那麼，在藝術發展過程中所出現多種多樣的藝術意象與風格同樣也是合乎規律的。事實上，藝術的創新與發展也只有通過多種多樣的藝術意象與風格才能實現。

社會不斷地發展，人的思想感情也不斷地變化，所以藝術意象與風格永遠不會窮盡。然而許多作家往往囿於舊的傳統，蹈襲前人的老路，使作品失去了生命，不再引起人們的興趣。文學史上擬古主義派所以失敗，癥結即在此。劉氏針對此，援引張融的話說：「非恨臣無二王法，恨二王無臣法。」（〈書概〉）又《南史‧張融傳》：「不恨我不見古人，所恨古人又不見我。」時代環境變了，作品的意境也應隨著時代腳步變古創新；新時代需要新意境，亦有能力產生新意境。總之，藝術的創新與發展，一方面以自然萬物的豐富性和無限發展性為其根據，另一方面又依藝術意象與風格的多樣化為其實踐形式，二者相融相合，形成了劉氏完整的藝術發展觀。

文藝是文化的結晶，它是一個民族在時間上前人與後人共同經驗的累積，在空間上不同地域相互激盪融和的混合。葉燮《原詩》說：「後人無前人，何以有其端緒；前人無後人，何以竟其引申乎！」所謂變者，不過少數人在那裡不斷啓其端緒，竟其引申；在變新的同時亦有不變的故舊存在，起著平衡牽引的作用，而此一古舊並非一般淺視者所謂的包袱，相反地，它是常新的母體。

第七章 結 論

　　劉氏在《藝概》中吸取我國豐富的文藝理論遺產，提出自己關於文藝問題的許多精湛見解。他以評點方式分條論述問題、評論作家，乍看之下，零言碎語，實則章法有序，自成系統。雖然只言梗概，卻涉及了藝術創作中的深層規律，接觸到文藝理論中一些較重大的問題。就整個文藝批評史來看，亦應有其一席之地。

第一節 總結前代之文學理論

　　劉氏的《藝概》是一部文藝批評著作，非專門的美學論著。然藝術美是最高度的美的集中體現，文藝批評的褒貶，總是反映著批評者的審美趣味，滲透著批評者的審美理想。《藝概》一書，分別論述了文、詩、賦、詞、曲、書法等中國古典文藝的諸多領域，於前人的理論著作不僅有較多的繼承，其闡發且多中肯綮，堪謂中國文藝批評史上帶有總結意義的重要著作之一。綜括劉氏文藝批評的運作原則與方法，大致可分為「內容」的批評和「技巧」的批評兩方面。

一、內容批評方面

　　在內容批評方面，由於深受儒家傳統的薰染，劉氏主張文藝創作必須達到「哀樂中節」、「物我無間」的境界，同時強調「詩品出於人品」的批評原則。

　　（一）、「哀樂中節」，是指藝術創作的抒情言志要符合一定的道德規範。詩賦創作要言抒情，是我古代傳統的詩歌理論。劉氏反覆強調詩「貴於言志」（〈詩概〉），「詞家要先辨得情字」（〈詞曲概〉），「〈詩序〉言『發乎情』，〈文賦〉言『詩言情』，所貴於情者，為得其正也。」（〈詞曲概〉）詩之情志是詩人本性、內心的真實寫照，所以他說：「詩之言持，莫先於內持其志。」（〈詩概〉）劉氏論詩之言志抒情又與禮義道

德繫聯在一起，他贊同〈詩序〉「發乎情，止乎禮義」的主張，指出：「荀卿立言不能皆粹，然大要在禮智之間。」（〈文概〉）此外，「哀樂中節」也反映了劉氏之中和的美學思想。他認為文藝表現哀樂之情須有節制，贊賞韓愈之文「無難易，惟其是而已」（〈文概〉），斷言「辭之患不外過與不及」（〈文概〉）他認為「論之失，或在失出，或在失入。」（〈文概〉）主張藝術作品只有在不出又不入，不過又無不及之時，方才符合「哀樂中節」的具體意涵。

（二）、「物我無間」，是指藝術創作中主觀的情景與客觀事物相融合。劉氏認為詩人只有「身入閭閻，目擊其事，直與疾病之在身者無異。」（〈詩概〉）使客觀之民生疾苦與作者的思想感情相融合，達到「物我無間」的程度，才有可能將人民的疾苦寫進詩歌，至於那種道聽塗說，街談巷語，對飢寒之苦沒有切身感受的人是無法「代匹夫匹婦語」的。除了主張詩歌必須反映現實外，他還指出一條重要的藝術規律，即藝術作品表現作者真實情感，而且這種情感是源於作者對外在客觀事物的深切感受。他說：「在外者物色，在我者生意」（〈賦概〉），物意「二者相摩盪」，首先是物色對作者感情的激發，同時也有作者意情對物色的浸入。物具我情，我亦具物之情，物意相摩相盪，物我無間，作者對客觀現實生活有了獨特的深刻的切身感受，產生真實的思想感情，進而生發藝術的美的境界，創造出感人的形象。

從這一基本觀點出發，劉氏反對藝術創作中的無病呻吟，倡導「詩可數年不作，不可一作不真。」（〈詩概〉）他認為那種「先去作詩」，然後再把所謂的「志」裝進去，是倒行其事，違反藝術創作的規律。從審美理論看，劉氏的「物我無間」說，是以客觀事物為藝術創作的基礎，以作家主觀情意思想為創作的主導，將藝術作品視為客觀事物在作家腦海中反映的產物。藝術是一種創造而非模仿。

（三）、「詩品出於人品」，這是劉氏一條重要的文藝批評原則。劉氏認為文藝作品的思想藝術價值同作家的思想修養有密切關係。他以人品的標準來論詩品，強調詩品是人品的反映，有何人品就有何詩品，二者是一致的。從這一批評原則出發品評作家和作品，他贊揚杜甫「志在經世」，「頌其詩貴知其人。先儒謂杜子美情多，得志必能濟物，可為看詩之法。」（〈詩概〉）認為〈離騷〉所反映的思想正是屈原人格的反映：「『風雨如晦，雞鳴不已』，屈子言志之指。」「屈之旨蓋在『臨睨夫舊鄉』，不在『涉青雲以汎濫游』也。」（〈賦概〉）劉氏從重視人品的批評原則出發，推崇屈原、司馬遷、李白、杜甫、韓愈、蘇軾、辛棄疾等人及其作品，而對於一些雖在藝術上有所成就，然品卻不高或作品思想內容低下的作家則頗有微詞。清人論詞多推崇溫、韋，劉氏卻認為他們的作品多描寫歌伎舞女，「類不出於綺怨」（〈詞曲概〉），價值不高。至於「富豔精工」的周邦彥詞，也「只是當不得箇『貞』字」（〈詞曲概〉），

所謂「詞進而人退，其詞不可爲也。」（〈詞曲概〉）

　　人的道德思想與言辭，作家的主觀修養與作品間的關係，在文藝理論批評史上早有人注意。《論語‧憲問》：「子曰：『有德者必有言。』」鍾嶸《詩品》稱劉琨：「既體良才，又罹厄運，故善敘喪亂，多感恨之詞。」葉燮《原詩‧內篇》：「詩之基，其人之胸襟是也。」可知，劉氏「詩品出於人品」的思想正是對前人理論的繼承、發展與深化的結晶。

二、技巧批評方面

　　在技巧批評方面，由於對《周易》及先秦哲學的深刻體會，劉氏在《藝概》中，將先秦哲學中有關事物內部相需相成、矛盾變化的法則，熟練地運用到審美範疇，從藝術內部諸因素的矛盾關係中，揭示藝術美的構成與創造規律，進而提出一系列具有普遍性哲理意義的審美體系。

　　《國語‧鄭語》記載史伯將單一的「同」與豐富的美區分開來，他說：「和實生物，同則不繼。以他平他謂之和，故能豐長而物生之。若以同裨同，盡乃棄矣。」唯有結合不同的「他」，排除單一的「同」，才能構成和諧，表現出美感。同時他又提出：「聲一無聽，物一無文，味一無果，物一不講」的美學論斷，說明只有「一」沒有「不一」，將不成文彩。

　　藝術形式具有「不一」的美學特點，強調其矛盾對立的辯證因素，是古代美學思想的一個重要成果。劉氏同樣予以理論上的總結及反覆的強調。〈文概〉指出：

　　　　《易‧繫辭》：「物相雜故曰文。」《國語》：「物一無文。」除鍇《說
　　文通論》：「強弱相成，剛柔相形，故於文『人乂』爲『文』。」《朱子語錄》：
　　「兩物相對待故有文，若相離去便不成文矣。」爲文者，盍思文之所由生
　　乎？

「文」的概念在古代也包括形式美。這段話不僅指明文藝產生的根源，且指出美生於不一，生於相雜，生於相對待。但是，劉氏對「文」與「質」皆不偏廢，所以他又在「物一無文」下一轉語，說：「後人更當知物無一則無文。蓋一乃文之眞宰，必有一在其中，斯能用夫不一者也。」（〈文概〉）強調構成藝術美的諸「不一」須按照一定的規律結合起來，才能形成和諧的統一體。

　　運用「一」與「不一」統一的觀點來解剖藝術美，是劉氏《藝概》審美方法體系的核心。是以《藝概》的內容雖龐雜，然龐雜中自有其貫一的精髓。他透過「不一」這個紛紜複雜的表層，窺探到蘊藏其中的「強弱相成，剛柔相形」、「兩物相對待」的本質，體認所謂「物一無文」的實質即對立面相依相存，相互制約的矛盾運

動的過程。因此，如果說對立面的統一是《藝概》論藝的總綱，則一組組對應範疇即其綱目，只要掌握總綱，自能從龐雜的內容中梳理中一系列具體論點。

據初步統計，《藝概》中反覆使用了虛與實，象與興，曲與直，顯與隱，開與闔，損與益，美與醜，襯與跌，情與辭，質與文，骨與韻，雄與雋，沈與快，古與我，正與變，是與異，天與人，變與貫，斷與續，疏與密，提與按，諧與拗，工與不工，齊與不齊，觀物與觀我，物色與生意，詠物與詠懷，寫景與言情，真實與玄誕，放言與法言，結實與空靈，有我與無我，沈厚與清空，尚實與尚華，辭情與聲情，陽剛與陰柔，剛健與婀娜，溫雅與雄健，用古與變古，循古與自得，指歸與氣格，真色與借色，出色與本色，極鍊與不鍊，似花與非花，不離與不即，打得通與跳得起，放得開與收得回，有定質與無定質，實事求是與因寄所託，言內實事與言外重旨，按實肖象與憑虛構象，言在口頭與想出天外，包諸所有與空諸所有，性情氣骨與語言文字，銅牆鐵壁與天風海濤，無所不包與無所不掃，肇於自然與造乎自然，水深林茂與瘦硬通神等一系列對應關係的美學範疇，分別涉及了藝術的形式、內容與風格諸方面，它們既各自相對獨立，卻又相互關聯交錯，形成一不可分割的網絡。儘管這些相對應的美學範疇在前人的論著中已漸次開展，然均不如劉氏自覺地、全面地、系統、深刻地總結。

從《國語》「物一無文」到儒家「哀樂中節」的中和思想，事物內部的對應性和統一性逐漸向美學範疇轉化發展；而審美範疇中對立面和統一面得到全面開展與廣泛運用，則在文藝進入自覺時代的魏晉以後。從劉勰《文心雕龍》至葉燮《原詩》，其間文論、詩話、詞話、書法、繪畫等論著，均從幾個不同的側面看到對立和統一在藝術審美中的特殊作用。《藝概》的貢獻正是總結這些零散、局部的見解，將散亂的理論綜合成普遍的規律，並廣泛地運用到實際的批評。劉氏總結前人的結論成果，於情理關係提出「寓義於情而義愈至」（〈詩概〉），言意關係提出「言有盡而音意無窮」（〈詞曲概〉），形神關係提出「不離不即」（〈詞曲概〉），虛實關係提出「似花還似非花」，情景關係提出「寓情於景而情愈深」（〈詩概〉）等論點，形成他自己的一套審美理論系統，雖無草創之功，然集大成之績，彌足珍貴，不容忽視。

第二節　對王國維《人間詞話》之影響

由於劉氏對詩歌的特質有較深刻的認識，又由於他對前人理論的精粹能夠廣泛吸取，因而在詩歌理論方面的成就較高，是以他堪稱是清代詩歌理論的集大成者。

劉氏《藝概》刊刻後，對晚清詞學的影響較詩學尤鉅。同光以後的詞家或詞學

批評家均曾給予相當的評價。如沈曾植《菌閣瑣談》說：

> 止庵而後，論詞精當，莫若融齋。涉獵既多，會心獨遠，非情深意超
> 者，固不能契其淵旨。而得宋人詞心處，融齋較止庵真際尤多。

沈氏將他與周濟並提，且說較周濟「真際尤多」，指明劉說突出之處。又馮煦《蒿庵論詞》中評價蘇東坡詞部份，幾乎完全過錄劉說，稱許《藝概》：「於詞多洞微之言，而論東坡尤為至深。」謝章鋌更指出：「〈詞概〉精審處不少。」（《賭棋山莊集・詞話續編卷二》）諸家對劉氏〈詞概〉無論是詞家詞作的評論，詞的創作原則或藝術技巧方面，均給予充分的肯定。

　　近代詞壇最有名的詞話，莫過於王國維的《人間詞話》，它對整個清詞作了輝煌的總結，代表清代詞學的最高成就。一般研究王國維的人都說他深受康德、叔本華美學思想的影響，史學家陳寅恪先生將他所著作的學術內容和治學方法概括為三條，其中第三條是「取外來之觀念，與固有之材料互相參證」〔註1〕。實則王氏論詞，不但吸取浙西派和常州派之長且又超出兩派之上。他繼承了我國傳統的古典文論，並參酌西方的美學理論，從而建立自己的詞學體系。

　　在參證固有之材料方面，從《人間詞話》的內容來看，王國維論詞實接受了不少劉氏《藝概》中的觀點。茲將《藝概》與《人間詞話》的論述，次序如下，即可瞭然於心：

劉熙載《藝概》	王國維《人間詞話》
1. 溫飛卿詞精妙絕人，然類不出綺怨。韋端己、馮正中諸家詞，留連光景、惆悵自憐，蓋亦易飄颺於風雨者。若第論其吐屬之美，又何加焉！	1. 張皋文謂：飛卿之詞「深美閎約」。余謂此四字唯馮正中足以當之。劉融齋謂：「飛卿精豔絕人。」差近之耳。
2. 馮延巳詞，晏同叔得其俊，歐陽永叔得其深。	2. 馮正中詞雖不失五代風格而堂廡特大，開北宋一代風氣。
3. 東坡詞具神仙出世之姿 稼軒詞龍騰虎擲 稼軒豪傑之詞	3. 東坡之詞曠，稼軒之詞豪。無二人胸襟而學其詞，猶東施之效捧心也。
4. 少游詞有小晏之妍，其幽趣則過之。梅聖俞〈蘇幕遮〉云：「落盡梅花春又了，滿地斜陽，翠色和煙老。」此一種似為少游開先。	4. 梅聖俞〈蘇幕遮〉詞：「落盡梨花春事了，滿地斜陽，翠色和煙老。」興化劉氏謂：少游一生似專學此種。余謂馮正中〈玉樓春〉詞：「芳菲次第長相續，自是情多無處足。尊前百計得春歸，莫為傷春眉黛促。」永叔一生似專學此種。〔註2〕

〔註1〕〈王靜安先生遺書序〉，見《金明館叢稿》二編。
〔註2〕末句「永叔一生似專學此種」，《人間詞話新注》作「少游一生似專學此種」。

5. 周美成詞，或稱其無美不備。余謂論詞莫先於品。美成詞信富豔精工，只是當不得箇「貞」字。是以士大夫不肯學之，學之則不知終日意縈何處矣。	5. 美成詞深遠之致不及歐、秦，唯言情體物，窮極工巧，故不失為第一流之作者。但恨創調之才多，創意之才少耳。
6. 周美成律最精審，史邦卿句最警鍊，然未得為君子之詞者，周旨蕩而史意貪也。	6. 周介存謂：「梅溪詞中，喜用『偷』字，足以定其品格。」劉融齋謂：「周旨蕩而史意貪。」此二語令人解頤。
7. 文文山詞有「風雨如晦，雞鳴不已」之意，不知者以為變聲，其實乃變之正也。故詞當合其人之境地以觀之。	7. 文文山詞風骨甚高，亦有境界。遠在聖與、叔夏、公謹諸公之上。
8. 北宋詞用密亦疏，用隱亦快，用細亦闊，用精亦渾。南宋只是掉轉過來。	8. 詞家時代之說，盛於國初。竹垞謂詞至北宋而大，至南宋而深。後此詞人，群奉其說。然其中亦非無具眼者。周保緒曰：「南宋下不犯北宋拙率之病，高不到北宋渾涵之詣。」又曰：「北宋詞多就景敘情，故珠圓玉潤，四照玲瓏。至稼軒、白石，一變而為即事敘景，使深者反淺，曲者反直。」潘四農德輿曰：「詞濫觴於唐，暢於五代，而意格之閎深曲摯則莫盛於北宋。詞之有北宋，猶詩之有盛唐。至南宋則稍衰矣。」劉融齋熙載曰：「北宋詞用密亦疏、用隱亦亮、用沈亦快、用細亦闊、用精亦渾。南宋只是掉轉過來。」可知此事自有公論。雖止庵詞頗淺薄，潘、劉尤甚。然推尊北宋，則與明季雲間諸公同一卓識，不可廢也。
9. 詞中句與字，有似觸著者，所謂極鍊如不鍊也。晏元獻「無可奈何花落去」二句，觸著之句也；宋景文「紅杏枝頭春意鬧」「鬧」字，觸著之字也。	9. 「紅杏枝頭春意鬧」，著一「鬧」字而境界全出。

　　由上述的對照系中，可以看出王國維不但接受了〈詞曲概〉的許多論詞觀點，甚至倣效劉氏論列作家作品的方式。

　　此外，其美學思想核心「境界說」的理論架構，有不少論點沿襲劉說。如他說：「有造境，有寫境，此理想與寫實二派所由分。」認為藝術境界可由寫實和虛構兩種方法構成，且兩者不能截而為二，因為雖是虛構亦須「合乎自然」，雖是寫實也必「鄰於理想」〔註3〕；此與劉氏論藝術不僅要「按實肖象」且須「憑虛構象」之意

〔註3〕《人間詞話》：「有造境，有寫境，此理想與寫實兩派之所由分。然二者頗難分別。因大詩人所造之境，必合乎自然，所寫之境，亦必鄰於理想故也。」

同。又王國維所謂有境界的作品，其必要條件是要做到情景交融，使藝術形象鮮明、具體、逼眞，文學語言渾然天成，不假雕飾，達到「不隔」的境地；這正是劉氏所說的「極鍊如不鍊，出色而本色，人籟悉歸天籟」，有「理趣」而無「理障」的自然本色。

至於在主體精神的涵攝方面，王國維認爲偉大的詩人必須有高尙的人格，人格卑下者不可能創作出偉大的作品，他說：

> 詞之雅鄭，在神不在貌。永叔、少游雖作豔語，終有品格。方之美成，便有貴婦人與倡伎之別。

主張文學之事既要有「內美」，又要有「修能」；強調「內美」的重要性，認爲應「尤重內美」〔註4〕。基於此，他肯定蘇軾和辛棄疾的「雅量高致」〔註5〕，贊同劉氏所謂「周旨蕩而史意貪」的說法。並以劉氏論人品爲「狂狷」和「鄉愿」的標準來評論詞的高下，《人間詞話》說：

> 東坡、稼軒，詞中之狂。白石，詞中之狷也。夢窗、玉田、西麓、草窗之詞，則鄉愿而已。

說明周邦彥等人，由於人品不高，所以作品缺乏深刻的思想意義，因而無法與蘇、辛同日而語。

清人論詞，或崇姜，或宗周，多以婉約爲正宗，而以豪放爲變體。劉氏一反傳統，把蘇、辛譬之爲詩中之李、杜〔註6〕，譽爲「至情至性」之人，給予極高的評價。這種反傳統的精神和獨到的見解，大大地影響了王國維的「境界說」，他據此品評歷代詞人，對被浙派詞人奉爲圭臬的姜夔詞，視爲「有格而無情」，而對被目爲別體的辛詞則給予較高的評價，說「幼安之佳處，在有性惰，有境界」(《人間詞話》)。

綜上所述，我們可以爲劉熙載的《藝概》在中國文藝批評史上找到一個定位。它不但總結了古代的各項文藝理論，而且加以統合深化，於新舊學術交替的過程中，扮演著中繼渡橋的角色。

〔註4〕《人間詞話》：「『紛吾既有此內美兮，又重之以修能。』文學之事，於此二者不可缺一。然詞乃抒情之作，故尤重內美。無內美而但有修能，則白石耳。」
〔註5〕《人間詞話》：「讀東坡、稼軒詞，須觀其雅量高致，有伯夷、柳下惠之風。」
〔註6〕〈詞曲概〉：「詞品喻諸詩，東坡、稼軒，李、杜也；耆卿，香山也；夢窗，義山也；白石、玉田，大歷十才子也。其有似韋蘇州者，張子野當之。」

參考書目

（一）專　書

1. 《藝概》，劉熙載，古桐書屋遺書（傅斯年圖書館藏）。
2. 《藝概》，劉熙載，北京富晉書社排印本（台大研究圖書館藏）。
3. 《藝概》，劉熙載，藝文印書局（百部叢書本）。
4. 《藝概》，劉熙載，華正書局（王國安點校本）。
5. 《文概》，劉熙載，雙流黃氏濟忠堂刊本（傅斯年圖書館藏）。
6. 《曲概》，劉熙載，鼎文書局（歷代詩史長編第二輯第九冊）。
7. 《昨非集》，劉熙載，古桐書屋遺書（傅斯年圖書館藏）。
8. 《持志塾言》，劉熙載，同上。
9. 《藝概》（導讀），龔鵬程，金楓出版有限公司。
10. 《藝概箋注》，王氣中，貴州人民出版社。
11. 《劉熙載和藝概》，王氣中，上海古籍出版社。
12. 《清史列傳》，明文書局。
13. 《清史稿儒林傳》，趙爾巽等，鼎文書局。
14. 《續碑傳集》，繆荃孫等，藝文印書館。
15. 《碑傳集補》，閔爾昌等。
16. 《清代樸學大師列傳》，支偉成，明文書局。
17. 《明清江蘇文人年表》，張慧劍編，上海古籍出版社。
18. 《清代七百名人傳》，蔡冠洛，世界書局。
19. 《清儒學案》，徐世昌，世界書局。
20. 《周易》，十三經注疏本，藝文印書館。
21. 《尚書》，十三經注疏本，藝文印書館。
22. 《詩經》，十三經注疏本，藝文印書館。

23. 《禮記》，十三經注疏本，藝文印書館。

24. 《左傳》，十三經注疏本，藝文印書館。

25. 《論語》，十三經注疏本，藝文印書館。

26. 《國語》，宏業書局。

27. 《戰國策》，里仁書局。

28. 《史記》，司馬遷，鼎文書局。

29. 《漢書》，班固，鼎文書局。

30. 《宋書》，沈約，鼎文書局。

31. 《南齊書》，蕭子顯，鼎文書局。

32. 《清代通史》，蕭一山，商務印書館。

33. 《清史大綱》，金兆豐，學海出版社。

34. 《國史大綱》，錢穆，商務印書館。

35. 《中國通史》，范文瀾，坊本。

36. 《中國近代史》，歷史科教學研討會編，幼獅文化事業公司。

37. 《民國大事年表》，陳慶麟，商務印書館。

38. 《莊子集釋》，郭慶藩，華正書局。

39. 《荀子約注》，梁叔任，世界書局。

40. 《法言》，揚雄，中華書局（四部備要本）。

41. 《論衡》，王充，中華書局（四部備要本）。

42 《楚辭補注》，洪興祖，漢京文化事業有限公司。

43. 《文選注》蕭統編・李善注，藝文印書館。

44. 《古詩源》，沈德潛，中華書局（四部備要本）。

45. 《詩比興箋》，陳沆，廣文書局。

46. 《駢體文鈔》，李兆洛，廣文書局。

47. 《中國歷代文論選》，郭紹虞輯，木鐸出版社。

48. 《柳宗元集》，柳宗元，漢京文化事業有限公司。

49. 《杜詩鏡銓》，楊倫注，華正書局。

50. 《李太白文集》，王琦注，華正書局。

51. 《李白集校注》，瞿蛻園校注，洪氏出版社。

52. 《白香山詩集》，汪立名編注，商務印書館。

53. 《詩品注》，汪師中注，正中書局。

54. 《文心雕龍注》，范文瀾注，明倫出版社。

55. 《文心雕龍讀本》，王師更生注，文史哲出版社。

56. 《文鏡秘府論》，遍照金剛，金楓出版有限公司。

57. 《四庫全書總目提要》，紀昀等，藝文印書館。

58. 《滄浪詩話校釋》，郭紹虞校釋，河洛圖書出版社。

59. 《百種詩話類編》，臺靜農主編，藝文印書館。

60. 《歷代詩話》，何文煥編，漢京文化事業有限公司。

61. 《歷代詩話續編》，丁福保編，木鐸出版社。

62. 《清詩話》，丁福保編，明倫出版社。

63. 《清詩話續編》，郭紹虞編，木鐸出版社。

64. 《人間詞話新注》，滕咸惠校注，里仁書局。

65. 《兩漢魏晉南北朝文學批評資料彙編》，曾永義、柯慶明編，成文出版社。

66. 《隋唐五代文學批評資料彙編》，羅聯添編，成文出版社。

67. 《北宋文學批評資料料彙編》，黃啟方編，成文出版社。

68. 《南宋文學批評資料彙編》，張健編，成文出版社。

69. 《金代文學批評資料彙編》，林明德編，成文出版社。

70. 《元代文學批評資料彙編》，曾永義編，成文出版社。

71. 《清宋文學批評資料彙編》，吳宏一、葉慶炳編，成文出版社。

72. 《文學理論資料彙編》，華諾文化事業有限公司。

73. 《文章辨體序說》，吳訥，長安出版社。

74. 《文體明辨序說》，徐師曾，長安出版社。

75. 《中國文學批評通論》，傅庚生，華正書局。

76. 《中國文學批評家與文學批評》，朱東潤等，學生書局。

77. 《唐詩說》，夏敬觀，河洛圖書出版社。

78. 《詩論分類纂要》，朱任生，商務印書館。

79. 《中國詩學大綱》，楊鴻烈，商務印書館。

80. 《中國詩的神韻格調及性靈說》，郭紹虞，華正書局。

81. 《詩論》，朱光潛，漢京文化事業有限公司。

82. 《中國詩學》，劉若愚著、杜國清譯，幼獅文化事業公司。

83. 《古文纂要》，朱任生，商務印書館。

84. 《中國文學理論》，劉若愚著、杜國清譯，聯經出版事業公司。

85. 《明清文學批評》，張健，國家出版社。

86. 《六朝文論》，廖蔚卿，聯經出版事業公司。

87. 《文氣論研究》，朱榮智，學生書局。

88. 《文學論集》，姚一葦，書評書目出版社。

89. 《文學評論第一集》，巨流出版社。

90. 《清代詩學初探》，吳宏一，學生書局。

91. 《中國詩學縱橫論》，黃維樑，洪範書局。

92. 《江西詩社宗派研究》，龔鵬程，文史哲出版社。

93. 《詩史本色與妙悟》，龔鵬程，學生書局。

94. 《比興物色與情景交融》，蔡英俊，大安出版社。

95. 《中國詩歌藝術研究》，袁行霈，五南圖書出版公司。

96. 《中國書法理論體系》，熊秉明，莊嚴出版社。

97. 《王國維文學及文學批評》，蔣英豪，崇基書院華國學會叢書。

98. 《王國維及其文學批評》，葉嘉瑩，源流出版社。

99. 《中國文學流變史》，李曰剛，聯貫出版社。

100. 《中國文學史》，葉慶炳，弘道文化事業公司。

101. 《中國文學發展史》，劉大杰，華正書局。

102. 《中國詩史》，陸侃如，泰順書局。

103. 《中國韻文史》，龍沐勛，樂天書局。

104. 《中國文學批評史》，郭紹虞，文史哲出版社。

105. 《中國文學批評史》，羅根澤，明倫書局。

106. 《中國詩論史》，鈴木虎雄著、洪順隆譯，商務印書館。

107. 《中國文學批評史》，青木正兒著、陳淑女譯，開明書店。

108. 《中國文學理論史》，黃保真等，北京新華書局。

109. 《中國美學史》，李澤厚、劉紀綱主編，里仁書局。

110. 《中國美學史大綱》，葉朗，滄浪出版社。

111. 《中國美學史論集》，林同華，丹青圖書有限公司。

112. 《中國美學史資料彙編》，明文書局。

113. 《朱自清古典文學論文集》，朱自清，源流出版社。

114. 《中國藝術精神》，徐復觀，學生書局。

115. 《書法叢談》，王壯爲，中華叢書編審委員會。

116. 《文學散步》，龔鵬程，漢光文化事業公司。

117. 《境界的探求》，柯慶明，聯經事業出版公司。

118. 《古典詩詞藝術深幽》，艾治平，學海出版社。

119. 《藝舟雙楫》，包世臣，商務印書館。

120. 《廣藝舟雙楫》，康有爲，金楓出版有限公司。

121. 《談藝錄》，錢鍾書，藍田出版社。

122. 《美學散步》，宗白華，洪範書局。

123. 《美學》，黑格爾著、朱孟實譯，里仁書局。

124. 《美學》，田曼詩，三民書局。

125. 《美學原理》，克羅齊著、正中書局編委會譯，正中書局。

126. 《文藝心理學》，朱光潛，開明書店。

127. 《中國古典美學範疇》，曾祖蔭，丹青圖書有限公司。

128. 《文學與美學》，龔鵬程，業強出版社。

（二）期刊論文

1. 〈文學研究的美學問題〉，高友工，中外文學 7 卷 11、12 期。

2. 〈評劉熙載藝概〉，黃海章，中山大學學報 1962、1 期。

3. 〈劉熙載的美學思想初探〉，佛雛，江海學刊 1962、3 期。

4. 〈劉熙載的詞品說〉，邱世友，學術研究 1964、1 期。

5. 〈劉熙載論詞品及蘇辛詞〉，詹安泰，文學評論叢刊第二輯。

6. 〈劉熙載藝術思想淺談〉，安國深，鄭州大學學報 1980、2 期。

7. 〈劉熙載及其藝概〉，敏澤，古代文藝理論研究叢刊第一輯。

8. 〈劉熙載藝概中的辯證思想〉，王世德，古代文藝理論研究叢刊第一輯。

9. 〈劉熙載論詞的含蓄和寄託〉，邱世友，古代文藝理論研究叢刊第一輯。

10. 〈劉熙載藝概文概初探〉，陳莊，四川大學學報 1981、1 期。

11. 〈藝概和劉熙載的美學思想〉，毛時安，文藝理論研究 1981、3 期。

12. 〈藝概的文學比較方法〉，徐振輝，華東師範大學學報 1982、1 期。

13. 〈藝概寫作論輯要〉，王志彬，內蒙古師院學報 1982、2 期。

14. 〈物一無文，物無一則無文——藝概的審美方法論之一〉，陶型傳，文藝理論研究 1982、3 期。

15. 〈劉熙載的書法美學思想〉，金學智，文藝研究 1982、5 期。

16. 〈藝術創造中的對立強化律——劉熙載的審美方法論之二〉，陶型傳，文藝理論研究 1983、4 期。

17. 〈一部簡明精闊的文藝批評論著——談清人劉熙載的藝概〉，董洪利，文史知識 1983、11 期。

18. 〈劉熙載藝概詞曲概初探〉，殷大云，內蒙古師院學報 1984、4 期。

19. 〈品居極上，只是本色——劉熙載的美學思想散論之一〉，陶型傳，中國古典文學論叢第二輯。

20. 〈劉熙載對詩歌藝術辯證法的探求〉，陳晉，社會科學 1985、5 期。

21. 〈清深親切，尤為詩之深致——劉熙載關於詩歌內容特點的理論〉，子耕，社會

科學輯刊 1985、6 期。

22. 〈劉熙載論詩品和人品〉，陸煒，文藝理論研究 1986、1 期。

23. 〈劉熙載及其藝概的美學思想〉，林同華，中國美學史論集。

24. 〈藝概中創新意識的當代思考〉，朱樺，文藝理論研究 1987、3 期。

25. 〈劉熙載藝概及其辯證審美觀〉，陳德禮，北京大學學報 1987、5 期。

26. 〈自劉熙載文概論韓文義法〉，姚振黎，孔孟月刊 25 卷第 10 期。

27. 〈古典書法美學的總結——簡論劉熙載的書法美學思想〉，姚文放，學術月刊 1988、1 期。

28. 〈劉熙載論文章的自然美〉，王氣中，南京大學學報 1988、1 期。

29. 〈中國古典美學的末代大師——劉熙載〉，董運庭，四川師範大學學報 1988、3 期。

30. 〈論劉熙載的文藝思想——劉熙載論藝六種序論〉，徐中玉蕭榮華，社會社學戰線 1988、4 期。

31. 〈劉熙載美學思想與道家影響〉，李德仁，山西大學學報 1989、1 期。

32. 〈常州派詞學研究〉，吳宏一，58 年台大中研所博士論文。

33. 〈清代道咸同光期之文學理論研究〉，尤信雄，60 年國科會報告。

34. 〈晚清詞論研究〉，林玫儀，68 年台大中研所博論文。

35. 〈清初浙派詞論研究〉，楊麗珠，72 年師大國研所碩士論文。

36. 〈劉熙載藝概詩歌理論研究〉，柯夢田，77 年高師國研所碩士論文。

明清文話敍錄

李四珍　著

提　要

　　明清為吾國文學批評鼎盛之際，鴻才碩儒，風起雲湧，競相立說，流派紛陳，極縱橫跌宕之觀。是時也，文體詳備，批評之品類亦隨之而起。故詩有詩話、詞有詞話、曲有曲話、文亦有文話。而文話之盛尤為明清文學批評之特色也。

　　余以為明清文話可寶者既多，唯較乏人問津，若能尋其脈絡，必有所獲。於是進而搜集資料，自《書目類編》、《叢書子目類編》、《四庫全書總目提要》、《續修四庫全書總目提要》諸書之「詩文評類」或總集類，蒐取諸家論文之目。復求諸王寶先之《台灣各圖書館現存叢書子目索引》、《台灣公藏善本書目書名索引》、《台灣公藏普通本線裝書目書名索引》，以知各書庋藏狀況也。其間無分寒暑，不避阻難，窮力之所能及，或影印或鈔錄，前後費時經年，聚材略有可觀焉。

　　本文輯得專著凡五十二種，分選文、評點、論文、四六各類。選文之屬又依作者、文體、作法三目分列。

　　至於行文舖敘，每論一書，大抵先詳作者，以知人論世。次述板本及諸書庋藏情況。又次述其內容，其中有關此書之內容要旨、體製缺失、見解優劣、及後人評述，皆以提要鉤玄之法，作扼要之介紹，以期讀者能知其歸趣，有所取捨也。

　　斯編之作，以明清文話專著為限，單篇或附於文中者，雖然零金碎玉，片言足寶，惟恐文字支離，一概不取。而明清文話浩繁，備舉不易，故是編所重在論文之屬。

目 錄

自　序

　　明清爲吾國文學批評鼎盛之際，鴻才碩儒，風起雲湧，競相立說，流派紛陳，極縱橫跌宕之觀。是時也，文體詳備，批評之品類亦隨之而起。故詩有詩話、詞有詞話、曲有曲話、文亦有文話。而文話之盛尤爲明清文學批評之特色也。

　　余以爲明清文話可寶者既多，唯較乏人問津，若能尋其脈絡，必有所獲。於是進而搜集資料，自《書目類編》、《叢書子目類編》、《四庫全書總目提要》、《續修四庫全書總目提要》諸書之「詩文評類」或總集類，蒐取諸家論文之目。復求諸王寶先之《台灣各圖書館現存叢書子目索引》、《台灣公藏善本書目書名索引》、《台灣公藏普通本線裝書目書名索引》，以知各書庋藏狀況也。其間無分寒暑，不避阻難，窮力之所能及，或影印或鈔錄，前後費時經年，聚材略有可觀焉。

　　本文輯得專著凡五十二種，分選文、評點、論文、四六各類。選文之屬又依作者、文體、作法三目分列。其中依作者分者：有明茅坤《唐宋八大家文鈔》、清儲欣《唐宋十大家全集錄》、清徐乾學《古文淵鑑》。依文體分者：有明吳訥《文章辨體》、明程敏政《明文衡》、明唐順之《文編》、明徐師曾《文體明辨》、明賀復徵《文章辨體彙選》、清姚鼐《古文辭類纂》、清曾國藩《經史百家雜鈔》。依作法分者：有清李扶九《精校古文筆法百篇》。評點之屬：有明歸有光《評點史記》、《文章指南》。論文之屬，則分綜論部分、文體部分、創作部分、批評部分。綜論部分乃兼備各體者，其中所錄：計有明王文祿《文脈》、明朱荃宰《文通》、清張次仲《瀾堂夕話》、清王夫之《夕堂永日緒論外編》、清劉青芝《續錦機》、清張秉直《文談》、清梁章鉅《退庵論文》、清丁晏《文毅》、清曾國藩《鳴原堂論文》、清薛福成《論文集要》、清阮福《文筆考》。文體部分：有明陳懋仁《續文章緣起》。創作部分：有明宋濂《文原》、明高琦《文章一貫》、明李叔元《新鍥諸名家前後場肄業精訣》、清黃宗羲《金石要例》、清顧炎武《救文格論》、清魏際瑞《伯子論文》、清魏禧《日錄論文》、清汪潢《掄元彙考》、清黃與堅《論學三說》、清馬榮祖《文頌》、清田同之《西圃文說》、清劉大櫆《論文偶記》、清路德《仁在堂論文》、清李元春《四書文法摘要》、清方宗誠《論文章本原》、清朱景昭《論文蕘說》。批評部分：有明王世貞《文評》、清方以智《文章薪火》、清呂留良《呂子評語餘編》、清楊繩武《論文四則》、清范泰恆《經書卮言》、清吳德旋《初月樓古文緒論》、清方宗誠《讀文雜記》、清劉熙載《文概》。

四六之屬：則有清陳維崧《四六金鍼》、清李兆洛《駢體文鈔》、清孫梅《四六叢話》。

　　至於行文舖敍，每論一書，大抵先詳作者，以知人論世。次述板本及諸書庋藏情況。又次述其內容，其中有關此書之內容要旨、體製得失、見解優劣、及後人評述，皆以提要鉤玄之法，作扼要之介紹，以期讀者能知其歸趣，有所取舍也。

　　斯編之作，以明清文話專著為限，單篇或附於文中者，雖然零金碎玉，片言足寶，惟恐文字支離，一概不取。而明清文話浩繁，備舉不易，故是編所重在論文之屬。至選文之屬，不克一一羅列者，蓋時間所限，力有不逮也。余性魯鈍，幸蒙　王師更生悉心指導，終底於成。然自知明清文論書多義廣，本編所陳，疏漏難免。博雅君子，不吝賜教為盼。

　　　　　　　　中華民國七十二年七月李四珍序於中國文化大學中文研究所

第一章　緒　論

第一節　前　言

　　中華文化垂五千年，其文學作品可謂洋洋大觀，而品類之眾，亦舉世獨稱。又文學批評往往伴隨文學創作而至，故歷代評論之作甚多，如詩有詩話、詞有詞話、曲有曲話，而評文者，亦有文話存焉。歷來文家，於詩、詞、曲話之論述甚詳，唯文話一門，雖著作甚多，然較乏系統之整理，故欲窺文話之堂奧，為評文之一助，此本論文之所由作也。

第二節　我國文學理論之演變

　　先秦之際，百家爭鳴，然諸子學說皆為學術而發，其時並無文學批評之名，亦無文學批評之專著，其評論作品優劣者，輒散見於學術論述中〔註1〕。先秦顯學，首推儒墨，次為道法。孔門之文學觀以尚文尚用為主，如《禮記·表記》引孔子云：「情欲信，辭欲巧」，此尚文也。《論語·季氏篇》云：「不學詩，無以言」，《陽貨篇》云：「小子何莫學乎詩，詩可以興，可以觀，可以群，可以怨。邇之事父，遠之事君，多識於草木鳥獸蟲魚之名。」此則尚用之恉也。故知儒家所重者，不出於家國身世，其歸不出興觀群怨。儒家如此，尚質之墨家更可想而知。如《墨子·非命下》云：「是故子墨子曰：『今天下之君子之為文學出言談也，非將勤勞其喉舌而利其脣呡也，中實將欲為其國家邑里，萬民刑政者也。』」其言

<hr />

〔註1〕見郭紹虞《中國文學批評史》，頁11。

文學之旨歸，則與儒家相同。道家之論，頗涉玄虛，於後世文學，良多影響〔註 2〕，至於評騭文學，無甚可述〔註 3〕。獨法家詆訶文學，《商君書》謂：「農戰之民千人，而有詩書辨慧者一人焉，千人者皆怠於農戰矣！」《韓非子》亦謂：「喜淫而不周於法，好辯說而不求其用，濫於文麗而不顧其功者，可亡也。」法家之論，大抵如此。由上述諸端，知先秦諸子之言文，除道家外，皆以尙用爲本也。

　　逮及漢世，文體日繁，評論之風日盛。相如論賦，特舉「賦心」，以爲「賦家之心，苞括宇宙，總覽人物，斯乃得之於內，不可得而傳。」〔註 4〕。史公論文，以情爲重〔註 5〕。劉向校書，以儒家爲宗〔註 6〕。子雲論評，本乎六經〔註 7〕。君山新論，志黜虛妄〔註 8〕。仲任論文，文實並重〔註 9〕。故知兩漢文論，仍不離儒家宗經務本之範疇。

　　建安以還，文才輩出，論文之風盛焉。魏文帝《典論·論文》，倡「文氣」之說〔註 10〕，其論文體，則主張：「奏議宜雅，書論宜理，銘誄尙實，詩賦欲麗」。後之陸機《文賦》，分體爲十，乃視子桓爲密，以爲：「詩緣情而綺靡，賦體物而瀏亮，碑披文以相質，誄纏綿而悽愴，銘傳約而溫潤，箴頓挫而清壯，頌優游以彬蔚，論精微而朗暢，奏平徹以閒雅，說煒曄而譎誑。」其緣情綺靡之說，後人頗多論述。摯虞《文章流別論》，集古今文章，類聚區分，以論定其體〔註 11〕。

〔註 2〕郭紹虞《中國文學批評史》：「老子云：『處其厚，不居其薄，處其實，不居其華』此雖不是論文，而後世論文者拈出華實厚薄諸子，實本於此。」
〔註 3〕見方孝岳《中國文學批評史大綱》，頁 9。
〔註 4〕見《西京雜記》引司馬相如語。
〔註 5〕史公〈自序〉曰：「夫詩書隱約者，欲遂其志之思也。」又曰：「詩三百篇，大抵賢聖之所爲作也，此人皆意有所鬱積，不得通其道也。」
〔註 6〕方孝岳《中國文學批評史大綱》：「今流傳者，有劉向校書錄，皆以儒家者言爲立場。管子書錄云：『凡管子書，務富國安民，道約言要，可以曉合經義。』晏子書錄云：『其書六篇，皆忠諫其君，文章可觀，義理可法，皆合六經之義……』……」皆以合於經傳爲原則。
〔註 7〕揚雄《法言·問神篇》云：「書不經，非書也；言不經，非言也。言書不經，多多贅矣！」
〔註 8〕王充《論衡·超奇篇》云：「君山作新論，論世間事，辨昭然否，虛妄之言，僞飾之辭，莫不證定。」
〔註 9〕王充《論衡·書解篇》云：「夫人有文，質乃成；物有華而不實，實而不華者。易曰：『聖人之情，見乎辭。』」又曰：「人無文則爲樸人。」此爲重文之證也。又定賢篇云：「以敏於賦頌爲弘麗之文爲賢乎？則司馬長卿、揚子雲是文麗而務巨，言眇而趨深，然而不能處定是非，辨然否之實。」此重其實也。
〔註 10〕《典論·論文》云：「文以氣爲主，氣之清濁有體，不可力強而致。譬諸音樂，曲度雖均，節奏同檢，至於引氣不齊，巧拙有素，雖在父兄，不能移於子弟。」
〔註 11〕《晉書·摯虞傳》云：「撰文章志四卷；又撰古今文章，類聚區分，爲三十卷，名

他如李充《翰林論》、應瑒《文質論》、徐幹《中論》，皆魏晉文論之佼佼者也。

　　降至齊梁，駢儷之風大盛，沈約之倡聲律〔註12〕，蕭繹之辨文筆〔註13〕，昭明之尙翰藻〔註14〕，裴子野之反采藻〔註15〕，頗能各照隅隙。至劉彥和《文心雕龍》，始綜合百氏，籠罩群言。於文學本原、文章體裁、文學創作、文學批評皆有獨到之見，爲吾國文論專著之始也〔註16〕。

　　至於北朝，崇尙質樸〔註17〕，《顏氏家訓》以宗經爲本〔註18〕，蘇綽、邢邵、魏收亦主「尊古崇理」〔註19〕，其文風又稍變焉！

　　隋代一統，詔令公私文翰，皆以實錄〔註20〕，王通《中說》，亦主「約以則，深以典」〔註21〕，以儒家宗旨評論文學，遂開韓愈古文運動之先聲。

　　初唐文論，無專著存焉。時人論文之說，皆見於《晉書》、《梁書》、《陳書》、《南史》、《北史》、《周書》、《隋書》各史《文苑傳》或《文學傳》中，綜其所論，

曰流別集，各爲之論，辭理恢當，爲世所重。」

〔註12〕沈約《宋書·謝靈運傳》曰：「五色相宣，八音協暢，由乎玄黃律呂，各適物宜。欲使宮羽相變，低昂舛節，若前有浮聲，則後須切響。一簡之內，音韻盡殊；兩句之中，輕重悉異。妙達此旨，始可言文。」

〔註13〕蕭繹《金樓子·立言篇》云：「筆，退則非謂成篇，進則不云取義；神其巧惠，筆端而已。至如文者，維須綺縠紛披，宮徵靡曼，脣吻遒會，情靈搖蕩。」

〔註14〕《昭明文選·序》言其選文標的云：「事出於沈思，義歸乎翰藻。」

〔註15〕裴子野《雕蟲論》曰：「宋初訖于元嘉，多爲經史，大明之代，實好斯文，高才逸韻，頗謝前哲，波流相向，滋有竺焉。自是閭里年少，貴游總角，罔不擯落六藝，吟咏情性，學者以博依爲急務，謂章句專魯，淫文破典，裴爾爲功，……荀卿有言：『亂代之徵，文章匿而采』，豈近之乎？」此其反采藻之論也。

〔註16〕《四庫提要》云：「建安黃初，體裁漸備，故文論之說出焉。典論其首也。其勒爲一書，傳於今者，則斷自劉勰、鍾嶸。」

〔註17〕唐李延壽《北史·文苑傳序》云：「……江左宮商發越，貴於清綺；河朔詞義貞剛，重乎氣質。氣質則理勝其詞，清綺則文過其意。理勝者便於時用，文華者，宜於詠歌。此其南北詞人之大較也。」

〔註18〕《顏氏家訓》云：「夫文章者，原出五經。詔命策檄，生於書者也。序述論議，生於易者也。……」

〔註19〕《周書·蘇綽傳》云：「自有晉之季，文章競爲浮華，遂成風俗。太祖欲革其弊，因魏帝祭廟，群臣畢至，乃命綽爲大誥。奏行之。……自是以後，文體皆依此體。」大誥之文，幾全仿尚書。魏收《魏書·文苑傳》云：「夫文之爲用，其來日久，自昔聖達之作，賢喆之書，莫不統理成章，蘊氣標致。其流廣變，諸非一貫，文質推移，與實俱厄。」由上述知其「尊古崇理」之意明矣！

〔註20〕李諤上書文：「文帝開皇四年，普詔天下公私文翰，並宜實錄。某年九月，泗州刺史司馬幼之，又表華豔，付有司治罪。」

〔註21〕王通《中說》云：「子謂顏延之、王儉、任昉，有君子之心焉，其文約以則。」又「子曰：『君子哉思王也，其文深以典』。」

皆以宗經則古爲主〔註22〕。後陳子昂銳意復古〔註23〕，盧藏用、富嘉謨、吳少微等和之，皆以經典爲本，文體於是變焉〔註24〕。其後蕭穎士、李華復主「宗經尚簡」〔註25〕，獨孤及、元結主宗經而稍重文辭〔註26〕，梁肅言宗經，復提出文氣說〔註27〕。凡此諸子皆以宗經載道爲本，古文之規模於是乎具矣。韓、柳繼起，風氣丕變，陳隋以來俳偶之習，至是滌除淨盡，古文發展可謂已臻極境〔註28〕。晚唐詩文，專主格律，故評文亦以格律爲言，此時文風又爲之一變，可謂復古運動之銷沈期矣〔註29〕。

降至兩宋，文體日繁，當時韻文，詩歌以外，更有詞曲。駢散兩體之外，更有平話、語錄，章回小說亦應運而生。文體既多，批評之風，遂改絃易轍。不惟詩話、詞話分道揚鑣；而駢文、散文，亦成對峙之局〔註30〕。就文論言，宋代文論，有道統、文統二端〔註31〕，此即古文家、道學家之所爭論也。宋初柳開、趙湘以道爲本，致力於古文〔註32〕。其後石介、孫復、王禹偁、穆修、宋祁、尹洙諸人，亦與之同風〔註33〕。重以蘇舜欽、梅堯臣、三蘇、曾鞏、王安石諸家之推波助瀾，唐宋八家之散文系統由是建立。

至於理學家之文論，首推周敦頤之「文以載道」說，雖有重道輕文之意，尚

〔註22〕陳鍾凡《中國文學批評史》云：「初唐批評家，論文專著不可復得。其時人對於文學之意見，可於晉書、梁書、陳書、南史、北史、周書及隋書文苑傳中得之。」

〔註23〕方孝岳《中國文學批評史大綱》云：「陳子昂當武后朝，以文章擅名。盧藏用爲子昂文集序，稱其『崛起江漢，虎視函夏，卓立千古，橫制頹波，天下翕然，質文一變。』」

〔註24〕見陳鍾凡《中國文學批評史》，頁74。

〔註25〕羅根澤《中國文學批評史》云：「蕭穎士與李華都是同年，……他們倆改革文學目標，一是宗經，二是載道，三是尚簡。」

〔註26〕羅根澤《中國文學批評史》云：「……至獨孤及元結，轉返於稍重文辭，始逐漸走上文章之路。」

〔註27〕羅根澤《中國文學批評史》引梁肅《補闕李君前集序》云：「文本於道，失道則博之以氣，氣不足則飾之以辭。蓋道能兼氣，氣能兼辭，辭不當則文斯敗矣。」

〔註28〕見陳鍾凡《中國文學批評史》，頁85。

〔註29〕見陳鍾凡《中國文學批評史》云：「晚唐詩文，專尚格律，其評文之作，亦津津以格律爲言。」

〔註30〕見陳鍾凡《中國文學批評史》，頁86。

〔註31〕郭紹虞《中國文學批評史》：「宋初之文與道的運動，可以視作韓愈之再生。」

〔註32〕柳開《應責篇》云：「吾之道，孔子、孟軻、揚雄、韓愈之道；吾之文，孔子、孟軻、揚雄、韓愈之文。」趙湘「本文」云：「靈乎物者，文也；固乎文者，本也。本在道而通乎神明，隨發以變，萬物之情盡矣！」

〔註33〕郭紹虞《中國文學批評史》云：「宋代的古文運動，本以韓愈爲依歸，柳開、穆修、石介諸子，莫不推尊韓愈。」

不至偏頗。二程論文，本濂溪之說加以推衍，以爲爲文害道〔註34〕，遂趨於極端。其後朱子以爲文辭之用，貴於明義理，魏了翁、王柏、眞德秀諸子更踵事增華，影響後世頗鉅。

元代文評，承襲前代，大抵不出唐宋諸賢範疇。其文學批評專書，有《文說》、《修辭鑑衡》、《詩法家數》、《木天禁語》、《詩學禁臠》。《文說》爲制藝而作，《修辭鑑衡》乃擷取宋人詩話及文集說部爲之。其餘三書，或托諸楊載，或托諸范德和，徒見冗雜，頗乏精義，故元代文學批評較乏可觀者也〔註35〕。

有明一代，文派紛雜，與兩宋相類，其批評風氣，亦稱鼎盛。明初文評，首推宋濂，其論文主復古、重養氣，後之方孝孺推衍其說，調和古文家與道學家之間。宋、方以後，自弘正迄於隆萬，百年之間，主盟文壇者，則有前後七子〔註36〕，主張「文擬秦漢，詩擬盛唐」，以爲「漢以後無文，唐以後無詩」，因有「文崇秦漢，詩必盛唐」之口號。譽之者，謂爲盛唐復生，漢魏不遠。而詆之者，則呼爲贋體。當前後七子風靡文壇之際，亦有卓然自立不傍門戶者，如王守仁、楊愼、沈周、文徵明、唐寅諸人，於詩文上頗有清新之趣，惟王愼中、唐順之積極提出「變秦、漢爲歐、曾」之口號，以矯李、何模擬之弊，後有茅坤、歸有光爲之羽翼，聲勢頗盛。逮及晚明，反擬古主義者之風氣大熾，前有公安派〔註37〕，後有竟陵派〔註38〕自是以後，公安、竟陵之派大張，論詩、論文漸至歧途矣。

清代文學，踵武前修。評文之士如侯朝宗、魏禧、邵長蘅、汪琬輩，承艾南英、錢謙益之說，遠法歐曾，近效震川，開一代文人之風氣。迨方苞、姚鼐出，義法益嚴，遂獨立一幟，以「桐城派」〔註39〕名於世。其他復有惲敬、張惠言之「賜湖派」〔註40〕，阮元父子之「儀徵派」〔註41〕，曾國藩之「折衷派」〔註42〕，

〔註34〕《二程遺書》卷十八：「問作文害道否？曰害也。凡爲文不專意則不工，若專意則志局於此，又安能與天地同其大也。書曰：『翫物尚志』爲文亦翫物也？」
〔註35〕見陳鍾凡《中國文學批評史》，頁108。
〔註36〕前七子爲：李夢陽、何景明、徐禎卿、邊貢、王九思、康海、王廷相。後七子爲：李攀龍、王世貞、謝榛、宗臣、梁有譽、徐中行、吳國倫。
〔註37〕袁宗道、袁宏道、袁中道兄弟，爲湖北公安人，倡反擬古運動，故稱公安派。
〔註38〕鍾惺、譚元春皆竟陵人，其反擬古之主張與公安派相近，惟提出「幽深孤峭」以救公安之浮淺，世稱竟陵派。
〔註39〕康雍之間，桐城方望溪以古文巨擘，首倡義法爲一代宗師，同邑劉海峰、姚姬傳相繼而起，亦先後飫聞古文文法，而一脈相傳者也。姚姬傳嘗主紫陽、鍾山各書院講席四十餘年，弟子皆深得其法，各以所得傳授徒友，論者乃稱此派爲桐城派。
〔註40〕陽湖派以惲敬張惠言爲創始，因同爲陽湖人，故名陽湖派，若論其根源，則爲桐城之別支。
〔註41〕當桐城派風靡全國之際，有別樹一幟，與之對抗者，即儀徵派。創始者爲儀徵阮元

各家之論雖略有異同，要皆不出復古一途也。

第三節　明清文話鼎盛之原因

明清文話鼎盛之原因，蓋有以下數端：

（一）時藝之影響

明清兩代以八股取士，士子津津於仕途，吳喬〈答萬季野詩問〉曰：「事之關係功名富貴者，人肯用心。唐世功名富貴在詩，故唐世人用心而有變；一不自做，蹈襲前人，便爲士林中滯貨也。明代功名富貴在時文，全段精神，俱在時文用盡，詩其暮氣爲之耳。」又黃宗羲《明文案序》云：「議者以震川爲明文第一，似矣！試除去其敘事之合作，時文境界，間或闌入，求之韓歐集中，無是也。此無他，三百年人士之精神，專注於場屋之業，割其餘以爲古文，其不能盡如前代之盛者，無足怪也。」故知因時藝之趨，影響所及，不得不講求文章作法。故有關文法、評文、選文之作興焉。茅坤之《唐宋八大家文鈔》，即爲舉業而輯。其它如《仁在堂論文》、《掄元彙考》、《新鍥諸名家前後場肆業精訣》、《四書文法摘要》、《論文觷說》等，皆當時留心時藝之專著也。

（二）體類之繁複

明清之際文體詳贍，技巧成熟；不論駢散，發展至明清，體類已固定，技巧已臻成熟，可爲專門研究之對象。復以前代作品之繁富，可資借鏡者尤多；而又能就前人作品歸納其創作之途徑，進而尋求更合宜之表現技巧。如此，不僅利於個人之寫作，於作品之評論分析，更有相當助益。不啻爲文家論文別開一新途徑焉。

（三）文弊之刺激

王國維《人間詞話》：『文體通行日久，染指遂多，自成習套。豪傑之士亦難於其中自出新意，故遁而作他體，以自解脫，一切文體所以始盛終衰者皆由於此。』明人於批評方面，已稍具基礎，故相互討論攻訐，成一時風尚。時人對寫作弊病之認識，促進批評風氣之興盛。明代針對七子模擬之弊者，有唐順之輩之「宗唐說」，公安、竟陵之反擬古主義。清初針對明末流弊，亦提出復古之論。此皆在文弊刺激下，發展而成之文學理論也。

父子。

〔註42〕清末曾國藩雖私淑桐城，然不願陳陳相因，以爲文必精於考據，欲以戴、段之學，發爲班馬之文，故稱折衷派，或湘鄉派。

（四）社會之關注

　　有明二百餘年，從事文評者，並非刻意為之，乃自然融入生活之中，與創作密不可分。故其時，理論與創作合一。在如此之風氣下，文壇大家，固有其自出機杼，不受前人牢籠之體悟和心得，即名不見經傳之文士，其言亦有可觀可擇者。清代人文蔚起，學術稱盛。梁啟超云：「有清二百餘年之學術，實取前此二千餘年之學術，倒捲而繰演之，如剝春筍，愈剝而愈近裡，如啖甘蔗，愈啖而愈有滋味。不可謂非一奇異之現象也。」故知清代學術乃集中國往代學術之總結，無論經、史、子、集皆有輝煌成就，文學批評之作，亦較往昔為多，於文話一門，較之前代尤受重視也。

　　由上述諸端，知明清文話之丕興，實時勢運會之所趨，故作家之多、作品之富、方面之廣，可謂前所未有，吾人若能匯而聚之，董理歸納，必可觀瀾索源，因見我國文學源遠流長，其間發展之大端也。

第四節　明清文話之內涵

　　明清文話大抵沿襲前代詩文分述，駢散對峙之風而推衍之。然理論較之前代，已趨系統化、條理化。總集之設，亦較前代為富，論文、評文之屬亦較前代為多、今依其性質分為選文、評點、論文、四六諸論，以見兩代文話之內涵。

　　選文之用，固在啟示讀者為文效古之塗轍，然去取之間，亦可知其批評標的。明清之際，文體繁富，其理論系統，可由此選文，略窺端倪；復以針對前後七子模擬之弊，故選文宗唐宗宋者亦多見焉。因其理論日密，故選文有依作者分類者，如茅坤《唐宋八大家文鈔》、儲欣《唐宋十大家全集錄》、徐乾學《古文淵鑑》。有依文體分類者，如吳訥《文章辨體》、程敏政《明文衡》等。有依作法分類者，如李扶九《精校古文筆法百篇》。明清之總集，大抵喜錄唐宋八家之文，此蓋針對七子之弊，故「變秦漢，為唐宋。」此不但文體之眾，為古今獨步。觀其輯錄之內容，亦可知其文論之歸趣也。

　　評點之作，由來已久，然施諸古文選本者，則自呂祖謙《古文關鍵》始。其後真德秀之《文章正宗》，謝枋得之《文章軌範》，於所選各篇皆有批注圈點。洎乎有明，以制藝取士，主其事者喜以文卷之佳者，圈點標識其旁，加評語於其上，以別妍媸，以分優劣。影響所及，文人學士莫不競執此法，以讀古人之書。明季評點之作，如歸震川之《評點史記》、《文章指南》，皆標示為文義法。明清總集中，亦有評點，如茅坤《唐宋八大家文鈔》、唐順之《文編》、儲欣《唐宋十大家全集

錄、徐乾學《古文淵鑑》等，雖非評點之作，然以評點提綱契領，窺原作閫奧，可作學者模效準矩，故由評點之作，亦可略知明清兩代文家之所重也。

明清文話最重理論系統之建立，故論文之屬，尤稱繁富。其論文有兼備批評、創作或其它諸體者，有專論文體者，有專言創作者，有專事批評者。兼備各體者，如《文脈》，言文章一脈相傳，並言爲文之法、評論歷代文選之優劣。專論文體者，有陳懋仁之《續文章緣起》，法梁任昉《文章緣起》，而拾遺補闕，並追溯源流，以見各體演變，其來有自也。專言創作者，如《文原》之「體用並重」，《文章一貫》之「循序漸進」說，皆明示創作門徑也，所謂「不以規矩不能成方圓」，此即規矩準繩，於初學入門關係至大。有專事批評者，如《文評》之評明季文家，《論文四則》之標舉「清、眞、雅、正」等，皆以品藻群言爲主。

四六者，係指通篇以四字六字成句之文。錢大昕《十駕齋養新錄》云：「駢儷之文，宋人謂之四六」，故知四六實駢體之一種。陳維崧之《四六金鍼》，以言作法爲主，孫梅《四六叢話》，以體製爲主，李兆洛《駢體文鈔》，以選文爲主，其間有選文，有體製、有作法，各有所重，四六文之理論，大備於時矣。

第五節　明清文話之特色

明清文話之特色甚多，約以別之，可由下列五端加以概括：

一、根柢經典

宗經之說，屢見於文話諸作，如《文脈》云：「道非周孔，安望成章哉！」《金石要例》云：「文必本之六經，始有根本」，《退庵論文》云：「……而論文則必溯源於經傳，以端其本。」《論文章本原》云：「六經是明體達用之書，豈可當文字求哉！然學而不窮六經，則吾心之體不明，而經世之用不達。」其他如《文原》、《西圃文說》、《文概》等，皆由根柢經典發議。「君子務本，本立而道生」，經典乃爲文之本，千載以還，舉無異說，所以吾人欲從事於文，不可不探源經籍；欲探源經籍，則明清兩代文話之持論，足資參考矣。

二、養　氣

養氣之說，始於孟子。而曹丕《典論·論文》更伸孟子之義，用之於文章之中，以爲氣之清濁有體，不可力強而致。後之文家言氣者日多，如韓昌黎謂氣盛則言之短長與聲之高下皆宜。柳子厚謂未敢昏氣出之，懼其雜也；未敢矜氣作之，懼其驕也。其他如李習之、李文饒……等皆有養氣之說。明清儒者，尤喜言養氣，如宋濂《文原》云：「氣得其養，無所不周，無所不極也。」又云：「人能養氣，

則情深而文明，氣盛而化神。」《文脈》云：「文以氣爲主，有塞天地之氣，而後有垂世之文。」《伯子論文》云：「詩文不外情事景，而三者情爲本。然置頓不得法，則情爲章句所瞳，尤貴善養氣，故無窘窒儜累之病。」《論文章本原》云：「孟子並非有意爲文，其言曰：我知言，我善養吾浩然之氣。知言則理無不明，養氣則義無不集。明理集義，根心而發其言，自充實而有光輝。」《初月樓古文緒論》云：「文章之道，剛柔相濟……要有灝氣潛行，雖陡峻亦寓綿邈，且自然恰好，所以風神絕世也。」明清文話言氣者甚多，然大多本孟子之說，所謂氣，指作者之胸襟、氣度而言，有諸中，形於外，發而爲文，必有佳構也。

三、務去陳言

明清文話針對時弊而發者甚多，故於七子模擬之弊則提出「去陳言，反擬古」之論。如《夕堂永日緒論外編》云：「填砌濃詞，固惡；填砌虛字，愈闌珊可憎」。《日錄論文》云：「作論有三不必二不可，前人所已言，眾人所易知，摘拾小事無關係處，此三不必作也」。所謂前人所已言，即陳言也。《西圃文說》云：「文章雖不要蹈襲古人一言一句，然古人自有奪胎換骨法。」所言奪胎換骨，即去陳言之法也。《論文蒭說》云：「若一題到手，先想某典故可以敷佐，某古文可以套襲，此是欺世盜名心術，不惟於文無益，於心並有大損，戒之！戒之！」《論文偶記》亦云：「文貴去陳言。」凡此諸端，可知明清文家主張「自出機杼，不蹈陳言」。

四、制藝之作

明清以八股取士，時勢所趨，制藝之論相繼而生。張榮壽於《仁在堂論文各法序》云：「路德先生以制藝一道，苦口良言，諄諄爲學者告，而並分析各題，論列諸法，不惜以金鍼度人，其心可謂至盡矣！」明清文論爲制藝而作甚多，言制藝之法，尤稱詳備有序。如《新鍥諸名家前後場肆業精訣》，即以文章總論、各題作法、對偶之詞、作論要訣統括舉業之法。《掄元彙考》，所論包括學規、附文例制、赴場要訣、舉業約法、歷科掄元等，幾網羅士子爲學至舉業之一切進程及方法。其他如《四書文法摘要》、《仁在堂論文》等皆舉業之專著，至於茅坤之《唐宋八大家文鈔》，《四庫提要》評之曰：「今觀是集，大抵亦爲舉業而設。」由上述可知，時風所及，文論不得不受其影響也，由制藝之作，亦可窺明清文論之大要也。

五、文法詳贍

明清文學理論，較之前代，系統完備，切實可行。如《日錄論文》言爲文之法：有首尾照應法、轉接法、戒五病、去七弊、留心史鑑、取法古人、文不厭改、爲文須從不朽處求等，由取材、佈局、安章、酌句、潤飾，凡爲文之法，悉囿其

中。《西圃文說》於爲文之法亦云：「首尾開闔，繁簡奇正，各極其度，篇法也。抑揚頓挫，長短節奏，各極其致，句法也。點綴關鍵，金石綺采，各極其造，字法也。」《論文偶記》云：「音節高，則神氣必高；音節下，則神氣必下，故音節爲神氣之跡。一句之中，或多一字，或少一字。一字之中，或用平聲，或用仄聲。同一平仄字，或用平字仄字，或用陰平、陽平、上聲、去聲、入聲，則音節迥異。故字句爲音節之矩，積字成句，積句成章，積章成篇，合而讀之，音節見矣，歌而詠之，神氣出矣！」由上述諸端，知明清之際，言文章作法，已由篇章字句之照應及於音節之高下，其法可謂細密詳備矣！

第六節　明清文話對後世之影響

我國文話發展至明清，無論選集、評點、論文、四六之作，皆漸趨完備，其文學理論亦臻縝密。故研究吾國文論者，可由此上觀千世。而其影響所及，可略由民國以來之文論知其梗概。如姚永樸《文學研究法》，考周秦至近代之論，於「著述」門云：「著述門之文，就姚、曾二家所定合觀之有四類。……」姚永樸即據此四類而論之。其他如「告語」、「記載」二門，皆以姚、曾所列爲藍本。又劉師培《論文雜記》云：「故韻語之文，莫不起源於古昔，阮氏文言說，所言誠不誣也」。錢基博《現代中國文學史》云：「……於是儀徵阮氏之文言學，得師培而門戶益張，壁壘益固。」又云：「師培步武齊梁，實阮元文言之嗣乳！」，今觀師培所言：「……上古之初，言與字分，以字爲文。然文字初興，勒書簡策，有漆書刀削之勞，抄胥匪易，傳播維艱，故學術授受，仍憑口耳之傳閱，又慮其艱於記憶也，必雜於偶語韻文以便記誦，而語言中有文矣！」與阮氏之說：「古人以簡策傳事者少，以口舌傳事者多，以目治事者少，以口耳治事者多，故同一語言，轉相告語，必有愆誤，是必寡其詞，協其音，以文其言。」二人之言，如出一轍也。其他如章炳麟之論「七子之弊」，以爲「七子之弊，不在宗唐而祧宋也，亦不在效法秦漢也；在其不解文義而以吞剝爲能，不辨雅俗，而以工拙爲準。」所言蓋本明清文家評七子之言也。至於吳曾祺《涵芬樓文談》，倡「宗經」之說，蓋脫胎於明清文話也。

綜上所述，知明清文話，實集吾國文論之大成。涵義之深遠，足以啓迪後世之文論。欲究吾國文論者，豈可等閒視之？

第二章　選文之屬

第一節　依作者分

《唐宋八大家文鈔》　（明）茅坤編

作　者

　　茅坤，字順甫，號鹿門。歸安（今浙江省吳興縣）人。生於明武宗正德七年（1512），卒於神宗萬曆二十九年（1601），年九十。善古文，又好談兵。嘉靖十七年（1538）進士，累官至廣西兵備僉事，破猺賊十七砦。遷大名副使。嘗提兵戍倒馬關，總督楊博視其營壘，歎爲奇才，薦於朝。爲忌者所中，落職歸。坤刻意摹司馬遷、歐陽修之文，喜跌宕激射。著有《白華樓藏稿》十一卷、《續稿》十五卷、《吟稿》八卷、《玉芝山房稿》二十二卷、《耄年錄》七卷，及《徐海本末》、《浙省分署紀事本末》；又編有《唐宋八大家文鈔》、《史記鈔》。《明史》有傳。

板　本

　　本書板本有二：

一、明崇禎刊本，現藏國立故宮博物院、國立台灣大學、東海大學。

二、清文淵閣《四庫全書》本，書首有提要、論例、茅原序，每卷卷首均題「明茅坤撰」。現藏國立故宮博物院。

內　容

　　書凡一百六十四卷，所輯皆唐宋八家之文。其中包括韓愈文十六卷、柳宗元文十二卷、歐陽修文三十二卷、附五代史鈔二十卷、王安石文十六卷、曾鞏文十卷、蘇洵文十卷、蘇軾文二十八卷、蘇轍文二十卷。其編次以作者爲序。各家之

文又依文體論列，如昌黎之文，依次有表狀、書啓狀、序、記傳、原論議、解辯說頌雜著、碑、碑銘、墓誌銘、墓誌碣銘、哀辭祭文行狀等。每論一家，必先爲之引，且以唐順之、王愼中評語標入。

書首「論例」中，所評八家之文，堪稱精闢入裡。如評昌黎文「吞吐騁頓，若千里之駒，而走赤電鞭疾風，常者山立，怪者霆擊。」呼子厚文「巉巉峛岃，若游峻壑峭壁，而谷風凄雨四至。」評廬陵文「遒麗逸宕，若攜美人宴遊東山，而風流文物，照耀江左。」評老泉文「易詩書禮樂論，未免雜以曲見，特其文遒勁。」評蘇氏兄弟文「蘇氏兄弟，則本戰國策縱橫以來之旨而爲之，故其論直而鬯，而多疎逸遒宕之勢。」評東坡文「行乎其所當行，止乎其所不得不止，浩浩洋洋，赴千里之河而之海。」評南豐文「曾南豐之文，大較本經術，祖劉向，其湛深之思，嚴密之法，自足以與古作者相雄長，而其光燄或不外爍也，故於當時稍爲蘇氏兄弟所掩，獨朱晦菴亟稱之。」評介甫文「結構剪裁，極多鑱洗，苦心處往往矜而嚴，潔而則。然較之曾，特屬伯仲。」後世評八家者，蓋不出其範疇也。

《四庫提要》云：「明初朱右已採韓、柳、歐陽、曾、王、三蘇之作，爲《八先生文集》，實遠在坤之前，然右書今不傳，惟坤此集爲世所傳習。」以此而言，鹿門《唐宋八大家文鈔》，不特名稱與之相同，其所採家數範圍，亦與朱書無異，此殆鹿門之仿作歟？

夫鹿門所輯，固有因仍，然於序中，則詳其所以錄八家之由，實因弘治、正德之際，李夢陽輩輕咋唐宋，高唱秦漢，鹿門特起而爲是選，以與之對抗耳！故是書乃爲反擬古主義而作也。

後世稱八家者，實肇始於鹿門之所輯，然是書並非選文之金科。《四庫提要》頗能指陳其疏漏，如云：「今觀是集，大抵亦爲舉業而設，其所評語疏舛尤不可枚舉。黃宗羲《南雷文定》有〈答張自烈書〉，謂其韓文內，〈孔司勳誌〉不曉句讀。〈貞曜先生誌〉所云：『來弔韓氏』，謂不知何人……」然於其纂輯之功，則頗表贊許。如云：「八家全集浩博，學者徧讀爲難，書肆選本，又漏略過甚，坤所選錄，尚得煩簡之中。集中評語，所見未深，亦足爲初學之門徑。二百年來，家弦戶誦，固亦有由矣！」《四庫提要》所評，語語中的，誠可謂不諱其短，不掩其長也。

《唐宋十大家全集錄》　　（清）儲欣編

作　者

儲欣，字同人，江蘇宜興（今江蘇省宜興縣）人。生於明思宗崇禎四年（1631），卒於清聖祖康熙四十五年（1706），年七十六。少孤，率兩弟苦讀，博通經史。弱

冠後，萃里中知友十二人，互相切劘七八年，寒暑不輟，因是知名。康熙二十九年（1690），年六十，始領鄉薦，試禮部，不遇。遂歸，杜門不出，著書教授以終。欣詩五言雅淡，可追唐風。著有《在陸草堂集》六卷、《春秋指掌》三十卷、《前事》一卷、《後事》一卷；又選有《唐宋十大家全集錄》五十一卷。《清史》有傳。

板　本

清刊本，書首有儲欣序。現藏國立臺灣師範大學。

內　容

書凡五十二卷。總目一卷、選文五十一卷。是書乃依茅坤所選八家，加入李翱、孫樵，乃成十家。其中錄《韓昌黎集》八卷、《柳河東集》六卷（附《外集》）、《李習之集》二卷、《孫可之集》二卷、《六一居士集》五卷、《外集》二卷、《蘇老泉集》五卷、《蘇東坡集》九卷、《蘇欒城集》六卷、《曾南豐集》二卷、《王臨川集》四卷，凡五十一卷。其每錄一家，必錄其本傳、小序。選文除依原集先後次第外，並依文體排列，如《昌黎集》中，所列文體有賦、雜著、書、序、哀辭、祭文、碑誌、狀、表狀、解對記、制牒文。《柳河東集》中，所列文體有雅詩、賦、論、議辨、碑誄、誌碣誄、表誌、墓誌、對、問答、說、傳、騷、弔贊箴戒、銘雜題序別、序、序隱遁道儒釋、記、書、啓表、奏、狀、祭文、誌。文中緊要處往往有圈點、有頂批，以提綴之。其圈點之法，則詳於所著凡例中，如云：「文字眉目處 ⬠，精采用 ◯，斷截用 ∟，頓歇用 ━。」篇後輒附有「備考」、「輯評」。備考者，即今之所謂注釋；輯評者，或輯諸家評論之語，或自抒己見也。

同人於序中，言其所錄乃因襲茅坤之書，而非創作。以爲坤所錄不足，故加倍焉！序曰：「茅先生表章前哲，以開導後學，述者之功，豈在作者之下哉！自後得昌黎全集讀之，然後知韓之文，無可刪；因急求河東全集讀之，其雅詩騷文，於古無上，而文鈔不載，所載各體甚寥寥，吁！何其疏也。……由斯以觀，雖曰表章前哲，而掛漏各半，適足以掩遏前人之光。……即其所選，與其所評論，以窺其用心，大抵爲經義計耳！……予欲破學者抱匵守殘之見，所錄加倍焉。」由是知同人乃懲鹿門發策決科之失，於八家外，增孫、李二家，其用意至善，惜其去取之間，與鹿門相去不遠，分類亦稱瑣碎。故《四庫提要》評之曰：「觀其評論，仍不離乎經義之計」也。

《古文淵鑑》　　（清）徐乾學編

作　者

徐乾學，字原一，號健菴，江蘇崑山（今江蘇省崑山縣）人。生於明思宗崇

禎四年（1631），卒於清聖祖康熙三十三年（1694），年六十四。康熙九年（1670）進士，授編修。累官至刑部侍郎。嘗命總裁《一統志》、《會典》、《明史》，並纂輯《鑑古輯覽》、《古文淵鑑》等書。乾學藏書極富，著作有《澹園集》三十八卷、《讀禮通考》等。

板　本

本書板本有八：

一、清康熙間內府刊朱墨橙黃綠五色奏印本，現藏國防研究院、台灣大學、中央圖書館。

二、清文淵閣《四庫全書》本，書首有序，有總目。現藏國立故宮博物院。

三、《四庫薈要》本，現藏國立故宮博物院。

四、清康熙二十四年刊本，書首有序。現藏國立師範大學。

五、清康熙四十九年武英殿刊四色套印本，書首有序。現藏故宮博物院。

六、清乾隆十三年內府刊古香齋袖珍版五色套印本，書首有序。現藏故宮博物院。

七、清內府刊滿文本，現藏國立故宮博物院。

八、清初四色套印本，書首有序，現藏國立中央圖書館。

內　容

書凡六十四卷，所錄古文，上起春秋《左傳》，下迄於宋，列有文家四百餘位，選文一千三百餘篇。各篇依作者時代先後為次。每列一家，必書其傳於篇首，以知人論世也。文中有注，蓋仿李善《文選》例。於文之緊要關鍵處，則有評點，以闡其精微也。眉端有頂批，備載諸家之評。如屢云「臣英曰」、「臣鴻緒曰」、「臣士奇曰」、「臣熙曰」、「臣正治曰」、「臣德宜曰」、「茅鹿門曰」、「真德秀曰」、……等。今觀所評，語皆簡要精審，如評〈貨殖列傳序〉云：「洞見本原，語語鄭重，有關世道，昌黎原道大意多出於此。」評〈韋中立論師道書〉云：「命意深厚，不為苟激之音」。評〈歐陽修縱囚論〉云：「以緊峭之筆，發深摯之思，故持論甚堅而有力。」評〈朋黨論〉：「敘述最詳，而論斷最緊，故能淹通事理，剖決嫌疑，集中傑作也」。《四庫提要》評之曰：「所錄上起春秋《左傳》，下迄於宋。用真德秀《文章正宗》例，而睿見精深，別裁至當，不同德秀之拘迂名物訓詁；各有箋釋，用李善註《文選》例，而考證明確，詳略得宜，不同善之煩碎；每篇各有評點，用樓昉《古文標註》例，而批導竅要，闡發精微，不同昉之簡略；備載前人評語，用王霆震《古文集成》例，而蒐羅賅備，去取嚴謹，不同霆震之蕪雜；諸臣附論，各列其名，用《五臣註文選》例，而夙承聖訓，語見根源，不同五臣之陳陋……」《四庫》於其體例言之甚詳，然褒貶之間，尚待斟酌也。

第二節　依文體分

《文章辨體》　　（明）吳訥編

作　者

　　吳訥，字敏德，又字克敏，號思庵，常熟（今江蘇省常熟縣）人。生於明太祖洪武五年（1372），卒於明英宗天順元年（1457），年八十六。父遵，任沅陵簿，坐事繫京師，訥上書乞身代，事末白而父歿。訥是以感奮力學。永樂中，以醫薦，至京。仁宗監國，聞其名，命教功臣子弟。成祖召對，稱旨。俾日侍禁廷，備顧問。仁宗洪熙元年（1425），沈度薦，授監察御史。宣德初，出按浙江，以振風紀，植綱常爲務。宣德五年（1429），進南京右僉都御使，尋進左副都御史。正統初，爲李畛誣，下獄，既而釋之。英宗初御經筵，錄所輯《小學集解》上之。正統四年（1439）以老致仕。

　　訥剛介有爲，博極群書。其議論俱有根柢，於性理之奧，多所發明。所著書皆可傳於後。著有《小學集解》、《文章辨體》。《明史》有傳。

板　本

　　本書板本有：

一、明嘉靖三十四年，徐洛重刊本。書首有彭時序。現藏國立中央圖書館。

二、明嘉靖刊本，現藏國立台灣師範大學。

內　容

　　書凡五十五卷，內含正集五十卷，外集五卷。乃採輯黃虞至明初詩文，分體編錄，各爲之說。正集所列文體凡五十，大旨以眞德秀《文章正宗》爲本；外集所刊凡九，皆駢偶之詞也。

　　是編首爲「諸儒總論作文法」，乃條列古來論文之語。其言分別取自《文章精義》、《文心雕龍》、《珊瑚鈎詩話》、《金石例》、《捫蝨新語》、《緯文瑣語》、《小畜文集》、《困學紀聞》、《文則》諸書及柳子厚、顏之推、劉夢得、歐陽修、蘇東坡、黃山谷、楊龜山、張文潛、朱晦菴、倪正父、葉水心、洪邁、謝疊山、元遺山等論文之語。

　　次爲文章辨體凡例，其爲例雖僅八則，而全書體製、大旨則略備於此，如：「文章以體制爲先」蓋述其制作緣由；「作文以關世教爲主」則言其立論之本；「古人文辭，多有辭意重複或方言難曉。晦翁綱目及迂齋、疊山古文，若賈生政事之類，皆節取要語。今亦從之」則論其剪裁之法。凡此種種，皆可見其立論取材之所依從也。次爲各體目錄，其序說則分別列於各目之後。序說所及，或述其緣起、或

詳其流變、或釋其名義、或言其體製，如：古賦云：「按賦者，古詩之流也。漢藝文之志云：『古者諸侯卿大夫交接鄰國，必稱詩以喻意。春秋之後，聘問歌詠，不行於列國，而賢人失志之賦作矣。大儒荀卿及楚臣屈原，離讒憂國，皆作賦以風。其後宋玉、唐勒、枚乘、司馬相如，下及揚雄，競爲侈麗閎衍之辭，而風諭之義沒矣。』迨近世祝氏著《古賦辨體》，因本其言而斷之曰：『屈子離騷，即古賦也。古詩之義，若荀卿成相傀詩是也。』然其所載，則以離騷爲首，而成相等弗錄。尚論世次，屈在荀後，而成相傀詩，亦非賦體。故今特附古歌謠辭後，而仍載楚辭于古賦之首。蓋欲學賦者，必以是爲先也。宋景公有云：『離騷爲詞賦祖，後人爲之，如至方不能加矩，至圓不能過規。』信哉！」其後則列楚、兩漢、三國六朝、唐、宋、元、明各朝之作，以詳其體，以觀其變。故知其序說，實爲各體之提要也。至其所論文體則有：古歌謠辭、古賦、樂府、古詩、諭告、璽書、批答、詔、冊、制、誥、制策、表、露布、論諫、奏疏、議、彈文、檄、書、記、序、論、說、解、辨、原、戒、題跋、雜著、箴、銘、頌、贊、七體、問對、傳、行狀、謚法、碑、墓碑、墓碣、墓表、墓誌、墓記、埋銘、誄辭、哀辭、祭文等。

次則選文以定體，如：「古歌謠辭」一體，則選〈康衢謠〉、〈擊壤歌〉、〈南風詩〉、〈卿雲歌〉、〈采薇歌〉、〈黃澤謠〉、〈祈招詩〉、〈商歌〉、〈子產歌〉、〈孔子歌〉、〈師乙歌〉、〈獲麟歌〉、〈接輿歌〉、〈滄浪歌〉、〈渡伍員歌〉、〈越人歌〉、〈鄹民歌〉、〈成相〉、〈傀詩〉等。於各篇之首，往往言其體製緣起，如：《康衢謠》云：「《列子》堯治天下五十年，不知天下治歟？不治歟？億兆戴歟？不願戴己歟？乃微服遊康衢，聞兒童謠云……」又《擊壤歌》云：「《逸士傳》堯時有八九十老人，擊壤而歌。壤以木爲之，長三四寸。先側一壤於地，遙以手中壤擊，中者爲上。」其以抽絲剝繭之法，先舉綱而後張目，於其細目復條分縷析之，文體之辨蓋已明矣！

附錄所輯以四六對偶及律詩、歌曲爲主，如：連珠、判、律賦、律詩、排律、絕句、聯句詩、雜體詩、近代詞曲等。其體製仍法正集，先序說次選文定體也。

《四庫提要》評之曰：「今觀所論，大抵剿掇舊文，罕能考核原委，即文體亦未能甚辨。」所評雖是，然未免苛責太甚，其微疵猶日月之有圓缺，卻無損其光華。綜觀所論，實《文心雕龍》後文體論之集大成者，且爲徐師曾《文體明辨》之藍本，其承先啓後之功，百世不沒也。

《明文衡》 　　（明）程敏政編
作　者

程敏政，字克勤，休寧（今安徽省休寧縣）人。約生於明英宗正統十一年（1445），約卒於弘治十三年（1500），年約五十六。十歲時，羅綺以神童薦，詔讀書翰林院。學士李賢、彭時咸愛重之。成化二年（1466）進士及第，歷左諭德，直講東宮，學問賅博，爲一時冠。孝宗嗣位，擢少詹侍講學士，直經筵。官終禮部右侍郎。著有《篁墩集》九十三卷、《宋遺民錄》十九卷、《新安文獻志》、《明文衡》、《詠詩集》等。《明史》有傳。

板　本

本書板本有四：

一、明正德五年張鵬校刊本，現藏國立中央研究院。

二、明嘉靖六年盧煥重刊本，書首有程敏政自序，書末有盧煥後序，現藏國立中央圖書館。

三、明嘉靖八年宗文堂刊本，現藏國立中央圖書館。

四、清文淵閣《四庫全書》本，現藏國立故宮博物院。

內　容

書凡一百卷，以文體爲綱，選錄洪武以後成化以前之文。所列文體依次爲：代言（詞臣奉敕撰擬之文，有檄、詔、誥、制、冊、遣祭文）、賦、騷、樂府、琴操、表箋、奏議、論、說、解、辨、原、箴、銘、頌、贊、策問、問對、書、記、序、題跋、雜著、傳、行狀、碑、神道碑、墓碣、墓志、墓表、哀誄、祭文、字說等。爲類凡三十有八。內琴操闕一首、表闕四首、奏議闕十首、辨闕十首、頌闕一首、贊闕一首、記闕十一首、序闕十五首、題跋闕十五首、雜著闕一首、傳闕一首、神道碑闕十一首、墓碣闕四首、墓志闕八首、墓表闕二首、祭文闕二首，皆有目無文，各注闕字於目中。《四庫提要》評之曰：「所錄如吳訥文章辨體序題、劉定之雜志之類，皆非文辭。而袁忠徹瀛國公事實之類，事既誣妄，文尤鄙俚，皆不能免蕪雜之譏；朱右攖甯生傳雜述醫案，至以一篇占一卷，亦乖體例，然所錄皆洪武以後，成化以前之文。在北地信陽之前，文格未變，無七子末流摹擬詰屈之僞體。稽明初之文者，固當以是編爲正軌矣！」由上述所言，知是書體例、選文未臻完備，然所選無七子末流之弊，文格亦未流於粗鄙，故學者欲觀明初之文，仍不得不以此書爲初階也。

《文編》　　（明）唐順之選　姜寶編

作　者

唐順之，字應德，一字義修，號荊州，武進（今江蘇省武進縣）人。生於明

武宗正德二年（1507），卒於世宗嘉靖三十九年（1560），年五十四。嘉靖八年（1529）進士第一。倭寇蹂躪大江南北，順之以郎中視師浙江，親自泛海，屢破倭寇。擢左僉都御史，巡撫鳳陽；力疾渡焦山，至通州卒。崇禎中，追諡襄文。學者稱荆川先生。順之學問淵博，留心經濟，自天文、地理、樂律、兵法，以至句股、壬奇之術，無不精研。所爲古文，汪洋迂折，卓然爲一代之宗。著有《荆川集》十二卷，又有《廣石戰功錄》、《南北奉使集》、《右編》、《史纂左編》、《文編》……等。《明史》有傳。

板　本

本書板本有：

一、明嘉靖間福川知府胡帛校刊本，書首有唐順之序，每卷卷首均題「荆川武進唐順之應德甫選批，門人丹陽姜寶廷善編次，知福州府墊江胡帛子行校刊」，現存四部，分別藏於國立中央圖書館、中央研究院、臺灣大學。

二、清文淵閣《四庫全書》本，現藏國立故宮博物院。

內　容

書凡六十四卷，輯周秦至宋之文，分體排列，以示文章法度。其體有：制策、諫疏、論疏、疏、疏請、疏議、封事、表、奏、上書、說、箚子、狀、論、年表論斷、論斷、議、雜著、策、辭命、書、啓狀、序、記、神道碑、碑銘、墓誌銘、墓表、傳、行狀、祭文等。各體之下，均選文以從之。所錄文家百有二十，入選作品一千四百餘篇。其中十之八九爲唐宋八家之文，而唐宋人自韓、柳、歐、蘇、曾、王八家外，則無所取，由此可見順之選文之大旨。是書雖名「文編」，其中亦有評點、批註存焉。又題文之上，往往有總批，如：卷八劉更生〈條災異封事〉云：「此文最有法度」，又劉向〈諫外家封事〉云：「此等文字，忠誠第一」評甚肯切。其次，或有於題文下言其寫作之法，如云柳宗元〈永州新堂記〉、〈潭州東池戴氏堂記〉爲「敘事格」，歐陽修〈至善堂記〉爲「不照應格」，此蓋提示文章作法也。《文編・自序》云：「不能無文，即文不能無法。是編者，文之工匠，而法之至也。」陳鍾凡《中國文學批評史》云：「文章法度，具見是書。所錄自秦漢以來，而大抵從唐宋門庭沿溯以入。」所言甚是。

然是書亦有可供商量處，其中有強立名目的，如以莊、韓、孫子諸篇入之論中；有進退失據者，如獨取《後漢書・黃憲傳》冠諸傳之上，而不錄《史記》《漢書》列傳。蓋因彙集太廣，義例太多，故踳駁在所難免。然順之深於古文，凡所別擇，具有精意。故《四庫提要》評之曰：「是編所錄，雖皆習誦之文，而標舉脈絡，批導竅會，使後人得以窺見開闔順逆、經緯錯綜之妙，而神明變化以漸至於

古。學秦漢者，當於唐宋求門徑。學唐宋者，固當以此編爲門徑矣！」

《文體明辨》　　（明）徐師曾編

作　者

　　徐師曾，字伯魯，明吳江（今江蘇省吳江縣）人。生卒年不詳，但知其享年六十有四。生有異質，年十二，能爲詩古文。長博學，兼通陰陽、律曆、醫卜、篆籀之說。嘉靖間，選庶吉士，歷史科給事中，頻有建白。世宗方殺僇諫臣，言官緘口，師曾遂乞休。著有《禮記集注》、《周易演義》、《正蒙章句》、《世統紀年》、《文體明辨》、《大明文鈔》、《宦學見聞》、《小學》、《史斷》等。

板　本

　　本書板本有五：

一、明萬曆八年吳江董氏壽檜堂刊本，現藏國立臺灣大學。

二、明萬曆十九年吳江刊本。書首有顧爾行序、趙夢麟序、徐師曾自序。現藏國立中央圖書館。

三、日本刊本，現藏國立臺灣大學。

四、八書堂刊本，現藏國立臺灣師範大學。

五、日本寬文三年京都刊本，現藏國立臺灣大學。

內　容

　　書凡八十四卷，內含：《文體明辨》六十一卷、《綱領》一卷、《目錄》六卷、《附錄》十四卷及《附錄目錄》二卷。是書蓋以吳訥《文章辨體》爲藍本，而損益之。辨體正集分體五十，外集分體十，師曾乃廣正集之目爲一百有一，廣外集之目爲二十有六。此蓋欲以繁富勝之也。

　　卷首爲「文章綱領」，內分總論、論詩、論文、論詩餘五類，分別輯歷代文家論文之語，由此可知全書立言之本。後附宋眞德秀、明唐順之批點法。

　　卷一至卷六十一，列詩文各體，計有：古歌謠辭、四言古詩、楚辭、賦、樂府、五言古詩、七言古詩、雜言古詩、近體歌行、近體律詩、排律詩、絕句詩、六言詩、和韻詩、聯句詩、集句詩、命、諭告、詔、敕、璽書、制、誥、冊、批答、御札、赦文、鐵券文、諭祭文、國書、誓、令、教、上書、章、表、牋、奏疏、盟、符、檄、露布、公移、判、書記、約、策問、策、論、說、原、議、辯、解、釋、問對、序、小序、引、題跋、文、雜著、七、書、連珠、義、說書、箴、規、戒、銘、頌、贊、評、碑文、碑陰文、記、志、記事、題名、字說、行狀、述、墓誌銘、墓碑文、墓碣文、墓表、謚議、傳、哀辭、誄、祭文、弔文、祝文、

蝦辭等。其每論一體，必先釋名以章義，復選文以定體，如：古歌謠辭，則云：「按歌謠者，朝野詠之辭也。《廣雅》云：『徒歌謂之謠』，《韓詩章句》云：『有章曲謂之歌，無章曲謂之謠』，則歌與謠之辨，其來尚矣。然考上古之世，如〈卿雲〉、〈采薇〉，並爲徒歌，不皆稱謠；〈擊壤〉、〈扣角〉，亦皆可歌，不盡比於琴瑟，則歌謠通稱之明驗也……」此釋名以章義也。次則選〈擊壤歌〉、〈卿雲歌〉三章、〈夏人歌〉二章、〈麥秀歌〉、〈采薇歌〉……等以定其體。故知其所錄，皆假文以辨體，非立體而選文也。

　　終以附錄。至其論列之意，詳於師曾自序，嘗云：「至於附錄，則閭巷家人之事，俳優方外之語，本吾儒所不道，然知而不作，乃有辭於世。若乃內不能辨，而外爲大言以欺人，則儒者之恥也，故亦錄而附焉。」附錄所論列之文體有：雜句詩、雜言詩、雜體詩、雜韻詩、雜數詩、雜名詩、離合詩、詼諧詩、詩餘、玉牒文、符命、表本、口宣、宣答、致辭、祝辭、貼子辭、上梁文、樂語、右語、道場榜、道場疏、表、青詞、募緣疏、法堂疏等。其體式則同於正集。

　　綜觀是書，卷帙浩博，上採黃虞，下迄宋代，文各標其體，體各歸其類，條分縷析，各見其要。凡疏奏章奏、教令詞冊、論說詩賦、序記箴銘雜著等，無不一一論列，其分體雖細，然亦文家之極觀，不朽之盛事也。《四庫提要》於其體例，頗有微詞，以爲其分合漫無準則，治絲益棼。以今觀之，是書雖未能眾美兼備，然亦不失其要。其纂錄之功、論列之旨，皆可爲後世之矩矱也。

《文章辨體彙選》　　（明）賀復徵編

作　者

　　賀復徵，字仲萊，明丹陽（今江蘇省丹陽縣）人。生卒年皆不詳，依《四庫提要》所述，蓋天啓間人。著有《文章辨體彙選》。《明史》無傳。

板　本

　　清文淵閣《四庫全書》本。書首有「四庫提要」，每卷卷首均題「明賀復徵編」。現藏國立故宮博物院。

內　容

　　書凡七百八十卷。以吳訥《文章辨體》爲藍本，廣爲蒐討。上自三代，下迄明末，分體一百三十二類。書首無序目，然於各體之前，往往引劉勰《文心雕龍》及吳訥、徐師曾之言，參以己說，以爲凡例。如：於制云：「劉勰曰：『制者，裁也。上行於下，如匠之制器也，易稱君子以制度數，蓋本經典以立名也。』……」誥云：「徐師曾曰：『按字書云：誥者，告也。上曰告，下曰誥。古者上下有誥，

故下以誥上，仲虺之誥是也。上以誥下，大誥洛誥之類是也。』」

　　《四庫提要》謂其繁雜舛誤者多見，如云：「其中有一體兩出者，如祝文後既附致語，後復有致語一卷是也。有一體而強分為二者，如既有上書，復有上言，僅收賈山〈至言〉一篇。既有墓表，復有阡表，僅收歐陽修〈瀧岡阡表〉一篇。記與紀事之外，復有紀。雜文之外，復有雜著是也。有一文而重見兩體者，如王褒〈僮約〉，一見約，再見雜文。沈約〈修竹彈甘蕉〉文，一見彈事，再見雜文。孔璋〈請代李邕表〉，一見表，再見上書。孫樵〈書何易于事〉，一見表，再見紀事是也。……」是書卷帙浩繁，復以稿本初成，未經刊定，是以繁蕪之病，不能盡免。然《四庫提要》以為：「其別類分門，搜羅廣博，殆積畢生精力鈔撮而成，故墜典秘文，亦往往有出人耳目之外者。且其書袛存鈔本，傳播甚稀，錄而存之，固未始非操觚家由博返約之一助爾！」今觀是書，雖非文體之定論，蓋可謂選集之壯觀也。

《古文辭類纂》　　（清）姚鼐編

作　者

　　姚鼐，字姬傳，一字夢穀，安徽桐城（今安徽省桐城縣）人。生於清世宗雍正九年（1731），卒於仁宗嘉慶二十年（1815），年八十五。乾隆二十八年（1763）進士，改翰林院庶吉士。散館，授兵部主事。歷充會試同考官。累至刑部郎中，記名御史。四庫館開，薦為纂修。年餘，乞病歸。歷主江南紫陽、鍾山各書院四十餘年，學者稱惜抱先生。嘉慶十五年（1810），重赴鹿鳴宴，恩加四品銜。鼐恬淡不慕榮利，其論學主集義理、考證、詞章之長，不拘漢宋門戶。桐城自方苞、劉大櫆倡為古文，而鼐繼之，選《古文辭類纂》以明義法，世因目為「桐城派」。所為文高簡深古，尤近司馬遷、韓愈。著有《惜抱軒文集》十六卷、《文後集》十二卷、《詩集》十卷、《筆記》十卷、《法帖題跋》一卷、《老子章義》一卷、《莊子章義》十卷及《三傳補注》三卷。《清史》有傳。

板　本

　　本書板本有四：

一、清光緒二十七年刊本，七十五卷。書首有姚鼐《古文辭類纂序目》，李承淵《校栞古文辭類纂後序》，康紹鏞《康刻古文辭類纂後序》、吳啓昌《吳刻古文辭類纂序》，書末有李承淵《校勘記》，現藏國立臺灣師範大學。

　　二、清道光間合河康氏刊本，七十四卷，現藏國立臺灣大學。

三、清光緒三十三年，上海商務印書館排印本，《正編》七十四卷，《續編》三十

四卷，王先謙輯，現藏國立臺灣師範大學。

四、清光緒十六年，上海文瑞樓木活字本，合《正》、《續》二編，凡二十四卷。
　　清王先謙輯，現藏東海大學。

內　容

　　書凡七十五卷，分文體為論辨、序跋、奏議、書說、贈序、詔令、傳狀、碑誌、雜記、箴銘、頌贊、辭賦、哀祭等十三類。姬傳於〈序目〉中，敍說各體之要及選文依據。所選範圍，皆以散文為限，駢偶文不錄，即含有駢偶氣味之散文亦不錄。其次不選「經」、「子」、「史」之文。故於〈論辨類〉云：「今悉以子家不錄，錄自賈生始」，於〈序跋類〉云：「余撰次古文辭，不載史傳，以不可勝錄也；惟載太史公、歐陽永叔表志序論數首，序之最上者也。」於〈奏議類〉云：「其載《春秋》內外傳者不錄，錄自戰國以下。漢以來有表、奏、疏、議、上書、封事之異名，其實一類。」於〈書說類〉云：「戰國說士說其時主，當委質為臣則入之奏議；其已去國或說異國之君，則入此編。」其它如〈詔令類〉、〈碑誌類〉錄自秦漢以下，〈辭賦類〉、〈哀祭類〉錄自戰國以下。其選文界義蓋如此也。

　　姬傳除論文體之分類外，復提出「精粗說」，以為行文之要訣。〈序目〉中云：「凡文之體類十三，而所以為文者八，曰神、理、氣、味、格、律、聲、色。神理氣味者，文之精也；格律聲色者，文之粗也。然苟舍其粗，則精者胡以寓焉？學者之於古文，必始而遇其粗，中而遇其精，終則御其精者，而遺其粗者。」其意蓋言作文須先講求選詞、造句、謀篇之義法，注意雅潔，注意音節，然後才能至風神韻味超越卓絕之境。馮書耕、金仞千氏於《古文通論》中評之曰：「姚氏言子家不錄，錄自賈生始，賈生過秦論亦為子家，上已言及，不可謂不錄子家。又言不載史傳，曾氏《經史百家雜鈔·題語》云：『吾觀其奏議類中，錄《漢書》至三十八首；詔令類中，錄《漢書》三十四首，果能屏諸史而不錄乎？』以駁正姚氏不載史傳並非事實，其實並不止此。所評甚是。

　　姬傳選文，宗派門戶之見甚嚴，如先秦前漢之選頗詳；東漢三國至晉宋則遞減；自晉宋以下，則無取焉；於唐宋則甚詳，唯囿於八家之文；八家之外，於唐則選李翱，於明則選歸有光，清則選方苞、劉大櫆之文而已！今觀其選，雖有詳略之別，要皆本乎古文義法也。是書所以為士林所稱道，固為其選文之精當，就其分類而言，亦為前所未有矣！

《經史百家雜鈔》　　（清）曾國藩編

作　者

曾國藩，字滌生，號伯涵，湖南湘鄉（今湖南省湘鄉縣）人。生於清仁宗嘉慶十六年（1811），卒於穆宗同治十一年（1872），年六十二。道光十八年（1838）進士，改庶吉士，散館，授檢討，累官禮部侍郎。丁憂歸。會太平軍起，在籍督辦團練，遂編制鄉勇，連復沿江各省，封毅勇侯，一時名士，多居其幕中，各以軍功升擢。以大學士任兩江總督，卒於官，諡文正。清道光以後，文武泄沓，自國藩以公忠誠樸，倡率其將佐僚屬，風氣爲之一變。國藩學主實踐，論學謂義理、考據、詞章三者，闕一不可。所爲古文，卓絕一代。著有《求闕齋文集》、《詩集》、《日記》、《奏議》、《家書》、《家訓》及《經史百家雜鈔》、《十八家詩鈔》等不下百數十卷，名曰《曾文正公全集》，傳於世。

板　本

本書板本有三：

一、清光緒三十三年，上海商務印書館鉛印本，現藏國防醫學院。

二、民國二十二年，上海掃葉山房石印本，現藏國立臺灣師範大學。

三、民國間上海中華書局仿宋聚珍本，現藏東海大學。

內　容

書凡二十六卷，分文體爲三門十一類。所分三門爲著述、告語、記載。著述門包括論著、詞賦、序跋三類。告語門包括詔令、奏議、書牘、哀祭四類。記載門包括傳誌、敘記、典誌、雜記四類。此皆本姚鼐之說，略加損益，故於序例云：「姚氏姬傳之纂古文辭，分爲十三類，余稍更易爲十一類，曰論著、曰詞賦、曰序跋、曰詔令、曰奏議、曰書牘、曰哀祭、曰傳誌、曰雜記，九者余與姚氏同焉者也。曰贈序，姚氏所有而余無焉者也。曰敘記、曰典志，余所有而姚氏無焉者也。曰頌贊、曰箴銘，姚氏所有，余以附入詞賦之下編。曰碑誌，姚氏所有，余以附入傳誌之下編，論次微有異同，大體不甚相遠。」曾氏以三門統攝十一類，每類之下，必立其界義，以明其意旨、特徵。然蔣伯潛先生以爲其界義未稱周延，有自亂其例者〔註 1〕，至其選文標的，則見於序例中，如云：「溯古文所以立名之始，乃由屏棄六朝駢儷之文，而返之於三代兩漢。今舍經而降以相求，是猶言孝者，敬其父祖而忘其高曾；言忠者曰：『我家臣耳，焉敢知國？』將可乎哉？余鈔纂此編，每類必以六經冠其端；涓涓之水，以海爲歸，無所於讓也。」又云：「余今所論次，采輯史傳稍多。」曾氏於「經」、「子」、「史」三部之文，概列之於選錄範圍之內。其選錄文章，多駢散兼收。如論著類，所取有陸機〈辨亡論〉、李康

〔註 1〕見蔣伯潛《文體論纂要》第三章。

〈運命論〉。奏議類有傅亮〈爲宋公修張良廟教〉、陸贄〈擬奉天改元赦制〉等。書牘類有劉琨〈答盧諶書〉、邱遲〈與陳伯之書〉等。哀祭類有潘岳〈諸哀誄〉，顏延之〈陶徵士誄〉等，皆爲駢偶之文。餘不備列。觀其所選之文，有沖淡者，有濃郁者，有雄偉者，有嘽緩者，實兼《文選》與《古文辭類纂》而有之也。

　　綜觀是書，上自六經，下迄清代，選文之廣，爲自來選集所不逮；其間去取，以經子史最詳。兩漢次之，三國六朝又次之，唐宋則又加詳焉，明清只取歸熙甫、姚姬傳各一人。除明清兩代特略外，其餘各代，雖有或多或少之分，然尚稱平均，無甚過詳過略之現象。其所立標準，固爲特出，其斷限亦爲自來選家所獨無。於文章去取，亦爲最寬也。蔣伯潛先生以爲古文義法，曾氏不如姚氏嚴謹；選材範圍，則姚不如曾廣博。故主張讀《古文辭類纂》，不如讀《經史百家雜鈔》也〔註2〕。

第三節　依作法分

《精校古文筆法百篇》　　（清）李扶九編

作　者

　　李扶九，清滇南（今雲南）人，生卒年不詳。著有《古文筆法百篇》。《清史》無傳。

板　本

　　清光緒辛巳孟冬刊本，書首有俞益卿序。現藏國立臺灣師範大學。

內　容

　　書凡二十卷。選周秦至明之文百篇，各以筆法爲序，並詳加評論各篇爲文之法。所列筆法有對偶、就題字生情、一字立骨、波瀾縱橫、曲折翻駁、起筆不平、小中見大、無中生有、借影、寫照、進步、虛托、巧避、曠達、感慨、雄偉、奇異、華麗、正大、論文等凡二十則。每則均選文數篇以從之。如「對偶」則錄有：宋王禹偁〈待漏院記〉、唐韓愈〈原毀〉、宋范仲淹〈嚴子陵祠堂記〉、明歸有光〈吳山圖記〉。「就題字生情」則錄有：周列禦寇〈焦鹿夢〉、唐魏徵〈諫太宗十思疏〉、唐柳宗元〈愚溪詩序〉、宋蘇軾〈喜雨亭記〉、明高攀龍〈可樓記〉、清施閏章〈夢愚堂銘〉、清錢肅〈潤客山記〉。每舉一篇，必先釋其題名，如王禹偁〈待漏院記〉云：「漏者，以銅爲壺，貯水其內，水滴有聲，宮中報更之器也。院以待漏名，取

〔註 2〕見蔣伯潛《文體論纂要》第三章。

宰相來朝，於此待漏，及晨趨朝也。」其次，各篇章法、句法、段落大意，全文要旨，皆詳於頂批中。各篇之末，往往有總批，以提掇全文之旨。頂批之上，有黃紱麟氏之批；總批之後，有黃氏「書後」，此皆相互闡發也。是書原有漢武帝〈求茂才異〉等詔、東方朔〈上武帝書〉、岳武穆〈良馬對〉、朱子〈送郭拱辰序〉、閻復〈加封孔子制〉、劉因〈對藥書漫記〉、何喬遠〈七州詩稿序〉、歸有光〈滄浪亭記〉等，黃氏以其「味淡聲希，難於學步」，故節去之，補之以司馬遷〈伯夷列傳〉、〈報任少卿書〉、韓愈〈平淮西侯碑〉、〈原道〉、〈毛穎傳〉、〈圬者王承福傳〉、柳宗元〈種樹郭橐駝傳〉、劉悅〈梓州兜率寺文冢銘〉、蘇洵〈辨姦論〉、蘇軾〈代張方平諫用兵書〉，以足百篇之數。

　　觀其所錄，多收唐宋以來之文，魏晉之作，止一二見，以為上古之文多倔奧，初學者較難解也。故知是書實為初學而作，然其標題分類，文簡法賅，為言古文筆法之佳構也。

第三章　評點之屬

《文章指南》　　（明）歸有光評選
作　者
　　歸有光，字熙甫，吳郡（今江蘇省崑山縣）人。生於明武宗正德元年（1506），卒於明穆宗隆慶五年（1571），年六十六。九歲能屬文，弱冠盡通五經三史。舉鄉試，上春官不第。徙居嘉定安亭江上，讀書講道，學生常數百人，稱爲震川先生。嘉靖四十四年（1565），始舉進士，授長興令，用古教化爲治。隆慶中，始用高拱等薦，爲南京太僕寺丞。卒於官。有光爲古文，原本經術，又好《太史公書》，爲明代一大家。著有《震川文集》三十卷、《別集》十卷、《易經淵旨》、《諸子彙函》、《文章指南》等。《明史》有傳。
板　本
　　舊鈔本，內有朱筆批校。現藏國立中央圖書館。
內　容
　　書分仁、義、禮、智、信五集。此書爲評點之作，體例則法呂祖謙《古文關鍵》而增益之。祖謙選文十二家，六十二篇，而熙甫廣之爲三十二家，一百二十篇。祖謙所選爲唐宋文家，而熙甫則上採先秦，下迄有明。所選文家有：程頤、諸葛亮、司馬遷、王守仁、蘇洵、方孝儒、曾鞏、孔穉珪、胡銓、李覯、韓愈、蘇軾、李斯、揚雄、左丘明、樂毅、柳宗元、陶潛、獨孤及、國策、歐陽修、王禹偁、宋濂、賈誼、李華、夏竦、錢公甫、王禕、司馬光、呂祖謙、班固、杜牧（以出現先後爲次）。書首有看文字法、看歷代名家文法、作文法、文章之病、文章體則。其中看文字法、作文法、文章之病，悉同於呂氏之書；看歷代名家文法，則以呂書爲藍本，略加損益。而「文章體則」，呂書所無，乃自出機杼也。所列體

則，計有通用則、立論正大則、用意奇巧則、遣文平淡則，造語蒼勁則、敘事典瞻則、辭氣委婉則、神思飄逸則、譬喻則、引證則、將無作有則、化用經傳則、引事論事則、抑揚則、尚論成敗則、一反一正則、正反翻應則、前後相應則、挽提分應則、總提總收則、逐事條陳則、文勢重疊則、句法長短錯綜則、一級高一級則、一步進一步則、文勢如貫珠則、文勢如走珠則、文勢如擊蛇則、文勢如破竹則、先虛後實則、先疑後決則、下句截上句則、綴上生下則、叠上轉下則、攔截上文則、說為難解則、含意不露則、說為問答則、辨史則、文短氣長則、字少意多則、字煩不厭則、雙關則、兩柱遞文則、下字影狀則、相題用字則、題外生意則、駁難本題則、回護題意則、駕空立意則、死中求活則、立意貫說則、繳前應語則、叠用繳語則、結意有餘則、竿頭進步則、結末括前則、結末推原則、結末推廣則、結末垂戒則、結句有力則、結束斷制則等。每則之中，各言寫作標準。如通用則，以為文章以理、識、才為主。立論正大則，言為文須議論正大，有台閣氣方佳。用意奇巧則，以為文章用意平庸，則易起人厭，須出人意表，方為高手。遣詞平淡則，以為文章意全勝者，詞愈朴而文愈高。凡此諸端，皆為文之門徑也。

其選文百二十篇，次第依體則先後排列，並分仁、義、禮、智、信五集。仁集有八則，由通用則至神思飄逸則。義集有十，由譬喻至前後相應。禮集有十三，由挽提分應至先疑後決。智集十八，由下句截上句至兩柱遞文。信集十八，由下字影狀至結束斷制。其評點之法，必於篇首標其體則，以示全文為文之法也。其次或於篇上作眉批，或於篇中夾行作批註，或於文中緊要處作圈點，或於篇末作總結，使全篇結構布局、遣詞用字、一切用意，皆昭然若見。如評〈太史公自序〉云：「文章不足以關世教，雖工無益也。此篇議論臣子之分懇惻切至，讀者輒起忠孝之思。謂非文之關世教者乎。」

綜觀是書，雖曰評點之作，然所示為文之法，皆稱精當。又立體則而從之以文，使法益明，理益切。故知此書非僅覽文之司南，亦為文之指標也。

《評點史記》　　（明）歸有光撰

作　者

歸有光，見《文章指南》作者欄，於此從略。

板　本

民國二十年石印本。書首題「歸震川、吳摯甫、方望溪、王世貞先生鑒定」，書末有張裕釗後敘。現藏國立臺灣師範大學。

內　容

　　書不分卷，凡十六冊。首錄方望溪評點摘錄四卷。方氏評點，自〈五帝本紀〉至〈太史公自序〉，凡百三十篇，分別摘錄其論說各卷之旨，並加五色評點。此本已不存其貌，唯於原批點處，註明其顏色耳！如〈吳太伯世家〉云：「於吳世家詳載季札觀樂體製，微覺重瘝（藍筆），遺有先王之遺民句，遺民懷文武之德，故不貳不言，舊解誤也（丹筆）。」

　　震川評點之次第，一依《史記》原書順序。其「五色圈點」法，詳於書首之例意，如云：「《史記》起頭處來得勇猛者，圈；緩些者，點。硃圈點處總是意句與敘事好處，黃圈點處，總是氣脈。亦有轉折處用黃圈而事乃聯下去者。黑擲是背理處，青擲是不好要緊處，硃擲是好要緊處，黃擲是一篇要緊處。」故由其圈點，可知何者為全篇結構，何者為逐段精彩，何者為意度波瀾，何者為精神氣魄，以例分類，號為古文秘傳〔註1〕。除圈點外，文中有小註、眉上有頂批，小註蓋有言之深奧、未詳，不得不補足之也。頂批者，或總束全義義法，或分論各段章法結構，裨《史記》之大義微言，意脈所在，闡發無遺。故桐城古文家，往往傳為研究古文義法之指南。方孝岳以為《評點史記》，乃呂祖謙文章軌範以來「評點學之最上乘」〔註2〕。然章學誠斥之曰：「歸震川取《史記》之文，五色標識，以示義法，今之通人，如聞其意，必竊笑之。余不能為歸氏解也。然為不知法度之人言，未嘗不可資其領會，特不足據為傳授之秘爾。……詩之音節，文之法度，君子以謂可不學而能，如啼笑之有收縱，歌哭之有抑揚，必欲揭以示人，人反拘而不得歌哭啼笑之至情矣！」〔註3〕章氏之評，雖言之稍過，然其說不失為探本之論。以為評點之書，若專從品藻文章著眼，則為舍本逐末；倘欲真正學為文章，則不可以為法。姚永樸先生以為震川《史記評點》，可以啟發人意，有愈於解說。與章氏所言似有不同，然章氏以為不知法度之人，未嘗不可資其領會，特不足據為傳授之秘。推姚氏之意，當亦如此。

　　綜上所述，知諸家於震川之書，見解各異，然或褒或貶，皆本諸文章法度。褒之者，謂其所示皆文章法度，可為千古秘傳。貶之者，謂其徒留連於字句之品藻，而略其文章義法。今觀是書，於圈點外，復有評註。其所圈點，非僅字句之斟酌耳！凡文章緊要處，皆標示之。若圈點無以盡意，則有小註、頂批，使其義法更為詳備也。後之學者，如能由此為入手之階，必能知作者為文用心也。

〔註1〕見章學誠《文史通義·文理篇》。
〔註2〕見方孝岳《中國文學批評》三十七。
〔註3〕見章學誠《文史通義·文理篇》。

第四章　論文之屬

第一節　綜論部分

《文脈》　　（明）王文祿撰

作　者

　　王文祿，字世廉，浙江海塩（今浙江省海塩縣）人，生卒年不詳。明嘉靖十年（1531）舉人。著有《廉矩》、《文脈》等書。《明史》無傳。

板　本

　　本書板本有四，四者之中，藏於國立中央圖書館者有三：

一、明嘉靖原刊隆萬間增補本，見於《明世學山》之一。書末附宋潛溪跋。

二、明隆慶刊本，見於《丘陵學山》之一。

三、清道光十一年六安晁氏活字本，見於《學海類編》集餘三文辭之一。是書每卷卷首皆題「明海塩王文祿世廉著」。

　　藏於故宮博物院有一，即明隆慶刊萬曆重編印本，見於《百陵學山》之一。書末附宋潛溪跋。藝文印書館《百部叢書集成》，即據此影印，並附四庫提要於後。

內　容

　　書凡三卷。卷首總論，卷二雜論，卷三新論。總論本文章一脈之旨，或言文脈之傳承，或論爲文之法，或評歷代文選之良窳。雜論或舉漢至元爲文之妙才，或泛言詩、賦、封禪、典引、論、命等，諸家所作之優劣。新論評明初至嘉靖間文家，別其文爲四格。謂明初至洪武間一格，永樂至成化間與弘治初一格，弘治

末至正德一格，嘉靖年間一格。

是書要旨，約有下列數端：

一、古來文章一脈相承

文由心生，故「心不亡，則脈不亡；脈不亡，則文脈不亡」〔註1〕，列舉羲農至明，文之大聚凡十四，文之厄一〔註2〕，以證文脈不亡之論。

二、推崇《昭明文選》

世廉於歷代文選，皆指陳其弊，如言「《唐文粹》，遺甚多矣；《宋文鑑》，取甚濫矣，《皇明文衡》，編甚泛矣！」惟於《昭明文選》，推崇備至，以為「《昭明文選》，文統也，恢張經子史也；選文不法《文選》，豈文乎！」又云：「《昭明文選》，唐初最尚也，曰：『《文選》濫，秀才半』，至宋廢之，文日卑矣！」故以為文體當法《昭明文選》，六朝以後皆不足法也。

三、宗經

世廉嘗謂：「六經，文原也，子史集，文支也」，稱周公為元聖，孔子為大聖，其文乃道德文章之大成，故云：「道非周孔，安望成章哉！」

四、養　氣

人秉清明之氣，以時宣洩而成文，故文以氣為主，有充塞天地之氣，方有垂世不朽之文。嘗謂：「杜子美曰：『文章有神』，陳繹曾《文筌小譜》第一曰：『澄神』。夫神者，性之靈穎，無微不透，無古無今，惟澄神則神清不雜。又曰：『鍊氣』，氣者，神氣也。惟鍊氣則氣充不撓。劉勰《文心雕龍》贊曰：『百齡影徂，千載心在』，文章心精也，神氣鍾焉，欲不垂世，得乎？」其養氣之說，本諸孟子，實指道德修養而言。故云：「為文須有文心，始可與言文，蓋識見高明，不染利欲」之謂也。

五、文貴新奇，忌剿述

所謂新奇，即「自出新機，不蹈陳轍」，亦非標新立異之比。欲臻新奇之境，又須達性命之故，諳經濟之略。使有其實而後為之，雖繪粧萬模，亦不失其質矣！

是書所論甚龐雜，蓋乏翦裁故也。然可見世廉涉獵之博，用力之深。其所品列，雖非的論，然不蹈覆轍，獨出新解，亦難能也。《四庫提要》云：「明王文祿有《廉矩》已著錄，此書雜論古今之文，謂文章一脈相傳，故曰：文脈。……品藻古今，頗出別解，然其述理學，則推象山慈湖。論文體，則推六朝《文選》。至

〔註1〕見《文脈》第一卷。
〔註2〕見《文脈》第一卷。

論唐文，則伸柳州而抑昌黎，謂韓非柳匹，亦不免立異太過矣！」所說甚是。

《文通》　　（明）朱荃宰編

作　者

朱荃宰，字咸一，明黃岡（今湖北省黃岡縣）人，生卒年不詳，蓋生於明天啓六年（1626）以前。著有文、詩、樂、詞、曲五編，並以通名。正史無傳。

板　本

明天啓六年黃岡朱氏金陵刊本。書首有焦竑《文通引》、王在晉序、羅萬爵序、朱荃宰自序。現存之二部，分別藏於國立中央圖書館、國立故宮博物院。

內　容

書凡三十一卷，取古今文章流別及詩文格律，一一為之條析，其體例則取法劉勰《文心雕龍》。卷一至卷三蓋倣《文心》之文學本原論，然所論較龐雜，於明道、本經之後，列有經學興廢、經解、正緯、文極、敘學、史法、史系、史家流別、評史、史官建置、評史舉正、長編、正統、國史問、經史淵源、諸子百家、刺謬。

卷四至卷十九則同於《文心雕龍》之文學體裁論，所列文體有：典謨、冊、璽書、詔、制、誥、誓、命、麻、敕、令、封禪、檄、露布、赦文、誥諭、御札、符、律、策問、鐵券文、國書、玉牒、告身、諭祭文、哀冊、明文、教、貢、範、象、象、曆、本紀、世家、列傳、補注、表曆、書志、書事、注、表、箋、頌、章、上章、啓、奏、題、奏記、封事、上疏、薦、揭帖、彈事、策、論、經義、議、駁、牒、公移、判、箚記、勸進、序、小序、自序、題跋、書記、書、上書、對問、喻難、說難、釋誨、符命、典引、七、連珠、評、解、原、辯、說、字說、書、譯、史贊、讚、傳、記、題名、銘、箴、規、誡、謚議、尺牘、移書、白事、述略、刺、謁、圖、讖、詛、盟、祝文、祈文、誺、譜、錄、旨、勢、法、諧隱、篇、紀事、斷、約、過所、荝、契券、零丁、雜著、碑、碣、哀頌、上謚議、悲文、遺文、行狀、誄、祭文、弔文、哀詞、墓表、墓碑文、墓誌銘、神道碑、口宣、宣答、貼子詞、表本、致辭、右語、致語、青詞、上梁文、道場榜、法場疏、募緣疏。

卷二十至卷二十四，倣《文心雕龍》之文學創作論，所列創作之要領，計有：序例、正名、題命、編次、斷限、煩省、倣傚、採撰、言語、體性、神思、養氣、風骨、情采、隱秀、探頤、定勢、鎔裁、通變、物色、瀰綸、敘事、簡要、隱晦、直言、曲筆、事類、因習、妄飾、夸飾、載事、載文、載言、章句、練字、字法、

對待、交錯、複、孤行、贗、援引、譬況、助辭、奪胎、倒法、接屬、告戒答問、數事、目人列氏、蹈襲、人物、俗士不可為史、鑒識、辨識、不語、品藻、忤時。

卷二十五倣《文心雕龍》之文學批評論，列有才略、程器、浮詞、指瑕、客作、知音。其中才略、程器、指瑕、知音皆取自《文心雕龍》。

卷二十六至卷三十，所論甚雜，蓋以言經說史為主，旁及文論、釋、道之論，計其節目有解經不可牽強、辯河圖洛書、先后天合一圖說、四家詩、辨詩序不可廢、古文今文尙書、春秋左傳別行、春秋正旨、三傳短長、論語、孝經、三禮總辨、周禮傳授、聲樂不傳、孟子、爾雅、小學、六經字音、叢史、史禍、史臣、明史儲材、質文、六過四弊、文論、染說、文筌、四不可無、六書原、墳典之盛、書籍之厄、舉業流弊、異人異書、道、釋、釋道、名士文士等。

卷三十一詮夢，乃倣《文心雕龍》序志而作。

綜觀全書，卷帙浩繁，其體制雖力法《文心》，然終未及《文心》之體大慮周。其摭拾百家之言，或標其出處，或隱而未言〔註3〕。未言者，或一時疏略。《四庫提要》評之曰：「蓋欲倣劉勰《雕龍》而作，其末詮夢一篇，酷摹勰之自序，然大抵摭拾百家，矜示奧博，未能一一貫也。」所說甚是，然所輯文體，於今觀之，亦多可寶也。

《瀾堂夕話》　　（清）張次仲撰

作　者

張次仲，字元岵，號待軒，一號鈍庵，明海寧（今浙江省海寧縣）人。生於明神宗萬曆十七年（1589），卒於清聖祖康熙十五年（1676），年八十八。天啓辛酉（1626）舉人，入清不仕。著有《周易玩辭》、《困學記》、《待軒詩記》、《待軒集》。

板　本

清光緒間吳江沈氏世楷堂刊本，見於《昭代叢書》庚集。書首題「海寧張次仲元岵著」，書末有楊復吉跋。現藏國立中央研究院。

內　容

書凡一卷。所論有文章作法、文章功用、讀書法、時入之病、……於時人之病一節中，對當時文風，曾痛加指陳。至其言文章作法者，約有下列數端：

〔註3〕養氣、風骨、隱秀、通變、物色、瀰緜皆取自《文心》，然未標焉。見《文通》卷二十一。

一、反擬古，反剽竊

以為為文無所謂門徑，貴於自抒胸臆；意之所創，即為祖；時之所師，即為令。若擬秦則流於譎，擬漢則流於枝，擬唐則流於蕪，擬宋則流於弱，故言：「文章之道，古有為古，時有為時，包絡天地之氣，主持運會之先。我能為古，我非古也；我能為時，我非時也。」

二、貴神氣

次仲云：「見魯仲連、李太白令人不敢談名利事，文章未論理之淺深，格之奇正，但望其神氣灑落，不受人間塵垢，便是最上一乘，故吾於此道，一以臭氣為貴，修辭說理俱屬第二事。」

三、貴修飾潤色

以為宇內至文，衝口而出者寥寥無幾，類多經過再三刪潤。故修飾潤色，乃文章家當守之律令，若能「上觀千世，下觀千世，互相商略」，則有垂世不朽之文。

四、辨真偽

以為文章未論妍媸，先辨其真偽，所謂真者即益世道人心之言，所謂偽者即悖理亂紀之論，如蘇秦、張儀、申韓皆詭詐刻薄，殘忍百至者也，不可不辨。

次仲評文，唯推崇韓、柳數君子，如云：「秦漢而後，韓柳數君子光大爾雅，昭昭日月中天，其餘諸家，非不隱躍如星辰，要難與之爭耀。」又云：「韓退之起八代之衰，人品文品如山如河，登之可以通帝座，泛之可以入天漢。」至於論時人則頗多指陳，如云：「今椎魯之士，以迂庸為正，淋漓豔冶之味，蕩焉不存，既無以厭服好奇者之口，而其奇者疾者狂叫以為雄，滑稽謔浪以為趣，軿連枝附以為大，吞剝補綴以為古，談空說謎以為玄，眉目異位，部曲紛紜，奇則奇矣，法竟安在哉？若是者一筆抹卻」、「今日諸君子，五夜一燈，曉窗萬字，三年之間，潑墨成溪，意興淋漓，或有潦倒不刪之習，才鋒湧射，則多縱橫無忌之言，不辭誕妄，謬為點抹，知無當于千古，要不負于寸心！」於時人之鄙薄可謂甚矣！其它復舉「長康畫龍而不點睛」事，喻思慮未至，則無以盡其夭矯騰驤；舉「荊人泣玉」事，刺時人之無擔當。

綜觀是書，陳義甚高，論為文則反對落俗，評文家則稱美韓柳，言讀書則力主徹底，評時文則無所忌憚。無怪乎楊復吉於跋中評之曰：「議論馳騁，鋒鋩未斂，蓋先生少作」。

《夕堂永日緒論外編》 （清）王夫之撰

作　者

　　王夫之，字而農，號薑齋，湖南衡陽（今湖南省衡陽縣）人。生於明神宗萬曆四十七年（1619），卒於清聖祖康熙三十一年（1692），年七十四。少負異才，讀書一目十行。崇禎十五年（1642），與兄介之，同舉鄉試。張獻忠陷衡州，招授偽官，走匿南嶽。賊執其父為質，夫之引刀自刺，舁往易父，俱得脫。瞿式耜薦於桂王，授行人。尋歸居衡陽之石船山，築土室曰觀生居，著書授徒，成就甚眾。康熙間，吳三桂僭號於衡，夫之復逃入深山。郡守餽粟帛請見，以疾辭。未幾，卒。學者稱船山先生。著有《船山全集》三百二十四卷及《龍舟會》雜劇。《清史》有傳。

板　本

　　清同治四年湘鄉曾國荃金陵刊本。現藏國立故宮博物院。

內　容

　　書凡一卷，有論文章作法者，有評唐宋以來文家者。其論文章作法，有下列數端：

一、重法脈

　　夫之以為文無法脈，則不成文字。所謂法者，即「如一王所制刑政之章，使人奉之。奉法者，必有所受，吏受法於時王，經義固受法於題，故必以法從題，不可以題從法。以法從題者，如因情因理得其平允。以題從法者，豫擬一法截割題理，而入其中，如舞文之吏，俾民手足無措，且法有合一事之始終，而俾成條貫也。」所謂脈者，即「如人身上有十二脈，發於趾端，達於顛頂，藏於肌肉之中，督任衝帶，互相為宅，縈繞周回，微動而流轉不窮，合為一人之生理……」

二、忌填砌

　　夫之以為作文無他法，唯勿濫用字耳！故云：「填砌濃詞，固惡；填砌虛字，愈闌珊可憎」。

三、文必有體

　　夫之云：「司馬班氏，史筆也；韓歐序記，雜文也，皆與經義不相涉。經義豎兩義，以引申經文，發其立言之旨，豈容以史與序記法攙入。一段必與一篇相稱，一句必與一段相稱，截割彼體，生入此中，豈復成體，要之文章必有體，體者，自體也。」

四、用字主乎意

　　夫之云：「非此字不足以盡此意，則不避其險，用此字已足盡此義，則不厭其

熟；言必曲暢而伸則長言，而非有餘意，可約略而傳，則芟繁從簡，而非不足。」
夫之論文，以本乎經義爲主，以爲文章不可強經而就己規格，又言「鉤略點綴以
達微言，上也。其次則疏通條達，使立言之旨曉然易見，俾學者有所從入。又其
次則探索幽隱，啓人思致，或旁輯古今，用徵定理，三者之外，無經義矣！」

　　夫之評文，於唐宋八家則推歐陽修，嘗云：「學蘇明允，猖狂譎躁，如健訟
人強辭奪理；學曾子固，如聽村老判事，止此沒要緊話，扳今掉古，牽曳不休，
令人不耐；學王介甫，如拙子弟效官腔，轉折煩難，而精神不屬。八家中唯歐陽
永叔無此三病。」夫之之評似嫌太過，若起明允、子固、介甫於地下，不知如何
說也。

　　除八家外，所評以明代文家爲主，且其評一切準的乎經義，如評王守溪云：「論
經義者，以推王守溪爲大家之宗，守溪止能排當停勻，爲三間五架，一衙官廨宇
耳！但令依倣，即得不甚相遠，大義微言，皆所不遑研究，此正束縛天下文人學
者一徽纆而已。」評顧涇陽云：「先生獨以博大弘通之才，豎大義析微言，屹然嶽
立，有制藝以來，無可匹敵。」評熙甫云：「熙甫但能擺落纖弱，以亢爽居勝地耳，
其實外腴中枯，靜扣之，無一語出自赤心。」言經義正宗，則云：「若經義正宗，
在先輩則嵇川南，在後代則黃石齋、凌茗柯、羅文止，剔發精微，爲經傳傳神，
抑忠用鹿門震川舖排局陣爲也。先輩中若諸理齋、孫月峰、湯若士、趙儕鶴；後
起如沈去疑、倪伯屏、金道隱、杜南谷、章大力、韋孝忍、姜如須、亦各亭亭獨
立。」

　　綜上所述，知夫之評文，或褒或貶，皆準乎經義，以爲經義之設，在揚搉大
義，剔發微言，或推廣事理，以宣昭實用，若無當於此數者，則不足以傳世也。

《續錦機》　　（清）劉青芝編
作　者

　　劉青芝，字芳草，號實夫，晚號江村山人，襄城（今河南省襄城縣）人。生
於清聖祖康熙十五年（1767），卒年不詳。雍正丁未（1705）進士，官翰林庶吉士。
少負異才，年十六，補博士弟子員。康熙乙酉（1705）舉於鄉，赴禮闈試不第，
疾馳出都門，以父母年高，不上公車者十有七年。雍正丙午（1726）需次銓選，
猶以兄故，不肯行。其兄華嶽先生迫之，乃就道。明年，成進士，選入詞館，時
年已五十三。居無何，念其兄不置，數請假不得，適其兄以憶弟來都，入門相見，
且喜且悲，即引疾與兄並駕歸，遂不復出，閉戶著書近三十年，四方學者宗之。
爲文離奇變化，不名一體，尤長傳記，多史法。著有《江村山人稿》、《尚書辨疑》、

《學詩闕疑》、《周禮質疑》、《史記紀疑》、《明代人物志》、《江村隨筆》、《續錦機》等。《清史》無傳。

板 本

清乾隆八年刊本，見於《劉氏傳家集》。書首有劉青芝自序，章文然跋。每卷卷首題「襄城劉青芝芳草會粹」，現藏國立中央研究院。

內 容

書凡十五卷、補遺六卷。此書倣元遺山作錦機之意，以為文章法度，雜見於百家之書，故取古今論文之語，釐為十門，一曰源流，二曰體裁，三曰義例，四曰法式，五曰自得，六曰評騭，七曰竄改，八曰譏賞，九曰辯證，十曰話言。補遺所錄，亦依上述十門，分別選錄古今論文之語，以成是書。

書首為源流，蓋輯古今論文章源流之語，如：「夫為文之道，其流有二，何者？書事記言，出自當時之簡，勒成刪定，歸於後來之筆。然則當時草創者，資乎博聞實錄，若董狐南史是也。後來經始者，貴乎雋識通才，若班固陳壽是也，必論其事業，前後不同，然相須而成，其歸一揆」（《史通》），「禹敷土，隨山刊木，奠高山大川，既成功矣！然後筆之為禹貢之文。周制聘覲燕享餼食昏喪諸禮，其升降揖讓之節，既行之矣！然後筆之為儀禮之文。孔子居鄉黨，容色言動之間，從容中道，門人弟子既習見之矣！然後筆之為鄉黨之文，其他格言大訓，亦莫不然，必有其實，然後文隨之，初未嘗以徒言為也。」（宋濂《文原》），所輯錄者，皆以時代為序，自漢迄清，有揚雄《法言》、徐幹《中論》、《後漢書·班昭傳》、《蔡邕別傳》、《文心雕龍》、《史通》……方苞《史記義法》等。

其次為體裁，選錄古今論文章體裁之言，如：「章表奏議，則準的乎雅頌；賦頌歌詩，則羽儀乎清麗；符檄書移，則楷式於明斷；史論序注，則師範於覈要；箴銘碑誄，則體制於弘深；連珠七辭，則從事於巧豔……」（《文心雕龍》）、「漢制度曰：帝之下書有四，一曰策書，二曰制書，三曰詔書，四曰誡敕。策書者，編簡也，其制長二尺，短者半之。……」（《光武紀注》），所輯有《左傳·莊公十一年傳》、王充《論衡》、《文心雕龍》……《唐彪墓誌銘》等。

又次為義例，錄古今論文體義法之言，如：「夫鼎有銘，銘者，論譔其先祖之有德善、功烈、勳勞、慶賞、聲名，列於天下，而酌之祭器，自成其名焉，以祀其先祖者也。為先祖者，莫不有美焉，莫不有惡焉；銘之義，稱美而不稱惡，此孝子賢孫之心也。……」（《祭統》），所輯者有《祭統》、《後漢書·張衡傳》、《文心雕龍》、《顏氏家訓》、《史通》……鄭梁生《上董先生書》。

再次為法式，錄古今言文章作法之語，如：「善為文者，富於萬篇，貧於一字。

一字非少，相避爲難也」（《文心雕龍》），「凡作簡短文字，必須要轉處多，凡一轉必有一意思乃妙」（《仕學規範》），所輯有《文心雕龍》、《顏氏家訓》、《史通》、孫樵《與高錫望書》……汪份《八家論文》等。

其次自得，錄古今文家言讀書爲文自得之處也。如：「樓昉曰：『看子厚論文三節議論，則子厚平生用力於文字處，一一可考。韓退之及蘇老泉、陳后山，凡以文名家者，人人皆有經歷，但各有入頭處，與自得處耳』，丁敬禮曰：『文之佳惡，吾自得之，後世誰相知定吾文者』」（《春渚紀聞》），所輯有王充《論衡》、陸機《文賦》、范曄《後漢書・自序》……劉青蓮《眼明錄》等。

又次爲評騭，輯古今評文之語，如：「韓退之文，自經中來；柳子厚文，自史中來；歐陽公文，和氣多，英氣少；蘇公文，英氣多，和氣少。」（《邵氏聞見後錄》），所輯有《後漢書・班彪傳》、曹丕《典論・論文》、《文心雕龍》、《顏氏家訓》……劉青蓮《眼明錄》等。

再次爲竄改，輯古人刪文改字之例，如：「齊著作郎沈約撰《宋書》，永明中，其書既行，河東裴子野更刪爲《宋略》二十卷。沈約見而嘆曰：『吾所不逮也』，由是世之言宋史者，以裴略爲上，沈書次之」（《史通》），所輯有范曄《班彪、班固傳贊》、《顏氏家訓》、《史通》、《捫蝨新話》……汪份《八家論文》等。

次譏賞，輯古來譏賞文人行徑、軼事之語，如：「子昂初入京，不爲人知；有賣胡琴者，價百萬，豪貴傳視無辨者，子昂突出，謂左右曰：輦于緡市之。眾驚問，答曰：予善此樂。皆曰：可得聞乎？曰：明日可集宣陽里。如期偕往，酒肴畢俱，置胡琴於前。食畢，捧琴語曰：蜀人陳子昂，有文百軸，馳走京轂，碌碌塵土，不爲人知。此樂，賤工之役，豈宜留心。舉而碎之，以其文軸，遍贈會者。一日之內，聲華溢郡」（《獨異記》），所輯有《獨異記》、王充《論衡》、《顏氏家訓》……《池北偶談》等。

其次辯證，輯文家辯證前人著作之例，如：「後漢李育，嘗讀左氏傳，雖樂文采，然謂不得聖人深意，於是作難左氏義四十一事」（《後漢》本傳），所輯有《後漢》本傳、葛洪《西京雜記》、《南史》本傳、《梁書》本傳……萬邦榮《碎金錄》等。

次話言，輯古今文家論文之語，如：「古之爲文，法在文成之後，詞由理出，文自詞生，法以文著，相因而成者也，非求法而作也。……」（郝伯常《論文》），所輯有《左傳》、王充《論衡》、荀悅《申鑒》、《世說》……方苞《書老子傳後》。

補遺六卷，亦分上述十門，體例相同，蓋補其不足耳……

綜觀是書，卷帙浩博。所薈萃者，亦皆古今論文之要語，雖未參己見，惟將

諸說條分縷析，自成體例，觀此書亦可窺芳草論文大旨。中國文論之要，略備乎此矣。

《文談》 （清）張秉直撰

作　者

張秉直，字含中。生卒年里均不詳。約乾隆時人。

板　本

清道光十五年朝邑劉氏刊本，見於《青照堂叢書》。書首有序，並題「朝邑劉照清鏡堂彙梓，姪文翰藝圃校錄。李元春時齋評閱，門人王維戊信廷參訂」，書末有跋。現藏國立中央研究院。

內　容

書凡一卷。乃秉直輯古今論文之語，並附其說於文末。所輯論文之語分五大類：即作文之害、作文之本、作文之旨、作文之法、論文之概。

作文之害

乃言作文之所當戒慎者，故選錄《二程粹言》、《朱子語類》、顧徵君《日知錄》等，主張君子之學在窮理致用，若滯心於章句之間，不適世用者，則為作文之害也。

作文之本

則取韓文公〈答劉正夫書〉、〈答李翊書〉、柳子厚〈報袁君陳秀才避師名書〉、歐陽文忠公〈答祖擇之書〉、〈答吳充秀才書〉、〈朱子語類〉、茅鹿門〈唐宋八大家文鈔・敘〉、朱錫鬯〈與李武曾論文書〉、魏永叔《論文》、王或菴〈左傳評〉等，所謂作文之本，不過明理履道通經讀史數端而已。明理以致其知，履道以見諸行，以經為經，以史為緯，則作文之本備矣，雖不求文字之工，而文不工者，未之有也。

作文之旨

則舉柳子厚〈答韋中立論師道書〉、王荊公〈上人書〉、魏永叔《論文》、《日知錄》等。以為作文之旨在明道，在益於世用，至於務采色、夸聲音，浮華鮮實、妄言悖理，無益世道人心之文，宜所深戒。

作文之法

輯蘇文忠公〈答謝舉廉書〉、《朱子語類》、《日知錄》、文集《與人書》、伯子《論文》、叔子《論文》、李斯〈諫逐客議〉，賈誼〈過秦論〉、程畏齋《讀書分年

日程》、王或菴《左傳評》等。以爲文章出於自然，貴在辭達，不論其繁簡。然所謂簡者，不過汰其複冗，刪其枝葉，言短而意長，語約而情博，非謂省一二字，遂係文章之工拙也。

言作文之法，如作字，作字之法，側勒努趯，筆筆圓轉，若一筆直下便非法矣，必頓挫停蓄而後轉，轉方有力，爲文若能善轉則勁鍊，則生動夭矯矣！

論文之概

乃評古來文章，計分《朱子語類》、讀史總評、《漢書》總評、魏伯子論文、魏叔子論文。《朱子語類》首分文章有治世之文、亂世之文、衰世之文。《六經》爲治世之文，《國語》爲衰世之文，《戰國》爲亂世之文。復評賈誼、楊震、張平子、司馬遷、賈誼、老蘇、劉向、歐陽修、東坡、子由、南豐之文。讀史總評，則舉呂東萊、李性學、玉守溪、王槐野、凌季默、茅鹿門、王元美諸家評《史記》之語。《漢書》總評，乃舉范淳夫、楊士奇、黃勉之、凌季默、程伊川評《漢書》兼評《史記》之語。

末引魏伯子論文、魏叔子論文，言大家小家之異，及評唐宋八家。

秉直論文，頗重視其經世致用之能，言文章爲經國之業，載道之器。故學文則主張先讀《左傳》，以立其根本；讀《史記》，以大其氣；讀《漢書》以凝其神，必須三者熟，而文之根柢始立。又言唐宋八家之文，法密而結構嚴，爲初學之楷模。故不讀《左》、《史》，無以探文章之本；不讀八家，無以盡文章之法。合之則兩美，離之則兩傷矣！故知秉直之論以經爲經，以史爲緯，皆本乎明理致用而發也！

《退庵論文》　（清）梁章鉅編

作　者

梁章鉅，字茝鄰（一作茝林），又字閩中，號退庵，福建長樂（今福建省長樂縣）人。生於清高宗乾隆四十年（1775），卒於清宣宗道光二十九年（1849），年七十五。嘉慶七年（1802）進士，改庶吉士。散館，改禮部主事。官至江蘇巡撫，兼署兩江總督，以病乞罷，卒。章鉅著述宏富，有《經塵》、《夏小正通釋》、《三國志旁證》、《清書錄》、《稱謂錄》、《金石書畫題跋》、《浪跡叢談》、《制義叢話》、《楹聯叢話》、《歸田瑣記》、《退庵隨筆》、《南省公餘錄》等，凡七十餘種，並行世。

板　本

民國五年石印本，見於周鍾游編《文學津梁》。書首題「福州梁章鉅茝林編」，現藏國立中央圖書館。

內　容

　　書凡一卷。所論或自抒己見，或引諸家論文之語。其內容包括：作文法、選文、文筆之辨、比偶之例、古文選本、四六文、制藝文、評歷代文家等。所論堪稱繁富，然多屬隨筆之記，故較乏體系。其所謂選文，則主張以秦漢爲斷，而論文則必須溯源於經傳，以端其本。以爲「要典重，則學《書》；要婉麗，則學《詩》；要古質，則學《易》；要謹嚴，則學《春秋》；要通達，則學《戴記》；要博辨，則學《左》、《國》。」其次言作文之取材須富，辨體須精，故要讀《史記》、《漢書》、《文選》、徐庾各集、唐初四傑、燕許諸公、韓柳等之文。

　　其次言文章寫就須待刪潤，始成佳構，舉歐陽文忠《晝錦堂記》、《醉翁亭記》爲例，言其原稿皆幾經刪潤，方能垂世不朽。

　　其論古文選本，以明茅坤所列之八家爲最，後儲欣合李翱、孫樵爲十家。乾隆時，有《唐宋文醇》，列後人之評跋考證之精者於各篇之末，其品題考證、疏通證明，無不抉摘精微，研窮奧奧。《唐文粹》爲唐文之善本，《宋文鑑》之編次篇篇有意，《元文類》所選具有體要，可與《唐文粹》、《宋文鑑》鼎立而三，《明文衡》雖極力追之，終不能及。

　　其所評歷代文家，皆稱公允，如云「宋文憲，其文醇深演迤，不動聲色，而二百餘年之中，殫力翻新者，終莫能與之方駕。論者以劉誠意可與文憲並爲一代宗匠，而方正學，可稱文憲入室弟子，然平心而論，終當讓金華出一頭地。」其說甚是。

　　至言四六文則主張讀蕭選、徐庾二集、初唐四傑集、李義山樊南甲乙集、彭文勤《宋四六選》……等。

　　論制藝文，則推崇唐彪之《讀書作文譜》，以爲其所陳語雖猥雜，不離村究習氣，然亦有切實可行之法，有裨舉業，不妨舍其短、而取其長也。其它如文筆之辨，比偶之例，皆能舉證其說，言之成理。

　　綜上所言，知退庵論文，包舉宏富，唯稍乏條貫，蓋意到筆隨之作也。然其立論精闢，不失爲後學爲文之指標也。

《文觳》　（清）丁晏編

作　者

　　丁晏，字柘堂，江蘇山陽（今江蘇省淮安縣）人。生於清高宗乾隆五十九年（1794），卒於清德宗光緒元年（1875），年八十二。道光元年（1821）舉人。嘗在籍辦隉工、司賑務、修府城、浚市河、開通文渠中支、辦團練拒捻匪，均有功

於鄉里。晏好學深思，治一書畢，方治他書，手校書籍極多，必徹終始。著有《尚書餘論》二卷、《禹貢集釋》三卷、《毛鄭詩釋》四卷、《鄭氏詩譜考正》一卷、《詩考補注》二卷、《補遺》一卷、《三禮釋注》八卷、《文彀》等。《清史》無傳。

板　本

清咸豐間山陽丁氏清稿本。書首有序，並題「山陽丁晏學」。現藏國立中央圖書館。

內　容

書凡二卷，皆輯古今論文之作，所輯雖未予分類，然以時代爲次。且其選錄，大凡采自史傳、書、序。采自史傳者有：《北魏書・祖瑩傳》、《宋書・謝靈運傳》、《齊書・劉厥傳》、《齊書・張融傳》、《齊書・文學傳》、《梁書・庾肩吾傳》、《隋書・李諤傳》、《舊唐書・元稹傳》、《新唐書・文藝傳論》、《新唐書・韓愈傳》等。選自書牘者有：魏文帝〈與吳質書〉、曹子建〈與楊德祖書〉、楊德祖〈答臨淄牋〉、陳孔璋〈答東阿王牋〉、梁簡文帝〈答張纘謝示集書〉、韓愈〈答崔立之書〉、韓愈〈答李翊書〉、韓愈〈與馮宿論文書〉、韓愈〈答劉正夫書〉、柳宗元〈答韋中立書〉、柳宗元〈與友人論文章書〉、李翊〈答進士王載言書〉、崔元翰〈與常州獨孤使君書〉、柳冕〈與滑州盧人夫論文書〉、柳冕〈與徐給事論文書〉、柳冕〈答荊南裴尚書論文書〉、柳冕〈答楊中丞論文書〉、柳冕〈答衢州鄭使君論文書〉、皇甫湜〈答李生書〉、陸龜蒙〈復友生論文書〉、裴度〈寄李翱書〉、杜牧〈答莊充書〉、孫樵〈與高望書〉、孫樵〈與賈秀才書〉、孫樵〈與王霖秀才書〉、孫樵〈與友人論文書〉、孫復〈答張洞書〉、蘇洵〈上歐陽內翰書〉、蘇軾〈答李鷹書〉、蘇軾〈答張文潛書〉、蘇軾〈答謝民師推官書〉、蘇軾〈答劉沔都曹書〉、蘇軾〈與元老姪孫書〉、蘇軾〈答樞密院韓太尉書〉、歐陽修〈答吳充秀才書〉、歐陽修〈代人上王樞密求先集序書〉、張耒〈答李推官書〉、黃庭堅〈與王觀復書〉、穆修〈答喬適書〉等。選自序者有：陸機〈文賦序〉、劉勰〈文心雕龍自序〉、柳宗元〈讀毛穎傳後題〉、李翰〈昌黎先生集序〉、陸希聲〈李觀文集序〉、李華〈蕭穎士文集後序〉、蘇軾〈六一居士集序〉、穆修〈唐柳先生文集後序〉、吳澂〈別趙子昂序〉、馬祖常〈周剛善文稿序〉、范蔚宗〈後漢書自序〉。此外復有：楊子《法言・吾子篇》、《西京雜記》、《典論論文》、摯虞《文章流別論》、李充〈翰林論〉、顏子推《顏氏家訓・文章篇》、梁元帝《金樓子》、裴子野〈雕蟲論〉、呂溫〈人文化成論〉、李華〈質文論〉、牛希濟〈表章論〉、皇甫湜〈昌黎先生墓誌銘〉、李翱〈史官記事不實奏狀〉、尚衡〈元龜〉、獨孤及〈辯文〉、韋籌〈文之章解〉、李德裕〈文章論〉、歐陽修〈舊本韓文後〉、蘇軾〈論文〉、孫何〈文箴〉、柳開〈應責〉、李翱〈祭吏部韓侍郎文〉。

　　全書所錄文章凡八十七篇，唐以前多錄史傳，唐以後多錄書序，史傳、書、序三者幾占全書四分之三，故知此書之所重也。此書純屬編選之作，丁晏未加評論或按語。其所輯錄，大抵皆一時之選，然參之歷代文論，知其所錄尚未完備也。

《鳴原堂論文》　　（清）曾國藩撰

作　者

　　見《經史百家雜鈔》作者欄，於茲省略。

板　本

　　民國二十五年上海中華書局聚珍仿宋版鉛印本，書首有曾國藩自序，曾國荃序，書末有王安定後序，見《四部備要》。現藏國立臺灣大學。

內　容

　　書凡二卷。選漢唐至清名臣奏書十七篇，一一論述義法。所選奏疏有：匡衡〈戒妃匹勸經學威儀之則疏〉、賈誼〈陳政事疏〉、劉向〈極諫外家封事〉、〈論起昌陵疏〉、〈論甘延壽疏〉、谷永〈救陳湯疏〉、耿育〈訟陳湯疏〉、劉安〈諫伐閩越書〉、賈捐之〈罷珠崖對〉、諸葛亮〈出師表〉、陸贄〈奉天請罷瓊林大盈二庫狀〉、蘇軾〈代張方平諫用兵書〉、〈上皇帝書〉、朱熹〈戊申封事〉、王守仁〈申明賞罰以厲人心疏〉、方苞〈請矯除積習興起人材箚子〉、孫嘉淦〈三習一弊疏〉等。每列一篇，或於篇首作提撥，或於篇中作註解，或於篇末論義法，故古今奏議之要略備於此矣。

　　國藩論奏議之作，首貴文字顯豁、詞旨深遠、結構整齊，又言「典淺顯」為奏疏三字訣，備此三字則盡善矣！然「典」字最難，必熟於前史之事蹟，並熟於當代之掌故，乃可言「典」，至「淺顯」二字，乃本於天授。其論奏疏則屢稱「與六經同風」，如「三代以下，陳奏君上之文，當以此篇及諸葛公〈出師表〉為冠。淵懿篤厚，直與六經同風」〔註4〕、「大抵西漢之文，氣味深厚，音調鏗鏘，迥非後世可及，固由其措詞之高，胎息之古，亦由其義理正大，有不可磨滅之質榦也。如此篇及路溫舒〈尚德緩刑書〉，非獨文辭超前絕後，即說理亦與六經同風而已」〔註5〕，故知其思想以六經為本。至評奏議之佳者，首推西漢，如云：「奏疏以漢人為極軌……」〔註6〕，「然余謂欲求文氣之厚總須讀漢人奏議二三十首，醞釀日

〔註4〕見《鳴原堂論文》卷上匡衡〈戒妃匹勸經學威儀之則疏〉。
〔註5〕見《鳴原堂論文》卷上賈捐之〈罷珠崖對〉。
〔註6〕見《鳴原堂論文》卷上賈誼〈陳政事疏〉。

久，則不期厚而自厚矣」〔註7〕「奏疏惟西漢之文，冠絕古今」〔註8〕。於三國則推諸葛亮，如云：「三代以下陳奏君上之文，當以此篇及諸葛公《出師表》爲冠，……」〔註9〕，「古人絕大事業，恆以精心敬愼出之，以區區蜀漢一隅，而欲出師關中，北伐曹魏，其志願之宏大，事勢之艱危，亦古今所罕見。而此文不言其艱鉅，但言志氣宜恢宏，刑賞宜平允，君宜以親賢納言爲務，臣宜以討賊進諫爲職而已，故知不朽之文，必自襟度遠大，思慮精微始也。」〔註10〕於唐則推陸宣公，國藩論文重文氣，氣勢低略乃駢文不易避免之病，故不喜併用駢體，唯云陸宣公無此病，如云：「駢體文爲大雅所羞稱，以其不能發揮精義，並恐以蕪累而傷氣也。陸宣公則無一句不對，無一字不諧平仄，無一聯不調馬蹄，而義理之精，足以比隆濂洛，氣勢之盛，亦堪方駕韓蘇。」〔註11〕於宋則稱東坡，如云：「東坡之文，其長處在徵引史事，切實精當，又善設譬諭，凡難顯之情，他人所不能達者，坡公輒以譬諭明之，古今奏議推賈長沙、陸宣公、蘇文忠三人爲超前絕後。」〔註12〕於明則推王守仁，如云：「陽明之文，亦有光明俊偉之象，雖辭旨不甚淵雅，而其軒爽洞達，如與曉事人語，衣裏粲然，中邊俱徹，固自不可幾及也。」〔註13〕。於清則推方望溪，如云：「望溪先生古文辭，爲國家二百餘年之冠，即其經術之湛深，八股文之雄厚，亦不愧爲一代大儒……此疏閱歷極深，四條皆確實可行，而义氣深厚，則國朝奏議中所罕見。」〔註14〕

綜觀國藩所評選者，皆垂世不朽之作。其論述義法，精闢入裏，能發古人心脾，闡其微言大義。後世之言奏議者，不可忽也。

《論文集要》　（清）薛福成輯

作　者

薛福成，字叔耘，號庸庵，江蘇無錫（今江蘇省無錫縣）人。生於清宣宗道光十八年（1838），卒於德宗光緒二十年（1894），年五十七。同治六年（1867）副貢生，參曾國藩幕，以勞績歷保選用同知。嗣因剿平西捻功，以直隸知州補用，

〔註7〕見《鳴原堂論文》卷上劉向〈論起昌陵疏〉。
〔註8〕見《鳴原堂論文》卷上劉向〈極諫外家封事〉。
〔註9〕見《鳴原堂論文》卷上匡衡〈戒妃匹勸經學威儀之則疏〉。
〔註10〕見《鳴原堂論文》卷上諸葛亮〈出師表〉。
〔註11〕見《鳴原堂論文》卷上陸贄〈奉天請罷瓊林大盈二庫狀〉。
〔註12〕見《鳴原堂論文》卷下蘇軾〈代張方平諫用兵書〉。
〔註13〕見《鳴原堂論文》卷下王守仁〈申明賞罰，以厲人心疏〉。
〔註14〕見《鳴原堂論文》卷下方苞〈請矯除積習興起人材箚子〉。

並賞加知府銜。光緒元年（1875），赴部引見，應詔上治平六策萬餘言，旋下所司議行。在李鴻章幕府，以隨辦洋務出力，保舉知府。復以軍功除浙江寧紹台道，擢湖南按察使，簡派出使英、法、義、比諸國，嘗爭於英廷，倡設南洋各島領事。歸，陞左副都御史，卒。福成工於古文，著有《庸庵文集》、《續編》、《外編》、《筆記》等，並傳於世。

板　本

民國五年石印本，見於周鍾游編《文學津梁》中。書首有各卷目錄及張美翊跋，書末有陳光淞識。現藏國立中央圖書館。

內　容

書凡四卷，錄古今論文之作，自昌黎以迄文正，先選整篇，次以摘錄，終以評點序例。所錄計有：韓退之〈答李翊書〉、韓退之〈答劉正夫書〉、韓退之〈與馮宿論文書〉、柳子厚〈答韋中立論師道書〉、李習之〈答王載言書〉、侯朝宗〈與任王谷論文書〉、姚姬傳〈復魯絜非書〉、曾文正〈復吳南屏書（二篇）〉、曾文正〈與劉孟容書〉、劉文正〈與劉霞仙書〉、曾文正〈歐陽生文集序〉、方靈皋〈論文〉、劉海峰〈論文偶記〉、姚姬傳〈論文〉、方植之〈詩文之法〉、梅伯言〈論文〉、曾文正〈論文上、下〉、歸震川〈史記圈識凡例〉、姚姬傳〈古文辭類纂序目〉、惲子居〈大雲山房文稿通例〉、曾文正〈求闕齋經史百家雜鈔敍目〉等二十三篇。

福成為國藩幕僚八年，頗聞其古文義法，故以桐城為宗。今觀其所錄文論，亦不出桐城門徑。蓋桐城論文以唐宋為宗，故福成輯韓昌黎、柳子厚、李習之論文之篇。其輯震川者，以為學八家須由震川入手。輯侯朝宗者，以其為桐城先驅。而方望溪、劉海峰、姚姬傳為桐城三祖，故又輯焉。梅伯言為姚門四傑之首，故又輯焉。輯惲子居、曾文正者，以其為桐城別支也。

綜觀是書，有論文章義法者，有評點序例者。所輯亦皆千古至言，其中復以曾文正之文論最稱完備，文正論文之要大抵體現於此。此輯以桐城為宗，既能推本溯源，復不失其流派，故桐城義法盡乎此矣！

《文筆考》　　（清）阮福輯

作　者

阮福，字賜卿，又字喜齋，清儀徵（今江蘇省儀徵縣）人，阮元子。廕生，官至甘肅平涼府知府。著有《孝經義疏補注》，《瀛州筆談》。

板　本

有清嘉慶道光間儀徵阮氏刊本，見於《文選樓叢書》小琅嬛叢記。書首題「揚

州阮福」。現藏國立台灣大學、國立中央研究院。藝文印書館《百部叢書集成》即據此影印。

內　容

　　書凡一卷。輯阮元〈文言說〉、〈書梁昭明太子文選序後〉、〈與友人論古文書〉、〈文韻說〉、〈學海堂文筆策問〉、劉天惠〈文筆考〉、梁國珍〈文筆考〉、劉光釗〈文筆考〉等。文言說以古人之說，立文章義界。要旨為：「許慎《說文》：『直言曰言，論難曰語』，《左傳》曰：『言之無文，行之不遠』，此何也？古人以簡策傳事者少，以口舌傳事者多；以目治事者少，以口耳治事者多，……是必寡其詞，協其音，以文其言，使人易記記誦，此孔子於《易》所以著文言之篇也。古人歌詩、箴銘、諺語，凡有韻之文者，此道也。《爾雅‧釋訓》，……用韻者亦此道也。孔子於乾坤之言，自名曰『文』，……此千古文章之祖也，……文言數百字，幾於句句用韻，……要使遠近易誦，古今易傳，……不但多用韻，抑且多用偶，凡偶皆『文』也，於物兩色相偶而交錯之，乃得名曰『文』，文即象其形也。然千古之文，莫大於孔子之言《易》，孔子以用韻比偶之法，錯綜其言，而自名曰『文』，何後人必欲反孔子之道，而自命曰文，且尊之曰古也。」阮氏之論，蓋以語法對偶者，為上古之「文」，因此，近世所謂之「古文」並非文，駢文方為傳統之古文。

　　其次，〈書梁昭明太子文選序後〉，言《文選》於文之觀念異於近世古文家，昭明太子之說合於傳統。其要旨以為：「今人所作之『古文』，當名之為何？曰凡說經講學，皆經派也；傳志記事，皆史派也；立意為宗，皆子派也；惟沈思翰藻，乃可名之為『文』也。非文者尚不可名為『文』，況名之曰『古文』乎？」其簡別文體，義例甚嚴，見解亦稱正確。

　　次為〈與友人論古文書〉，前半言近代古文家之文，總不及漢代，如云：「兩漢文章，著於班范，體制和正，氣息淵雅，不為激音，不為客氣。若云後代之文有能盛於兩漢者，雖愚者，亦知其不能矣！近代古文名家，徒為科名時藝之累，於古人之文，有益於時藝者，始競趨之。」其鄙薄之意，可以想見。後半則重敘〈書文選後序〉之大意。

　　次為〈文韻說〉，乃答覆阮福問有關文與筆之區別，如云：「《文心雕龍》云，今之常言，有文有筆，以為無韻者筆也，有韻者文也。……《昭明文選》所選之文，不押韻腳者甚多，何也？」，針對上述所問，阮元以為，梁時所謂之韻，固指押韻腳，亦兼謂章句之音韻，即今人之平仄。青木正兒《清代文學評論史》，於此頗表不同看法，以為《文心雕龍》所謂韻，乃專指句尾之押韻，不包含章句之聲音。

次爲〈學海堂文筆策問〉，乃阮福答元之所問「六朝至唐，皆有長於文，長於筆之稱……何者爲文，何者爲筆，何以宋以後不復分別此體？」所謂文，所謂筆，則舉史書以證六朝唐人與宋明之說不同。以爲文乃取沈思翰藻，吟咏哀思，故有情辭聲韻者爲文，筆乃據事而書，直言無文采之謂。

次爲劉天惠〈文筆考〉，亦本「有韻者文，無韻者筆」之說，而考諸史傳，皆甚合也。

次爲梁國珍〈文筆考〉，駁顏延年之說，以爲文與筆自異，其論亦宗彥和「有韻者文也，無韻者筆也」，且廣其說而詳考焉，以爲文筆之外，有詩筆對言者，然文筆詩筆字異而義同。

其次爲劉光釗〈文筆考〉，言何謂文，何謂筆，並言文筆不分之因。以爲文筆之分當本孔子之世，昉於六朝，流行於唐。文言，比偶而有韻，錯雜而成章，燦然有文，故屬文。《春秋》，以紀事爲褒貶，振筆直書，故屬筆。《昭明文選》多文，唐宋八家多筆，然後世論者薄選體，以散行爲古，且專名之爲文，故文筆不復分別矣！

綜觀是書，雖包括各家之言，然皆屬阮元學海堂中人，萬變不離其本，其論或有淺深，然皆不出阮氏之旨。青木正兒以爲阮氏文筆之論，意圖鼓吹六朝文學研究，提倡駢文﹝註15﹞。朱東潤亦云阮氏之言，蓋有鑒於當時古文家之空疏，故起而倡駢文，與爭文章之正統﹝註16﹞，二家皆屬有見之論。

第二節　文體部分

《續文章緣起》　　（明）陳懋仁撰

作　者

陳懋仁，字無功，明嘉興（今浙江省嘉興縣）人。生卒年均不詳。曾官至泉州府經歷。著有《泉南雜志》、《年號韻編》、《析酲漫錄》、《庶物異名疏》等。《明史》無傳。

板　本

一、清道光辛卯六安晁氏活字本，見於《學海類編》集餘三文詞之一。書首題「明橋李陳懋仁無功著」，書末有姚士麟跋。現藏國立中央圖書館、國立中央圖書

﹝註15﹞見青木正兒《清代文學評論史》。
﹝註16﹞見朱東潤《中國文學批評史大綱》。

館台灣分館、國立故宮博物院。

二、民國九年上海涵芬樓影印六安晁氏版刻本。現藏國立中央研究院、國立台灣
　　大學。

內　容

　　書凡一卷，乃繼任昉《文章緣起》，更搜詩文之類凡六十五則，其體例蓋仿任
書，每則皆考其源、探其始。詩類有二言詩、八言詩、三言詩、四言詩、七哀詩、
百一詩……詠史等，凡四十五則。文類有制、敕、麻、章、略、牒、狀、述、斷、
辯、說難、詛文、對事、客難、賓戲、答譏、釋誨、尺牘等。其每論一體必言其
始，如麻：「始於唐明宗」。知其作者，必書之，如客難：「漢東方朔作。」賓戲：
「漢班固作」。答譏：「漢崔寔作」。知其所用者，亦書之，如敕：「飭也，使自警
飭不敢廢慢也」。必詳其名者，則詳之。如制：「獨斷曰：制，書帝者制度之命也。
《珊瑚鉤詩話》曰：帝王之制出法度，以制文者，謂之制。」

　　綜觀是書，所論文體二十，皆始於唐以前，其中尤以漢為多，此作可為文章
起源，謂任昉《文章緣起》之補續可也。

第三節　創作部分

《文原》　　（明）宋濂撰

作　者

　　宋濂，字景濂，號潛溪，又號玄真子。其先金華潛溪人，至濂乃遷浦江。生
於元武宗至大三年（1310），卒於明太祖洪武十四年（1381），年七十二。幼英敏
強記，通五經。先後遊於吳萊、柳貫、黃溍之門。元至正中，薦授翰林院編修，
以親老辭不赴，隱龍門山著書。明初以書幣徵，除江南儒學提舉，命授太子經，
修元史，累轉至翰林學士承旨，知制誥，以老致仕。長孫慎坐法，舉家謫茂山，
道中遇疾卒。正德中，追諡文憲。濂性誠謹，未嘗訐人過。所居室署曰：「溫樹」，
自少至老，未嘗一日去書卷。於學無所不通，為文醇深演迤，與古作者並。在朝
郊社宗廟山川百神之典，朝會宴享律曆衣冠之制，四裔貢賦賞勞之儀，旁及元勳
巨卿碑記刻石之辭，咸以委濂，屢推為開國文臣之首。著有《宋學士全集》七十
卷、《宋文憲全集》五十卷、卷首四卷、《洪武聖政記》、《浦陽人物記》、《周禮集
說》、《孝經新說》等。《明史》有傳。

板　本

一、道光十一年六安晁氏活字本，見於《學海類編》集餘三文辭之一。書首有序，並題「明金華宋濂景濂撰」，書末有跋。現藏國立中央圖書館、國立中央圖書館台灣分館、國立故宮博物院。今藝文印書館《百部叢書集成》即據此影印。

二、民國九年上海涵芬樓影印清六安晁氏版刻本，現藏國立中央研究院、國立台灣大學。

內　容

是書分上、下二篇。上篇推究文章之來源，論文章本體；下篇剖析文章利病，論文章功用。所謂「文章本體」，即指自然而言。文章源於自然，因有自然之文。聖人法之，則制事理之文。然而「事爲既著，無以記載之，則不能行遠，始托諸詞翰以昭其文」，因有書翰之文。濂嘗謂：「有關民用及一切彌綸範圍之具，悉囿乎文」，由此觀之，文之內容無所不包；然皆薈萃於經典之中。故經典爲文之淵海，亦爲文造語之極則。所謂「文章功用」，首言爲文須養氣，氣得其養，「則可配三靈，管攝萬彙」，其所謂氣，乃指作者之胸襟、氣度；所謂養，指品格、道德之修養。養氣即孟子所謂「養吾浩然之氣」，故云：「氣得其養，無所不周，無所不極也，攬而爲文，無所不參，無所不包也」，「人能養氣，則情深而文明，氣盛而化神」，反之，「驚乎外而不攻其內，局乎外而不圖其大」，則「文氣日削」，「四瑕」〔註17〕、「八冥」〔註18〕、「九蠹」〔註19〕之瑕，即乘虛而入矣。

宋濂論文，由體至用，皆以宗經爲之中心，其所持論雖本前人之說，無甚新義，然崇實務本之主張，予後之擬古主義以針砭。又言爲文貴「辭達而道明」，主張取逕歐陽修、韓愈、孟子，以上窺六經。後之學者，如歸有光、唐順之輩，倡唐、宋古文，以「文從字順」糾正前後七子句模字擬之失，蓋受其影響也。

《文章一貫》　（明）高琦編

作　者

高琦，明山東人。生卒年皆不詳，蓋嘉靖間人。《明史》無傳。

板　本

〔註17〕見《文原》下篇：「何謂四瑕？雅鄭不分之謂荒；本末不比之謂斷；筋骸不束之謂緩；旨趣不超之謂凡，是四者，賊文之形也。」

〔註18〕見《文原》下篇：「何謂八冥？詐者將以賊夫誠；撝者將以蝕夫圓；庸者將以混夫奇；瘠者將以勝夫腴；矗者將以亂夫精；碎者將以害夫完；陋者將以革夫博；昧者將以損夫明，是八者，傷文之膏髓也。」

〔註19〕見《文原》下篇：「何謂九蠹？滑其眞、散其神、糅其氣、徇其私、滅其知、麗其藪、違其天、昧其幾、喪其實，是九者，死文之心也。」

日本刊本。書首有程默序，並題「山東丙戌進士高琦編集」、「同愵時菴吳守素同集」，書末有程然後序。現藏國立中央研究院、臺灣大學。

內　容

書凡二卷，輯古來論文章作法之言，別之為立意、氣象、篇法、章法、句法、字法、起端、敘事、議論、引用、譬喻、含蓄、形容、過接、繳緒等十五門。程默序云：「子高子曰：文之律淵乎！其寡諧哉！意不立則罔，氣不充則萎，篇章字句不整則渀，吾於是立起端以肇之，敘事以揄之，議論以廣之，引用以實之，譬喻以起之，含蓄以深之，形容以彰之，過接以維之，繳緒以完之。九法舉而後體具，體具而後用達，執　貫萬，嗣有作者，其弗渝哉！」於十五門之所立，言之甚詳。

首言「立意」，舉宗子京、林執書、吳琮、謝疊山、魏文帝、《墨客揮犀》、《麗澤文說》、福堂李先生、陳亮、《蒲氏漫齋語錄》、《潛溪詩眼》之說，以為為文必先立意，以意為主。如魏文帝云：「文以意為主，以氣為輔，以辭為衛。」陳亮云：「大凡作文，不必作好語言，意與理勝，則文字自然超眾。」

次言「氣象」，舉《后山詩話》、《麗澤文說》、裴度、《皇朝類苑》、《文荃》等，言文章以氣格為重，如裴度云：「文之異在氣格之高下，思致之淺深，不在磔裂章句，隳廢聲韻也。」

次言「篇法」，舉《緯文瑣語》、《麗澤文說》、《文章精義》、《捫蝨新話》、呂氏《童蒙訓》、《文則》、《文章精義》、張文潛、《文荃》、《場屋準繩》等關乎篇法之言，如《緯文瑣語》云：「篇中不可有冗章，章中不可有冗句，句中不可有冗字。」《文章精義》云：「文字須有數行整齊處，數行不整齊處；意對處，文卻不必對，意不必對處，文卻著對。」

次言「章法」，舉《文則》中論章法之言，如《文則》云：「樂奏而不和，樂不可聞；文作而不協，文不可誦，文協尚矣！是以古人之文，發於自然，其協也亦自然。後世之文，出於有意，其協也亦有意。」

次「句法」，舉陳止齋，《文章精義》、《文則》，言造語之法，如陳止齋云：「造語有三：一、貴圓轉周旋，二、貴過度精密，三、貴精奇警拔。凡造語警拔，則當於下字上著工夫，蓋下字既工，則語句自然警拔矣！」

次「字法」，舉朱文公、朱景文公、《文則》、呂氏《童蒙訓》、吳鎰、福堂李先生等，關乎字法之言，如《文則》云：「倒言而不失其言者，言之妙也。倒文而不失其文者，文之妙也。」朱景文公云：「人之屬文，有穩當字，第初未之思耳。」

次「起端」，舉歐陽起鳴、《唐子西語錄》、《文荃》等，言為文起端之法。如

《文筌》起端八法云：「問答，設為問答以發端。頌聖，頌美聖德以發端。敘事，次序事實以發端。原本，或原理之本，或原事之本，或原古之本。冒頭，或就題立說。破題，或見題字，或切題意。設事，本無實事，假設次序。抒情，攄其真情以發事端。」

次「敘事」，舉鄒道卿、歐陽起鳴、《麗澤文說》、《文則》、《文章精義》、《修辭鑑衡》、《文筌》等言敘事之法。如鄒道卿云：「寫神在精神，敘事在氣象。」歐陽起鳴云：「舖敍要豐贍，最怕文字直致無委曲。」《文筌》言敘事十一法云：「正敍、摠敍、間敍、引敍、舖敍、略敍、別敍、直敍、婉敍、意敍、平敍。」

次「議論」，舉《麗澤文說》、黃山谷、張橫浦、呂氏《童蒙訓》、《文筌》、歐陽起鳴等言議論之。要如《麗澤文說》云：「文章貴在曲折斡旋」，《文筌》言議論有七法：「正論、切論、廣論、玄論、比論、難論、譬論。」

次「引用」，舉《捫蝨新話》、《麗澤文說》、陳同父、《文則》、《文筌》等言使事之法。如《捫蝨新話》云：「文章不使事最難，使事多亦最難；不使事難於立意，使事多難於遣詞，能立意者，未必能造語，能遣詞者，未必得免俗，大抵為文者多，知難者少。」

次「譬喻」，舉《文則》言譬喻之法有十：「一曰直喻，二曰隱喻，三曰類喻，四曰詰喻，五曰對喻，六曰博喻，七曰簡喻，八曰詳喻，九曰引喻，十曰虛喻。」

次「含蓄」，舉《童蒙訓》、《文筌》之言，以為「文章以言止而意不盡為極至。」

次「形容」，舉《緯文瑣語》、呂居仁、《文章精義》、《文筌》等言狀物形容之法。如《緯文瑣語》云：「雜敍事猶易，若模寫山川形勢曲折，則已為難，若至於論次郊廟禮儀，登降曲折，此又難中之難，學者苟不致意於此，終不能盡文章妙處。」

次「過接」，舉《麗澤文說》言文章轉折之法。《麗澤文說》云：「看文字須看他過換或過接處。」、「作文章須要曲折斡旋」、「轉換處須是有力不假助語，而自接連者為上。」

次「繳緒」，舉陳止齋、歐陽起鳴、遙禹、《文章精義》、《修辭鑑衡》、《文筌》等，言文章總結之法。如：止齋云：「結尾正關鎖之地，尤要造語精密，遣文順快。蓋精密則有文外之義，使人讀之愈不窮，順快則見才力不乏，使人讀之而有餘味。」

綜觀是書，雖纂錄眾說，未參己見，然於紛紜之中，能剖析群言，各歸其類。所列為文之法十五門，皆寓深義。程然後序以為文之立意猶室之築基，氣象猶室之規模，篇章字句猶室之展宦桼梜，起端猶室之經始，繳緒猶室之結構，敘事、議論、引用、譬喻、含蓄、形容、過接，猶室之布置締繕。故知所舉門法，實由

近及遠，由卑至高，循序漸進，使文之規矩燦然畢陳。故此書雖曰纂錄，實亦創作也。

《新鍥諸名家前後場肆業精訣》　　（明）李叔元編

作　者

李叔元，明人，生卒年里不詳，由此書刊行於明萬曆三十三年觀之，知其必為萬曆年間或其更前之人。《明史》無傳。

板　本

明萬曆三十二年建邑書林陳氏存德堂刊本。書首題「溫陵」、「晉邑贊宇李叔元緝」、「同邑鍾斗許獬校」、「建邑書林耀吾陳德宗繡梓行」。現藏國立中央圖書館。

內　容

書凡四卷，分別以元、亨、利、貞標之。此書為舉業而作，故所言以文章作法為主。

卷一元部，首為文章總論，以為文章體要，不離詞理意氣四端。然理欲明徹，則平時須有體認工夫；氣欲和平，則平時須有涵養工夫；詞欲天然，則平時須有煅煉工夫。故欲精於文，須認理、會意、養氣、煅詞。次言文有三造，所謂三造，即為文之三境界。最高妙者為意精詞化，其次意足詞雅，又其次為意開詞活，文至精而化，則別無他技矣！又次言文有五得，所謂五得，即得識、得養、得機、得調、得氣。以得識最上，得養次之，得機、得調、得氣又次之，故文貴得識，一得識，則數者一以貫之矣！再次言為文須有主宰，所謂主宰者，即中心思想也，緣此中心思想而發，雖枝葉峻茂，終不離本。次言文須辨神骨，所謂神骨者，即文之精神也。為文者，不可徒務雕章琢句，只求形式之美，當本聖賢之意，闡發其義蘊，方為神品，故知辨神骨者，即內容重於形式也。又次言文須善體貼，所謂善體貼者，即立論客觀也。故云：「作文家須以我之意想，體貼彼之口吻」。次言文須有正格，以為文之格局猶屋之間架，作文家須就題之所異，尋其端的，布置格局，然後成章而不亂，故云：「格不正而文雖工，亦置弗錄」。次言文須知步驟，所謂步驟者，不外虛實順逆開闔呼應八者，為文須先虛後實，先逆後順，先開後闔，先呼後應。合此法，則文必中式。次言文須知弊病，以為文之昌大雄偉，則易犯疏略病；細膩潔遲，則易犯削弱病；精玄奇邁，易犯深晦病；平易明顯，易犯膚淺病。故學者為文，須於美中求疵，務覓對症之藥，方為美文。次言文須善思索，所謂善思索者，即潛思熟慮也。應潛思熟慮，雖遇枯窘之題，亦能文思泉湧，意到筆隨。次言文須知下字，以為文之妙處，不獨機活步驟，即其虛字、

助語亦須明辨，如此下筆，自然停當。次言文須工詞調，以爲文雖以意爲主，然遣詞用字，亦須有著落，使其長短相間，虛實相承，如出天然不可移易。次言文須有照顧，所謂照顧者，即令通篇體勢，聯絡照應，一氣呵成也。次言文須善推敲，以爲不善推敲者，一字足爲一句之礙，一句足爲一篇之疵，故一字未工，一句未妥，務求訂正，使之至當，方不爲全文之累。次舉文章由首至尾，各段各節之作法，所言有破題式、承題式、起講式、提股式、虛比式、實比式、末二比式、繳題式、繳尾小束式、大結題式等，每言一式，必言其大要，並舉時人之作詳之。如破題式云：「文之有破，乃一篇之眉目，須冠冕大雅，溜利輕逸，一毫腐氣穉氣，俱來不得，大都以融會題意，自作主張爲上。」

卷二亨部，言各題作法，所言有長題、搭題、首尾相應題、敘言證事題、先喻後證題、喻中寓正題、上下三平題、問答題、參差題、敘事帶斷題、辭平意不平、意平辭不平、一頭數腹一腳題、一頭兩腳、兩頭一腳題、兩扇題、三扇題、粗淡題、未盡題、自立意題等，於各類題式均言之甚詳。其後並附茅鹿門《舉業要語》、沈虹台《論文要語》、楊石樓《秋衿》、高南麓《業文真訣》、孫月峰《文訓》、袁了凡《心鵠》、郭青螺《舉業總論》、顧涇陽《談文要旨》、茅鹿門《評八大家文》等，俾文章作法，更稱完備。

卷三利部，乃分類摘取對偶之詞，所舉甚廣，凡天地、鬼神、昆蟲、草木、人倫等，無所不包。所以摘錄對偶之文者，蓋以爲文章有字法、句法，句法欲精，字法欲穩，下句下字須對仗抵敵得過。又云對偶乃拘音牽節，用以煞定法也。若文章活潑巧妙，則有不以繩墨拘者，故學者爲文，須不離其法，而超然有心領神會之趣，自能得其精髓。然其大要在養神、在煉格、在自得。其次舉王陽明、羅一峰、顧東江、宗方誠……王鳳洲諸家論舉業之法。

卷四貞部，所言以作論要訣爲主，其次言作詔、誥、表、判、策之要訣，其末附王鳳洲《詩教》。

綜觀全書，雖名之曰「肄業精訣」，然所言文章作法皆精論要語，不爲舉業所拘。可爲後學法也。

《金石要例》　　（清）黃宗羲撰

作　者

黃宗羲，字太沖，號梨洲，浙江餘姚人。生於明神宗萬曆三十八年（1610），卒於清聖祖康熙三十四年（1695），年八十六。父尊素，以忠直死魏閹之難，宗羲具疏訟冤，袖長錐錐許顯純等。思宗歎爲忠義孤兒。歸，益肆力於學，盡發家藏

書讀之。不足，復借鈔之。建續鈔堂於南雷，以承東發之緒。受業劉宗周。南太學諸生作留都防亂公揭，璫禍諸家子弟，惟宗羲為首。及江南閹黨糾宗周，並及宗羲，會清兵至得免。隨孫嘉績、熊汝霖諸軍於江上，魯王以為左僉都御史。後海上傾覆，乃奉母返里，畢力著述。康熙中，舉博學鴻儒，薦修《明史》，皆力辭不就。詔取所著書宣付史館。史局每有疑事，必以諮之。卒，私諡文孝。學者稱南雷先生。

宗羲與弟宗炎、宗會並負異方，有「浙東三黃」之目，其學土先窮經，而求事實於史，以濂、洛之統，綜會諸家。從游日眾。文集則有《南雷文案》、《吾悔》、《撰杖》、《蜀山》諸集及詩集，後又分為《南雷文定》，晚年，復定為《南雷文約》。《文定》凡十一卷，《文約》四卷，又有《深衣考》一卷，及《明文海》四百八十二卷，《明儒學案》六十二卷，《明史案》二百四十四卷，與《圓解》、《大統法辨》……等，並行於世。《清史》有傳。

板　本

清宣統至民國間上海國學扶輪社排印本，見於《古今說部叢書》。書首有序並題「金石要例，餘姚黃宗羲梨洲」。現藏國立中央研究院。

內　容

書凡一卷，為例三十則，後附〈論文管見〉九則。自序謂潘蒼崖有金石例，大段，以昌黎為例，顧未嘗著為例之義與壞例之始，亦有不必例而例之者，如上代兄宗族姻黨，有書有不書，不過以著名不著名，初無定例，故摘其要，稍為辨證，所以補蒼崖之缺。《四庫提要》云：「其考證較潘書為密，然如此〈千銅槃銘〉，出王俅《嘯堂集古錄》，乃宋人偽作。夏侯嬰〈石槨銘〉，出吳均《西京雜記》，亦齊梁人影撰，引為證佐，未免失考，又據孫何碑、解論碑非文章之名，其說固是，然劉勰《文心雕龍》已列此目，如樂府本官置之名，而相沿既久，無不稱歌詞為樂府者，是又不必定以古義拘矣！」《四庫提要》於其得失，所指甚為公允，然皆就金石例三十六則而言，所附論文管見則未予置評。今觀〈論文管見〉九則，知其論文之旨有下列數端：

一、宗　經

梨洲云：「文必本之六經，始有根本，惟劉向、曾鞏多引經語，至於韓、歐融聖人之意而出，不必用經，自然經術之文也。近見臣子動將經文填塞，以希經術，去之遠矣。」

二、立　信

梨洲云：「廬陵誌楊次公云：『其子不以銘屬他人而以屬修者，以修言為可信也。』然則，銘之其可不信！表薛宗道云：『後世立言者，自疑於不信，又惟恐不為世之信也。』今之為碑版者，其有能信者乎？」以為文章一道，必據實書之，不可造假以惑世人。

三、貴　情

宋儒論文好言道，好言理，梨洲則更言情，此異於宋儒也。梨洲云：「文以理為主，然而情不至，則亦理之郛廓……」，以為情之所至者，其文未有不至，反言之，則不必文人始有至文，故云：「所謂文者，未有不寫其心之所明者也。心苟未明，劬勞憔悴於章句之間，不過枝葉耳，無所附之而生……凡九流百家，以其所明者，沛然隨地湧出，便是至文。」

四、法　體

梨洲以為，作文雖不貴模倣，然要使古今體式，無不備於胸中。又言唯多讀書，方使諸法備於胸中，涵泳既久，自可悟其體式。

五、去陳言

梨洲云：「每一題必有庸人思路共集之處，纏繞筆端，剝去一層，方有至理可言。猶如玉在璞中，鑿開頑璞，方始見玉，不可認璞為玉也。」此即去陳言也。

梨洲論文，能突破宋儒言性論理之窠臼，而歸本乎情實；針對明文模擬之弊，則提出法古今體式而非擬古；且其輕詞藻、重思想之論，更是高於一般明人處，綜觀其論，可謂精當矣！

《救文格論》　　（清）顧炎武撰

作　者

顧炎武，初名絳，字寧人，號亭林，自署蔣山傭，江南崑山（今江蘇省崑山縣）人。生於明神宗萬曆四十一年（1613），卒於清聖祖康熙二十一年（1682），年七十。年十四為諸生。與同里歸莊善，有「歸奇顧怪」之目。

見明季多故，棄舉業，講求經世之學。明亡，母不食而卒，遺命勿事二姓。魯王時，與莊共起兵，官兵部職方郎中。叛僕陸恩見炎武家道中落，欲告炎武通海，為炎武沈之水。僕婿復訟之，繫奴家，危甚，路澤農救之得免。遂去之山東，墾田長白山下；復北歷關塞，墾田於雁門之北，五台之東，以備有事。後客淮安，往返河北。最後至華陰，置田五十畝，因定居焉。康熙十七年（1678），詔舉博學鴻詞科，次年，修明史，大臣爭荐之，並力辭不赴，卒以布衣終。

　　炎武精力絕人，自少至老，無一刻離書，所至之地，以二贏二馬載書。遇邊塞亭障，呼老兵卒詢曲折，有與平日所聞不合，即發書對勘。在平原大野，則於鞍上默誦諸經注疏。嘗言經學即理學，舍經學，則其所謂理學乃禪學也。著有《亭林詩文集》、《救文格論》、《菰中隨筆》、《譎觚十事》、《山東考古錄》、《京東考古錄》、《音學五書》、《石經考》、《九經誤字》、《五經異同》、《二十一史年表》、《昌平山水記》、《杜解補正》三卷、《歷代帝王宅京記》、《營平二州地名記》、《金石文字記》等，其《天下郡國利病書》百二十卷，多記民生利病，得之親歷，歷二十年始成。《日知錄》三十卷，積三十餘年而成，尤為精詣。後人輯為《亭林遺書》行於世。《清史》有傳。

板　本

　　清宣統至民國間上海國學扶輪社排印本，見於《古今說部叢書》。無序無跋，書首題「崑山顧炎武亭林」，現藏國立中央研究院。

內　容

　　書凡一卷，皆就史書義例言之，計有：「論史家之誤」、「論古今不以甲子名歲」、「論史重書日例」、「論史家追紀日月之法」、「論史家日月不必順序」、「論以干支為年號」、「論年號地名必全書」、「論古人必以日月繫年」、「論史家書郡縣同名之例」、「論史書一年兩號」等十則。

　　其「論史家之誤」一則中，首舉表志之謬誤，有一卷中兩見者，次舉列傳中一人兩傳者，次舉《元史》之舛誤等。「論古人不以甲子名歲」一則中，則云：「甲乙以下十名，子丑以下十二名，古人用以紀日，不以紀歲……其稱歲必曰元年、二年，其稱日乃用甲子、乙丑」。「論史重書日例」一則中云：「春秋桓公十二年經，丙戌公會鄭伯於武父，丙戌衛侯晉卒。重書日者，二事皆當繫日，先書公者，先內而外也。後人作史，凡一日再書，則云是日」。「論史家追紀日月之法」一則中，以為史之文有正紀、有追紀，如「春王正月暨齊平……正紀也，此日齊燕平之月壬寅公孫段卒，……追紀也」。「論史家日月不必順序」一則中，云：「古人作史，取其事之相屬，不論日月，故有追書，有竟書……蓋史家之文，常患為日月所拘之事，不得以相連屬，故古人立此變例」。「論以干支為年號」一則中，云：「晉人未即帝位，有謙讓止稱元年者，有以干支紀者，李暠改元庚子，竇建德改元丁丑，蓋云庚子年，丁丑年耳，近儒不曉，遂謂以此二字立號，然則將有庚子二年，丁丑二年，其謬甚矣」。「論年號地名必全書」一則中，云：「唐朝一帝改年號者十餘，其見於文者必全書，無割取一字用之者……地名亦必全用」。「論古人必以日月繫年」一則中，云：「古人紀載之文，必以日繫月，以月繫時，以時繫年。自《尚書》、

《春秋》而後之爲史者，莫能改也。」「論史家書郡縣同名之例」一則中，云：「漢時縣有同名者，大抵加東西南北上下等字以爲別，若郡縣同名而不同地，則於縣必加一小字」。「論史書一年兩號」一則中，云：「古時人主改元，並從下詔之日爲始，未嘗追改前之月日也，《晉書‧武帝紀》上書魏咸熙三年十一月，下書泰始元年十二月丙寅……故紀年之法，從古爲正，不以一年兩號三號爲嫌。」。末云一日分十二時，則始於杜氏《左傳注》。

綜上所述，知炎武此書之作，全就史書義例而言，或訂其訛，或提其要，皆能發其精微，見解獨到。後學研史者若能參驗其說，必有進境也。

《伯子論文》　　（清）魏際瑞撰

作　者

魏際瑞，原名祥，字善伯，號伯子，江西寧都（今江西省寧都縣）人。生於明光宗泰昌元年（1620），卒於清聖祖康熙十六年（1677），年五十八。學使侯峒曾見其文亟賞之。明末諸生。性敏強記，於兵刑禮制律法，皆窮究詳明。順治十七年（1660）爲歲貢生。客浙撫范承謨幕。未久，死韓大任之難。際瑞篤治古文，喜漆園、太史公書。著有《文集》十五卷、《五雜俎》五卷，並行於世。《清史》有傳。

板　本

民國五年石印本，見於周鍾游編《文學津梁》。書首有張潮題辭，並題「甯都魏際瑞善伯著」，書末有張潮跋。

內　容

書凡一卷，雖曰論文，亦兼言南北曲風格之異同，如云：「南曲如抽絲，北曲如輪鎗；南曲如南風，北曲如北風；南曲如酒，北曲如水；南曲如六朝，北曲如漢魏；南曲自然者，如美人淡妝素服，文士羽扇綸巾，北曲自然者，如老僧世情物價，老農晴雨桑麻……」，於南北曲風格之異同，可謂躍然紙上。論文章作法，則提出養氣、本心、良心、貴識、貴議論、以情爲本、文不離質……此皆由作者內涵說起，蓋所謂「有諸中形於外」也。茲將其文學理論分述於下：

一、養　氣

以爲古人爲文，有刪有不刪者，皆爲文氣而定。故伯子云：「古人爲文，雖有偉詞俊語，亦刪而舍之者，正恐累其氣而節其不勝也。」又云：「古人文字，有累句、澀句、不成句而不改者，非不能改也，改之或傷氣格，故寧存其自然。」能養氣，其文雖奇崛，必有氣靜意平處，故忙處能閒，亂處能整，細碎處有片段，

險兀處有安頓，無一切窘窒懈累之病。

二、為文貴有本心、有良心

伯子云：「本心者，不自為支離，不因境苟且是也；良心者，不任意狂恣，不矯誣奪理是也。」所謂本心，即堅守為文之主旨原則，不使支離破碎，所言無關宏旨。所謂良心，即能明辨是非，不強詞奪理亂人耳目。有本心、良心，發而為文必能中節，必有可觀。

三、貴識、貴議論

伯子云：「文章首貴識，次貴議論，然有識則議論自生，有議論則詞章不能自已。」，識與議論互為表裡，若使見識廣博，則議論自然精闢，發而為文，自能不朽。

四、以情為本

伯子云：「詩文不外情、事、景，而二者情為本，然置頓不得法，則情為章句所瞞。」又云：「文有自然之情，有當然之理，情著為狀，理著為法，是斷然而不容穿鑿者也。」

五、入於法，不為法拘

以為不入於法，則散亂無紀；不出於法，則拘迂而無以盡文章之變，故云：「粗做到細，細做到粗，文章定妙」，此即入於法而又不為法拘之證也。

六、文之煩簡，非因字句多寡，篇幅長短

文章有宜簡者，有不宜簡者；有宜簡而不得不詳者，皆順其自然之勢，然不得庸絮懈蔓。若庸絮懈蔓，一句謂之煩；切到精詳，連篇亦謂之簡。

《伯子論文》除上述外，復言大家小家之異，如云：「大家之文，當在其平平無奇處，小家必藉新異乃能措手，大家雖無一語可以刮目，而平易博厚氣體居然，小家所望而卻走也。」又云：「大家文如故家子弟，雖破巾敝服，體氣安貴，小家文如暴富傖奴，渾身盛服，反增醜態，非盛服不佳，服者賣弄矜持，反失其故吾也。」故知大家者，內蘊博厚，雖極平易處，而本色自見；小家者，虛飾其表，醜態難掩，其論可謂精當矣！張潮題辭云：「今伯子之言俱在，使人力攻苦者讀之，固能守其語於法之中，若天資高邁者，讀之遂能通其意於法之外。」可謂知言。

《日錄論文》 （清）魏禧撰

作 者

魏禧，字冰叔，又字叔子，號裕齋，又號勺庭，江西寧都（今江西省寧都縣）

人，魏際瑞之弟。生於明熹宗天啓四年（1624），卒於清聖祖康熙十九年（1680），年五十七。禧兒時不樂嬉戲，嗜古學。年十一，補縣學生。明末，移家於翠微峰。與兄際瑞，弟禮及南昌彭士望、林時益，同邑李騰蛟、丘維屏、彭任、曾燦等九人爲「易學堂」，稱易堂九子，躬耕自食，切劘讀書。「三魏」之名，遂徧海內，禧束身砥行，才學尤高。康熙十七年（1678），詔舉博學鴻儒，以疾辭。後二年，赴揚州，卒於儀徵。禧喜讀史，尤好《左傳》及蘇洵文，其爲文凌厲雄傑，著有《古文集》二十二卷，《日錄》三卷、詩八卷、《左傳經世》十卷，並傳於世。《清史》有傳。

板　本

民國五年石印本，見於周鍾游所編之《文學津梁》中。書首有張潮題辭，書末有張潮跋。現藏國立中央圖書館。

內　容

書凡一卷。乃張潮自叔子文集及雜錄中摘出。其中有言文章作法者，有評唐宋八家文者。其論文章作法，約有下列數端：

一、首尾照應法

以爲文章須首尾照應，然其法千變萬化，爲文者不可千篇一律，以免流於板俗。

二、轉接法

以爲古人轉接法，接處用提法，人所易知，轉處用駐法，人所難曉。故示人以「字句未轉時，情勢先轉，少駐而後下，則頓挫沈鬱之意生」、「更有當轉而不用轉語，以起爲轉，轉之能事盡矣！」

三、戒五病

叔子云：「作論有三不必，二不可。前人所已言，眾人所易知，摘拾小事無關係處，此三不必也。巧文深刻，以攻前賢之短，而不重要害；取新出異，以翻昔人之案，而不切情實，此二不可作也。作論須先去此五病，然後乃成文章耳。」其所謂三不必，即不作無用之文；二不可，即爲文不可標新立異，刻薄寡實。標此五病，以爲學者臨文之戒。

四、去七弊

叔子言文章有作家之文，有才士之文，有儒者之文。欲爲儒者之文，必先去七弊。所謂七弊，即「可深厚，不可晦重；可詳復，不可煩碎；可寬博，不可泛衍；可正大，不可方板；可柔和，不可靡弱；可無驚人之語，不可重襲古聖賢餘

唾；其旨可原本先聖先儒，不可每一開口輒以聖人大儒爲開場話頭，七弊去而七美全，斯可以語儒者之文也。」

五、留心史鑑

若能熟識古今治亂之由，則文雖不合古法，而昌言偉論，亦足採信。若引古得力，則議論不煩，而事理已暢矣。

六、取法古人，而不依傍古人

爲文雖取法古人，但須得古人眞血脈，不可徒事依傍，毫無自家生命。

七、文不厭改

以爲善改文者，有移花接木之妙，有改頭易面之妙，有脫胎換骨之妙。

八、為文須從不朽處求

所謂不朽處，乃言依忠孝，語關治亂，以眞心朴氣爲文者。所謂速朽處，即浮華鮮實，妄言悖理，以致周旋世情，自失廉隅者。

叔子言文章作法之餘，復評八家之作。如云：「退之如崇山人海，孕育靈怪；子厚如幽靈怪壑，烏叫猿啼；永叔如秋山平遠，青谷倩麗，園亭林沼，悉可圖畫，其奏箚樸健刻切，終帶本色之妙；明允如尊官酷吏，南面發令，雖無理事，誰敢不承。東坡如長江大河，時或流爲清渠，瀦爲池沼。了由如晴絲裊空，其雄偉者，如天半風雨，嫋娜而下。介甫如斷岸千尺，又如高士谿刻，不近人情。子固如波澤春漲，雖溔漫而深厚有氣力，說苑等敍，乃特緊嚴。」其於八家之文，皆能見其得力處，然以爲後人學步八家，亦各有病，學者於古人病處，當極力去除，方能步趨，否則「學子厚，易失之小；學永叔，易失之平；學東坡，易失之衍；學子固，易失之滯；學介甫，易失之枯；學子由，易失之蔓；惟昌黎老泉少病，然昌黎易失之生撰，老泉易失之粗豪，病終愈於他家也。」其論可謂取其長而不諱其短，精允至矣。

叔子論文，除言文章作法，復評八家之文，使理論與實際相互印證外。其每一論談，皆透闢精當，不獨爲後學爲文之司南，亦爲改文者立法也。

《掄元彙考》　（清）汪潢編

作　者

汪潢，清人，生卒年里不可考，《清史》無傳。

板　本

編者手稿本。書首列其目錄，並題「皇明掄元彙考目錄　古吳月窗汪淇輯」，

現藏國立中央圖書館。

內　容

　　書凡四冊，不分卷。此書乃爲士子舉業而設。內容有：學規（附擇論文）、附文例制、赴場要訣、舉業約法、歷科掄元等。由學規至歷科掄元，實已包羅士子爲學至舉業之一切進程及方法。

　　學規含立志、安貧、習靜、勤學、讀書五則。其中言「立志」，則舉程明道以聖賢爲可學，范文正之以天下爲己任爲例，勉學者立志需遠大，不可祇爲功名而已。次言「安貧」，志於學，則需安於貧，不爲勢屈，不爲利誘，其學方有所成。次言「習靜」，以爲心不靜，則無以窮理，爲文必不能細，故言：「學者用功，宜自習靜始。」，次言「勤學」，以爲「精專」、「勇猛」爲勤學之不二法門。又次言「讀書」，以爲「儒者讀書，首小學、《孝經》、次《四書》、《九經》，而《太極圖說》、《通書》、《西銘》、《正蒙》、《正思錄》，所以羽翼《四書》、《九經》者，尊信當與經傳同，其它宋儒之書，亦宜參究，次觀《廿一史》，與杜氏《通典》，馬氏《文獻通考》，以知古今政治，此古人學問次第也，《大學衍義補》亦宜看。」，於學規之後，復有附文例制及赴場要訣，所言者有：五經、四書、性理、諸史、古文、時文、後場、平旦、巳後、午後、未後、燈下、會期、取友、聽規、戒嬉戲、變氣質、敦實行、場屋事宜、論文等。舉五經、四書、性理、古文、時文，皆學者習業之範圍，然後世於四書、五經有發揮明切者，有支離破碎者，皆一一辨其優劣，示後學以門徑。於「古文」則推崇《左氏》、《公》、《穀》、《檀弓》、《孟子》、《莊子》、《國策》、《史記》、《漢書》，以爲極盡古人之變，不可不讀。於「時文」則評洪永成弘正嘉慶曆啓禎之文風，示學者學文不必求過高，當以法律深細、詞令典雅、議論暢達，有聲有光者爲宗。故舉明清兩代學者言之。至於後場、平旦、巳後、午後、未後、燈下，皆學者應舉前，每日作息修業之準則。次言會期，戒學者於會期當每日作文，不使生疏，並示作文之法，如：作文貴冷雋、貴緊健、貴得題之虛神、貴有展擴、貴改削。次舉取友、聽規、戒嬉戲、變氣質、敦實行、場屋事宜、論文等，諄諄訓勉學者立德修業之方。

　　舉業約法，乃就制藝文之各題法，如：單題、枯窘題、截上題、截下題、截上下題、二句滾作題、二句兩截題、割截題、全章長題、二扇題、二扇分輕重題、三扇題、段落題、順綱題、倒綱題、橫擔題、淺深相應題、立綱發明題、滾作題、兩截題、比興題、援引題、反揭題、寫照題、記事題、序事題、攻辯題、游戲題等，一一詳述其作法，然於末則云：「法備而文不工，則在多讀書、詳認理，以增長身份，非法之所能爲也。」雖言法，而不爲法拘，以讀書爲上法，此眞卓見。

　　歷科掄元則舉成化至崇禎間之掄元，所舉有王守溪、錢崔灘、唐荊川、瞿昆湖、孫月峰、李九我、袁宗道、湯宣城、薛方山、歸震川、胡思泉、楊復所、湯臨川、王季重、王荊石、茅鹿門、鄧文潔、黃葵陽、陶石簣、董宗伯、顧涇陽、馮具區、周萊峰、趙高邑、許同安、徐思曠、羅文正、章大力、艾千子、金嘉魚、陳大士、楊維節、陳大樽、黃陶菴、包宜墅、吳青嶽、凌茗柯、王言遠、楊維斗、譚友夏、譚服膺等。於各家之文皆有所評，如：評錢崔灘云：「意極刻畫，而渾涵不露，與守溪齊名」，評歸震川云：「邃於經術，是震川根柢」，評茅鹿門云：「整飭之中，終歸澹宕，風神故自超絕」，評湯臨川云：「奇采發於秀骨，工整之中，自有靈異之致」，於諸家之評，甚為懇切。

　　綜觀是書，雖為制藝而作，但所列學規，仍為後學敦品勵學之鑑；所言作文之法，雖為制藝而舉，其中亦有百世不爽之定則；舉歷科掄元，誠有明一代之文學史也。

《論學三說》　　（清）黃與堅撰

作　者

　　黃與堅，字庭表，號忍菴，江蘇太倉州人。生卒年均不詳，約清世祖順治中前後（約 1653 前後）在世。性拓落，穎悟異常。三歲能識字，五歲能誦詩，十四歲時，即慨然有志於古學。順治十六年（1659）第進士，授知縣。十八年（1661）薦應博學鴻儒，授翰林院編修，與修《明史》。充貴州鄉試正考官，遷左贊善。《明史》告成，又命分修《一統志》。家居委巷，寂寞著書。

　　與堅文章醇雅，詩在韓偓、元好問之間，與周肇、顧湄、許旭、王撰、王攄、王昊、王揆、王抃、王曜升稱「婁東十子」。吳偉業選十子詩，以與堅為首。著有《忍菴集》傳於世。《清史》有傳。

板　本

　　本書板本有二：

一、清道光十一年六安晁氏活字本，見於《學海類編》。書首有序，並題「論學三說清太倉黃與堅忍菴述」。現藏國立中央圖書館、國立中央圖書館台灣分館、國立故宮博物院。藝文印書館《百部叢書集成》即據此影印。

二、民國九年上海涵芬樓影印清六安晁氏版刻本。現藏國立中央研究院、國立臺灣大學。

內　容

　　書凡一卷，所謂三說者，一曰理說，二曰文說，三曰詩說。理說所言者有理

之本旨、象山陽明末流之弊、理氣兼該……所論皆不出理學範圍。詩說則爲詩話之屬。唯文說爲論文之作，其論文本諸宋儒，好言理，好言道。以爲理學乃是非之正，是非既定則詖辭淫說自遁矣。其評文，則宗秦漢，如：評秦文峻峭、漢文璟瑋，魏晉以降尚修詞，六朝趨雕鏤，至韓柳數君子力振而終不及六經之豐醇，明七子欲法秦漢而無功。於唐宋八家，則云：「八家亦疵類不少。」又云：「秦漢不足以掩大家，而八家必取資於史漢，以史漢文之淵藪也。」至言文章作法，約有數端：

一、文貴潔

　　以「潔」爲千古文字金鍼。太史公以潔許，離騷、柳子厚皆以太史公致其潔。文之病，在不潔，不獨字句，若義理叢煩而沓複，則尤爲不潔，故行文以潔爲至要。

二、貴曲折

　　所謂辭達，全在「曲折」以取勝，故云：「如長江大河，瀰漫天地間，必千百折乃可以至海，此文家所謂波瀾也。余於文，始求其達，行之以氣，而徑意直情，率多滯礙，久之而始能開闊，反覆窮其旨趣，逾曲折得以逾條暢，而行止有不得不然之勢，匠心之妙，非親歷至此，其何以知之。」

三、貴擒題

　　與堅嘗云：「凡行文，有一題必有一喫緊處，注目須在此……凡遇一題，頭腦必多不能處處周帀，得其要處，縱橫發揮，總不離此，甚有將題面撇開，題之奧妙，恰已說盡，如用兵者，必據一要害以爭奇，所謂擒賊擒王，乃見機用。」可知其謂擒題者，即掌握題之大旨，其行文或正或反，皆針對題旨而發。

　　綜上所述，知與堅以秦漢爲依歸，故論文有所謂潔，所謂曲折者，此皆深體史漢文法也，其論雖涉語無多，然皆平實可行。

《文頌》　　（清）馬榮祖撰

作　者

　　馬榮祖，字力本，號石蓮，江蘇江都人。生於清聖祖康熙二十九年（1690），卒於高宗乾隆三十年（1765），享年七十六。雍正十年（1732）舉人。乾隆元年（1736）舉博學鴻詞。罷歸，以選授河南閿鄉知縣，繼補鹿邑縣，有治績，旋告歸，卒。少負異才，淹貫史學，時江淮間多治詩，榮祖獨治古文，嘗擬《文心雕龍》爲《文頌》百首，又爲演《連珠箋》百首、窮探窔邃，奧衍橫騖，見稱於時。著有《亭雲堂》、《石蓮堂》等集，並行於世。《清史》有傳。

板　本

清道光中，吳江沈氏世楷堂刊本，見《昭代叢書》己集。書首有序，題「江都馬榮祖力本著」。書末有楊復吉跋，題「孫揆嘉肇初校字」。現藏國立中央研究院。

內　容

書分上、下二篇，凡九十六則。榮祖於序中首言是書作意云：「雕龍上辨體裁，下窮筆術，而風氣不越齊梁間。反覆古人締造所由，鉤摹情狀都來，可得百例，殆於倍之。夫一物之細，猶或擬諸形容，而載道行遠之文，歌頌闕如，寂寥千古，斯亦翰墨之恥也，用據所窺，創立文頌。」，知文頌之作，內容法《文心雕龍》，形式法司空圖《詩品》，每則以四言詩十二句表之，並以二字標目。

上篇有體源、神思、風骨、意匠、養氣、布勢、動脈、運氣、遣辭、結音、使事、鍊字、守法、識變、取譬、風格、奇正、賓主、疏密、離合、起落、頓挫、氣韻、波瀾、開遮、縱奪、往復、斷續、梳節、消納、委曲、翦截、皴染、膽決、組織、鎔鍊、刻鏤、聯絡、剝換、馴習、運掉、淘洗、興會、風神、風趣、實境、唱嘆。下篇有沈雄、峻潔、典雅、清華、淳古、怪豔、沈著、生動、嚴重、疏放、邅媚、超忽、蒼潤、清越、奇險、輕澹、鬱折、洸漾、雄緊、頹暢、奧澀、樸野、蘊藉、怨誹、澹永、跌宕、瘦硬、渾灝、矞拔、排奡、修遠、夭矯、沖寂、鼓舞、停勻、雄挫、閒適、堅深、清新、古挫、妙麗、勁宛、英雅、遒逸、複隱、空靈、神解、飄渺。上篇類創作論，下篇為風格論。每則各自獨立，似不相聯屬，然細究之，亦可得其脈絡。蓋創作論，以為臨文必先有體，故首標「體源」，「體正源清」始可言為文之原則，故次標「神思、風骨、意匠、養氣、動脈、運氣」；原則既定，則可搦筆為文，故繼而言實際創作之要領「遣辭、結音、使事、鍊字、守法、識變、取譬……」凡創作之法，悉入環中。風格論，於文章風格，備舉無遺。其所標舉文章風格之多樣性，實可啟發後學也。

書中行文，皆以詩之形式表之，如言「鍊字」則云：「有時鏗然，金石擲地，誰謂千金，而易一字。」以為「鍊字」須審慎，必至千金不易方可；言「取譬」則云：「惟形與影，合不待媒」，以為譬喻之用，須密切關聯，如影之與形，不可須臾或離也；言「聯絡」則云「空山秋鐘，千巖遠度，妙合自然，理絕依附」；言「風趣」則云：「事外立象，意外振奇」；言「典雅」則云：「胎息聖籍，妙香暗薰」；言「清華」則云：「月墮衣裙，露明花藥，輕不任掬，扶空欲靡」。由上述數端，知榮祖之論頗有見地。

《西圃文說》 （清）田同之撰

作者

田同之，字彥威，一字在田，清山東德州人。康熙庚子舉人，官國子監助教，工詩。彥威於王漁洋尤篤信謹守，有攻漁洋學術者，幾拚命與爭。輯有《西圃叢辨》。

板本

清康熙乾隆間刊本，見《田氏叢書》。書首有魏承丕序，每卷卷首均題「濟南小山薑田同之撰」，現藏國立中央研究院。

內容

書凡三卷。卷一評古來文章，卷二卷三言文章作法。彥威評文，或就時代言之，或就作者言之，或就宗主言之。就時代言，首分古文為三等，周為上，七國次之，漢為下。如云：「戰國之文，反覆善辨，孟子莊周屈原為大家；三國之文，孔明之二表、建安七子之數書而已；西晉之文，淵明之〈歸去來詞〉，李令伯之〈陳情表〉、王逸少之〈蘭亭序〉而已！」又言：「唐之文，氣勁而節短，其失也，兒瑣而詭辯；宋之文，氣舒而節長，其失也嘽緩而俗下；元明作者，大抵祖宋祧唐，萬吻雷同，卒歸變易而已！」觀其所評，大抵不爽。就作者言，舉司馬遷、劉向、班固、韓愈、柳宗元、歐陽修、蘇軾等七人，乃「聖於文矣」。如評司馬遷云：「蘊藉百家，包括萬代」，評班固云：「斟酌經緯，上摹子長，下探向歆，勒成一家之言」，評韓愈云：「吞吐騁頓，若千里之駒，而赤電鞭疾風，常者山立，怪者霆擊」，評柳宗元：「巉巖峭屴，若游峻壑峭壁，而谷風淒雨四至」，評歐陽修：「遒麗逸宕，如攜美人游東山，而風流人物照耀江左」，評蘇軾云：「行乎其所當行，止乎其所不得不止，浩浩洋洋，赴千里之河而注之海」，此外復稱美王介甫、蘇老泉、蘇氏兄弟、曾南豐、朱熹等，觀其所評，於唐宋八家，備舉無遺，以為「馬遷之文法雖具，而體裁猶未備矣！備之者，其八家乎！八家之於馬遷，猶顏曾思孟之於孔子也，道必學孔子，然善學者學四子，文必學馬遷，然善學者學八家」，知彥論文，既不「賤古」，亦不「非今」，其所去取，頗能斟酌善道。於評文之際，復推本溯源，以為各有宗主，各有所出。就宗主言，嘗謂：「漢興文章有數等，亦各有宗主，隋何、陸賈、酈生游說之文宗戰國；賈山、賈誼政事之文宗管晏申韓；司馬相如、東方朔謫諫之文宗經傳；李尋京房術數之文宗讖緯；司馬遷紀事之文宗春秋」，又云：「韓出於左，柳出於國，永叔出於西漢，明允父子出於戰國，介甫出於注疏。」其所謂「宗主」，頗有牽強之處。

彥威言文章作法，其思想仍本「經典」，深其所論，有下列數端：

一、宗　經

以爲「六經者，文之源也，足以盡天下之情之辭之政之心，不入於虛僞，而歸於有用，欲以古文名家者，取法莫若經焉」，引顏之推之言曰：「文章者原出五經」，引王禹偁曰：「爲文而舍六經，又何法焉」，引李塗曰：「經雖非爲作文設，而千代萬代文章從此出。」援引諸家之言，以證其說。於六經之中，最推崇春秋，以爲文章弊於宋，歐蘇曾王不及韓柳，韓柳不及班馬，班馬不及三傳，三傳又不及春秋矣！故云：「讀春秋之書，則天開日明矣，然則古今文章，春秋無以加矣！」以爲秦、漢、唐、宋雖代有升降，皆文之流委，非其源也，其宗經之論，由是可見。

二、體製為先

爲文莫先於辨體，「體正而後意以經之，氣以貫之，詞以飾之；體者文之幹也，意者文之帥也，氣者文之翼也，詞者文之華也。體弗愼，則文龐；意弗立，則文舛；氣弗昌，則文萎；詞弗修，則文蕪，四者文之病也。」

三、養　氣

以爲文章須有氣韻，氣勝則鏗洋，精采從之而生。氣韻不足，雖有詞藻，亦非佳作也。故言：「善爲文者，使五采並用，而氣行乎其中，故文家以養氣爲主」。

四、文貴錯綜

彥威嘗言：「文貴錯綜，古人欲錯綜其語，以爲矯健。」復提出錯綜之法云：「文字須有數行整齊處，須有數行不整齊處；意對處，文卻不必對；意不必對處，文卻著對，爲文之法固當如是，而用筆之妙，正視乎其人。」

五、奪胎換骨

以爲古人爲文必有來歷，非徒師心以自用。然師古者，乃師其意，自出機杼，成一家之言，如此方得爲文之妙訣矣！

彥威言文章作法，除上述各點外，復言字法、句法、章法、警策，凡爲文之道，無不網羅，除自抒己見，復旁引文家論文之語，持論亦稱精要，魏丕承謂之「閎肆精深」，所說甚是。

《論文偶記》　　（清）劉大櫆撰

作　者

劉大櫆，字才甫，一字耕南，號海峰，安徽桐城（今安徽省桐城縣）人。生於清聖祖康熙三十七年（1698），卒於清高宗乾隆四十五年（1780），年八十三。

貌豐偉，性直諒，好讀書，工爲文章。年二十九，遊京師，時內閣學士方苞以古文名聞海內，海峰以布衣持文請謁，苞一見驚歎，語人曰：「如苞何足算耶！邑子劉生，乃國士爾！」自是聲名大著。雍正七年（1729）、雍正十年（1732）兩舉副貢生。後爲黟縣（今安徽省黟縣）教諭，數年，去官歸。海峰工於古文，兼集莊、騷、左、史、韓、柳、歐、蘇之長；詩能包括前人，鎔諸家爲一體。姚鼐實從之游，世遂有桐城派之目。著有《海峰文集》八卷，《詩集》十二卷，《唐宋八家文選》四十七卷，《歷代詩約選》九十二卷及《論文偶記》一卷。《清史》有傳。

板　本

清道光咸豐間宜黃黃氏木活字排印本，見於《遜敏堂叢書》。書首有黃秩模論文偶記小引，李瑤序，並題「桐城劉大櫆海峰氏署，宜黃黃秩模立生甫校」，現藏國立中央研究院。

內　容

書凡一卷，皆論文之語，李瑤序云：「蓋自道其一生得力處也」，其說甚是。所論囊括爲文之字句、音節、神氣、意境，由粗至精，不失其要。其持論要點蓋有下列數端：

一、論神氣音節與字句

比文人爲大匠，神氣、音節爲匠人之專門技巧。義理、書卷、經濟爲匠人製器之材料，三者兼備，始能成器。海峰嘗言：「神氣者，文之最精處也；音節者，文之稍粗處也；字句者，文之最粗處，然論文至於字句，則文之能事盡矣。蓋音節者，神氣之跡也；字句者，音節之矩也，神氣不可見於音節，見之音節，無可準，以字句準之。」海峰之「神氣說」，實爲一種造句法也，造句在用字得宜，不惟每字之意義得宜，即音節亦須審度得宜，如此積字成句，積句成章，積章成篇，合而讀之，音節見矣！歌而詠之，神氣出矣！故字句乃篇章之本，爲文之際，可不愼乎！

二、論文章之意境

海峰於文章意境有獨到見解，以爲作文當依下列數端爲原則：

（一）文貴奇：有奇在字句者，有奇在意思者，有奇在筆者，有奇在邱壑者，有奇在氣者；字句之奇，不足爲奇，氣奇則眞奇矣，神奇則古來亦不多見。

（二）文貴高：窮理則識高，立志則骨高，好古則調高，文到高處只是極樸淡。

（三）文貴大：道理博大，氣脈洪大，邱壑遠大，邱壑中峰巒高大，波瀾闊大，乃可謂之遠大。

（四）文貴遠：遠必含蓄，或句上有句，或句下有句，或句中有句，或句外有句；
　　　說出者少，不說出者多，乃可謂之遠。遠則有味，文至味永，則無以加。

（五）文貴簡：凡文筆老則簡，意真則簡，辭切則簡，理當則簡，氣蘊則簡，品
　　　貴則簡，神遠而含藏不盡則簡，故簡為文章盡境。

（六）文貴疏：凡文力大則疏，氣疏則縱，密則拘，神疏則逸，密則勞，疏則生，
　　　密則死。

（七）文貴變：一集之中，篇篇變；一篇之中，段段變；一段之中，句句變，神
　　　變、氣變、境變、音節變、字句變，惟昌黎能之。

（八）文貴瘦：文須從瘦出而不宜以瘦名。蓋文至瘦，則筆能屈曲盡意，而言無
　　　不達，然以瘦名則文必狹隘。

（九）文貴華：華與樸正相表裡，以其華美，故可貴重。所惡於華者，恐其近俗
　　　耳！所取於樸者，謂其不著脂粉耳。

（十）文貴參差：天之生物，無一無偶，而無一齊者，文亦如此。

（十一）文貴去陳言：大約文字是日新之物，若陳陳相因，安得不目為臭腐。原
　　　　本古人意義，到行文時卻須重加鑄造，一樣言語，不可便直用古人，此
　　　　謂去陳言。

（十二）文貴品藻：無品藻便不成文字。如曰渾，曰浩，曰雄，曰奇，曰頓挫，
　　　　曰跌宕之類，不可勝數。品藻之最貴者，曰雄，曰逸。

　　海峰論文，由淺而深，由粗而精，由字句而神氣意境，皆能言之詳贍，其論
可謂博大精深，固並時諸家無出其右也。李瑤序云：「徵士此論精邃透澈，直可與
宋李耆卿《文章精義》，元陳伯敷《文說》等著，並驅傳世。」洵非溢美也。

《仁在堂論文》　　（清）路德撰　張榮壽輯

作　者

　　路德，字潤生，陝西盩厔（今陝西省盩厔縣）人。生於清高宗乾隆四十九年
（1784），卒於文宗咸豐元年（1851），年六十八。嘉慶十四年（1809），考補軍機
章京，以目疾請假歸。家貧，母老，藉講學為袪病，靜攝三年，目復明，以母老，
不復仕。歷主關中宏道、象峰、對峰各書院。弟子著錄千數百人，教人專以自反
身心，講求實用為主，尤以不外求、不嗜利，為治心立身之本，生平研經耽道，
不事偏倚。著有《檉華館詩文集》、《雜錄》十餘卷，弟子閻敬銘為刊行。李元度
謂潤生行誼，為文名所掩，其詩、古文又為時藝試律所掩，所選時藝，一時風行，
俗師奉為圭臬。《清史》有傳。

板　本

清光緒間蛟川張氏花雨樓刊本，見《花雨樓叢鈔》。書前有張壽榮序，每卷卷首皆題「鰲峯路德潤生著，鎮海張榮壽菊齡輯」，現藏國立中央研究院、國立台灣大學。

內　容

書凡六卷，皆言制藝之法。原散見路德所著各集文後，以其繁多，若不徧覽全編，無由提綱挈領，得其指歸，張榮壽因爲之分類輯錄，以成是書。

卷一爲作法總論，卷二至卷六爲各法分論。總論分時宜、流弊兩端言之。所謂時宜者，即業時藝之法，然爲文之法亦兼出焉。其中首言業時藝當從虛小題入手，先習截上題，使知其來脈；次截下題，使知其去路，再習冒下題、結上題、滾作法……由淺入深，層層逼近，則舉業之法，無不備矣。次舉作文之法，如言：作文有內功外功，所謂內功即理、氣；外功即詞頭、詞調。文章以能用意用筆爲上，意生於理，筆生於氣，理實氣空，便是妙文。無外功則字句不工，聲調不響，或失之孤高，或失之汗漫，或失之粗豪，雖理明氣足，終不得爲佳文。專用外功，則拾人餘唾，絕無心得，故內外實一路。次言爲文須謹嚴，到謹嚴後，須學奔放，極奔放處，仍不失謹嚴。次言作文如作畫，要其含有氣韻光澤，則須讀書。其它如作文要空靈，要切題……皆爲制藝而發，然亦爲作文之要領。所謂流弊者，即爲文之弊也。一曰幫貼，此即初學作文者，不究文理，一味摭拾字眼，或以一字幫一字，或以二字幫一字，或以四字幫一字，遇應詮發或斡旋處，皆以幫貼代字。一曰空套，即學得各題之空架子，將題字及上文字，按部就班裝入裡面。

卷二至卷六爲各法分論。所言各法即：破承法、講末出全題法、領上法、出題法、截上題法、截下題法、結上題法、冒下題法、承上冒下題法、全偏題法、偏全題法、截搭題法、滾作題法、滾截兼行題法、比喻題法、贊斥題法、代述題法、長題法、全章題法等。於各法皆言之甚詳，復指陳學者於該題法易犯之弊病。各法之末，又往往各附實例，一一對照說明。如截上題法有「則何益矣」、「其嚴乎」、「雖聖人亦有所不知焉」、「吾亦爲之」等。如此，則理與事合，題旨益明，題法益備矣。

綜觀是書，若以制藝言之，可說制藝之不二法門；然其所分析之各題，論列之諸法，以今日觀之，亦有金玉存乎其中之感，要在吾人善加簡擇耳。

《四書文法摘要》　　（清）李元春撰

作　者

　　李元春，字時齋，陝西朝邑（今陝西省朝邑縣）人。清嘉慶三年（1798）舉人。幼時過里塾，聞誦聲，歸告母，欲讀書，母喜，遣入學。稍長，塾師講仁而不佞章，輒苦思前後，言仁不同處，悟聖門求仁之旨。年十四，得薛瑄讀書錄，益究性命之學，徧求程朱大集，熟讀精思。後以父歿母老，絕意進取，迄主潼川華原書院。導諸生以正學，興起者眾。其學以誠敬爲本，而要於有恆；凡有所纂述，皆以扶世教正人心爲己任，不務空言。性廉介，未嘗乞假於人，每思以儉救世，居家嚴格，與人則和易可親，義所當爲，必毅然行之。積書數萬卷，自號桐閣主人。著有《春秋三傳疏說》、《左氏兵法》、《諸史閒論》、《性理論》及《文集》等，凡百餘卷。《清史》有傳。

板　本

　　清道光十五年朝邑劉氏刊本，見於《青照樓叢書》。書首有劉維翰序，書末有跋。現藏國立中央研究院、國立台灣大學。

內　容

　　書一卷，內分上、下、後三編。劉維翰序云：「吾師時齋夫子，選評叢書，皆取最切於學人者。有《四書文法三編》，吾黨久奉爲圭臬，而尚苦繁多不盡可記憶，刻叢書既成，與弟文翰並摘三編要目，附之可與叔鄉所論參觀矣！」知書名《四書文法三編》，以其內容繁富，不易於學，故摘其綱目大要而成。

　　上編首標爲文「三綱領」。所謂「三綱領」，即「審題命意、篇章字句、起承轉合」，復依此三綱，標示門法。如審題六法：「辨題體，詳題旨、究題理、玩題氣、從全章著想、從全部著想」，命意四法：「題面意、題心意、上下四旁意、分前中後意」，其所論皆面面俱到，深中肯綮。次舉八條目：即反正法、賓主法、開合法、淺深法、虛實法、詳略法、順逆法、明暗法。又次舉對用雜法十：即提束法、又提法、呼應法、照應法、伏應法、含申法、分總法、斷續法、抑揚法、頓挫法、跌宕法。末舉單用法、擒題法、點題法、醒題法、用典法、白描法。

　　下編列舉諸類題作法，計有：單題破法、單題破承備諸法、單題起講法、單題領脈法、單題提比法、單題中比法、單題後比法、單題束比法、單題結尾法、截上題法、虛字冠首截上題法、截下題法、虛字冠首截下題法、截上下題法、虛字冠首截上下題法、虛冒題法、結上題法、兩截題法、兩截長題法、三截題法、滾作題法、相因題法、兩扇題法、截對兩扇題法、多句抽出兩扇題法、兩扇分輕重題法、三扇題法、四扇題法、段落題法、順綱題法、倒綱題法、淺相應題法、橫擔題法、全章題法、割截長題法、割截短題法、偏全題法、連章題法、記敘題法、論列題法、問答題法、援引題法、比興題法、反正兩種題法、過脈題法、覆

述題法、疊句題法、比肩題法、半體題法、化語題法、寫照題法、人名題法、詠物題法、枯窘題法。

後編定文品四種：即清、眞、雅、正。復言「清、眞、雅、正」之義，再論文品雜說十八則，餘論十二則。

是書詳備有序，復能綱舉而後目張，故能籠罩文章諸法。後世言文章作法者，不可等閒視之也。

《論文章本原》　（清）方宗誠撰

作　者

方宗誠，字存之，清安徽桐城（今安徽省桐城縣）人。方東樹從弟。生於仁宗嘉慶二十三年（1818），卒於德宗光緒十四年（1888），年七十一。弱冠，師同里許鼎，又從東樹遊，清勤刻苦，讀書必求其解。咸豐三年（1853），太平軍陷桐城，避居魯欶山中先世之享堂，堂前古柏半枯，宗誠日坐其下，讀書痛飲，名曰柏堂。曾國藩招之入幕，追隨有年，奏補棗強縣知縣，反冤獄，創書院，大著政聲，李鴻章以卓異薦，擢陞灤州，以創修義倉，積穀未成，辭不往。光緒六年（1880）告歸，著述以終。著有《志學錄》八卷、續三卷、《輔仁錄》四卷、《讀書筆記》十三卷、《春秋集義》十二卷、《周子通書講義》一卷、《思辨錄記疑》二卷、《宦遊隨筆》二卷、《柏堂文集》六編九十餘卷，並行於世。

板　本

光緒四年志學堂家刊本，見《柏堂遺書》中之《柏堂讀書筆記》。書首題「論文章本原三卷，光緒四年十月開雕」，現藏國立中央圖書館、國立中央研究院。

內　容

書凡三卷。以六經爲文章本原，示後學以提要鉤元之法。卷一以《尙書》爲例，卷二以《論語》爲例，卷三以《孟子》爲例，皆條分縷析，抽絲剝繭，凡讀書作文之法，皆苑圍其中矣。卷一論《尙書》，依僞《古文尙書》，分〈虞書〉、〈夏書〉、〈商書〉、〈周書〉。僞《古文尙書》二十五篇亦收錄其中，所論計有：〈堯典〉、〈舜典〉、〈大禹謨〉、〈皋陶謨〉、〈禹貢〉、〈甘誓〉、〈五子之歌〉、〈胤征〉、〈湯誓〉、〈仲虺之誥〉、〈湯誥〉、〈伊訓〉、〈太甲三篇〉、〈咸有一德〉、〈盤庚三篇〉、〈說命三篇〉、〈高宗肜日〉、〈西伯戡黎〉、〈微子〉、〈泰誓〉、〈牧誓〉、〈武成〉、〈洪範〉、〈旅獒〉、〈金縢〉、〈大誥〉、〈微子之命〉、〈康誥〉、〈酒誥〉、〈梓材〉、〈召誥〉、〈洛誥〉、〈多士〉、〈無逸〉、〈君奭〉、〈蔡仲之命〉、〈多方〉、〈立政〉、〈周官〉、〈君陳〉、〈顧命〉、〈康王之誥〉、〈畢命〉、〈君牙〉、〈冏命〉、〈呂刑〉、〈文侯之命〉、〈費誓〉、

〈泰誓〉等五十五篇。首為尚書總論，以為文章體製，書經已具。如云：「〈堯典〉、〈舜典〉；本紀之體也；〈大禹謨〉、〈皋陶謨〉、列傳之體也；〈禹貢〉、〈武成〉、〈金縢〉、〈顧命〉，紀事之體也；其餘詔令奏疏、制誥、檄文、書說，無所不有，凡人世所必用之文之體，已靡不具。」其以虞、夏、商、周為次，各書之前皆有總論，蓋提其要也。次論各篇要旨、章法。凡論一書，必首言其體，次提其要，鉤其元，於文章之起伏照應、起承轉合、虛實先後，皆能一一洞察。如〈堯典〉云：「此即堯本紀也，首節總敘其全體大用，以冒起通篇，克明峻德一節，敘其治大卜之大法……乃命羲和六節，敘其敬天之事……止此數節，不僅可悟為政之體要，亦可悟為文之體要。」以上皆點明〈堯典〉行文之法。其次復點出為文之關鍵，如：「欽明二字，是一篇之主，敬天授時，欽之著也，知人善任，明之著也，末節以欽字收，則欽又明之本也，文法亦首尾相應。」末復總言古人文法之高簡，舉實例以見其經營布置。觀其所言，皆能提綱挈領照應通篇，闡發古人之微言大義；所論篇章雖真偽並陳，然絲毫不損其價值。

卷二論《論語》，首言文章體用及行文之法，次為總論，或言各章章法。美《論語》行文之妙，以為：「《論語》之文，渾然天地之元氣，含蓄全不肯發揚，而實則包羅萬象，質實全不露精采，而實則光輝常新。《論語》於傷時之文極有含蓄……但思古而傷今，意不露而情自深矣……《論語》形容道體之文，只是指點詠歎，不多著言語……《論語》記事之文，真善傳神，有化工之妙……」其說甚是。

卷三論《孟子》，首為總論，以為「諸子之書，理純義正，氣盛辭達，奇縱變化，而語不離宗，未有如《孟子》者也。」言《孟子》所以能如此，則歸功於養氣。示人讀書須得其宗旨，而仁義二字，乃七篇宗旨。又言：「《孟子》之文，一段有一段章法，一章有一章章法，又有連數章是一章，又有連一篇是一章。章法者，大營小營也，分觀合觀無所不妙，其開合縱橫，虛實先後、起伏照應，線索串插，極整齊亦極變化，無非是義理精熟，一以貫之之妙」，「《孟子》之言，最善設喻、善引證、善開、善縱、善挑剔、善翻瀾、善騰挪、善宕漾、尤妙在善轉身入正面，拍合正旨，只用一兩筆，輕便毫不費力。」《孟子》為文之變化奇妙，皆能一一觀照，又言後世文體之備乃原於《孟子》，如辨論體、奏疏體、書說體、列傳體、記事體、策論體、經說體等。

綜觀其文論主張，約有下列數端：

一、言有物、言有序

以為古人之文皆有一意義貫乎其中，或在首作提掇，或在中作關鍵，或在後作結束，或在言外令人想像而得之。「然言有物而不能有序，則不能發揮其理，曲

暢其義，鼓舞其神，令千百世後讀者感而興起。」又云：「凡讀古人書，讀一部須求其一部之物與序，讀一篇須求一篇之物與序。」故其論文皆發揮言有物言有序之旨。

二、六經為文章本原

以為「六經是明體達用之書，豈可當文字求哉！然學而不窮六經，則吾心之體不明，而經世之用不達，又何以為文哉！窮六經以明其體，達其用，則有時見之於文，自然有物而有序。」

三、誠為本，達為用

宗誠嘗言：「修辭立其誠，是文章之本心，辭達而已矣，是文章之用也，誠實也，實體諸心，實踐諸形，實驗諸事之謂誠；通乎天道，通乎人情，通乎物理之論達，不誠則為巧言，立其誠皆根心而生，始無浮偽之弊；不達則為詖辭，達而已，則言皆順理而發，自無邪遁之失。」故其論文皆能本其體用而發揮之，聖人之微言大義於是可見。

是書雖剖章析句，而文章作法實寓乎其中，且其條理明暢，識見卓然，讀者若能細加體悟，於讀書作文之際必有進境矣。

《論文蒭說》 （清）朱景昭撰

作 者

朱景昭，清合肥人。生卒年皆不可考。

板 本

民國二十二年排印本，見《無夢軒遺書》卷七。書首題「合肥朱景昭撰，懷弟本昭編輯。孫家珂率子傳紀、傳經、傳禮校鐫」，書末附孫家珂誌。現藏國立中央研究院。

內 容

書凡一卷。所言類為讀書作文法，蓋作者平日沈潛所得，隨手之筆錄，故全書無明顯條貫。書中屢言「場屋之文」作法，故知偏於制藝之用。孫家珂於書末注云：「謹按是說刪存全存，時賢見解各殊，或謂制藝已萬古不復，莫若專存論古文之說，用成佳著；或謂制藝為明清兩代取士之資，存為後人考據；更謂凡書貴在精義，未可因時代體制而有所偏廢，且說中節與節脈絡貫通，隱有一層深一層，一層詳一層之意，故全存以留其真。」其書雖言制藝之法，實亦作文之法，如云：「場屋之文，本難決勝，某嘗謂學者第當為可售之文，清而腴，雅而恬適，使不

知文者，不惡其貌，而知文者，亦可尋其微，是斟□古今之訣。」是知雖場屋之文亦求其清腴、雅適，此豈非為文之法乎？景昭論讀書作文之法，主張「沈酣」工夫。以為讀書不可期望速成，求其速成，必至苟且，苟且則無沈酣工力，為文必無佳構。故云：「讀書須是定，不放過一處棘手，須是徹底思量徧要，一直透快到底，雖偶有閒時，必取所讀書仔細覆看，此之謂沈酣，此之謂鈍工夫，此之謂興會。」故勉人多讀書以蓄義理，多讀古文以求體法。讀書之際，又示人須養成箚記之習慣，以為有好議論、好事體應隨筆書之，即使靜坐之時，胸中忽有一段道理，亦急起寫之，此雖為鈍工夫，然最易存於心，於臨文之際，必能揮灑自如。至論為文之法，則言：「作文必先審題，審明題脈、題義、題氣，又必繼之以涵泳，使題中逐個字都盎然有味，則自有一段精醇樸老之文」，又作者於寫作，首先對通篇布局先了然於心，如言：「作文時虛心涵泳數遍，通體布格既定，意義層次既了然於心，便想如何起，如何接，如何轉，如何結。」，如此，為文大綱既稱完備，再舉其細目如：破題法、布之三忌三訣、音節之自然和諧、理趣意趣之重要、繁簡運用之合宜、轉處收處為文章關鍵、文章不厭改……等，凡為文之實際軌範，皆言之甚詳。

景昭論文除上述諸端外，復言正嘉成宏隆萬天崇之文風，主張為文當自「隆萬」入手，嘗言：「文人手，莫如隆萬，其理仍之先輩，而機自圓、法自巧，筆墨之用，浸變為靈俊。」所言讀書作文之主張，甚篤實，可為後學法程。

第四節　批評部分

《文評》　（明）王世貞撰

作　者

王世貞，字元美，江蘇太倉（今江蘇省太倉縣）人。自號鳳洲，亦稱弇州山人。生於明世宗嘉靖五年（1526），卒於神宗萬曆十八年（1590），年六十五。嘉靖二十六年（1547），舉進士，授刑部主事，屢遷員外郎、郎中。嘗疏辯楊繼盛之冤，為嚴嵩所忌，出為青州兵備副使。嵩誅，歷任太僕卿、刑部右侍郎、刑部尚書等。元美好詩文，少官京師，與王宗沐、李先芳、吳維岳等結詩社。復與李攀龍、宗臣、梁有譽、徐中行、吳國綸輩相唱和，稱前五子，紹述前七子緒論。初與李攀龍共主文壇，與謝榛、宗臣、梁有譽、徐中行、吳國綸等合稱後七子。攀龍歿，獨操文柄二十年。才最高，地望最顯，聲華意氣，籠蓋海內。一時士大夫

及山人、詞客、衲子、羽流，莫不奔走門下。片言褒賞，聲價驟起。其持論，文必兩漢，詩必盛唐，大曆以下書勿讀，而藻飾太甚，晚年攻者漸起，世貞顧漸造平淡。前後七子中，學問之淹博，以世貞爲最。所著有《弇州山人四部稿》一百七十四卷、《續稿》二百七卷、《讀書後》八卷、《弇山堂別集》一百卷。《明史》有傳。

板　本

本書板本有二：

一、清道光十一年六安晁氏活字本，見於《學海類編》集餘三文辭之一。書首題：「明吳郡王世貞元美著」，無序無跋。現藏國立中央圖書館、國立中央圖書館台灣分館、國立故宮博物院。藝文印書館《百部叢書集成》，即據此影印。

二、民國九年上海涵芬樓影印清六安晁氏版刻本，現藏國立中央研究院、國立臺灣大學。

內　容

是書不分卷。泛論明萬曆前文家之作，所評者計有：宋景濂、王子充、劉伯溫、高季迪、蘇伯衡、方希直、解大紳、楊士奇、邱仲深、李賓之、陸鼎儀、程克勤、吳元博、王濟之、羅景鳴、桑民懌、楊君謙、羅彝正、陳公甫、祝希哲、王伯安、崔子鍾、湛源明、李獻吉、何仲默、徐昌穀、鄭繼之、王子衡、康德涵、王敬夫、高子業、夏文愍、王稚欽、江景昭、廖鳴吾、郭价夫、豐道生、李舜臣、陳約之、黃德兆、黃勉之、陵浚明、江于順、袁永之、呂仲木、馬伯循、顏惟喬、楊用修、屠文升、王允甯、羅達夫、王思道、許伯誠、薛君采、朱子价、喬景叔、吳峻伯、歸熙甫、盧少梗、梁公實、宗子相、李于鱗等六十三家。其評騭文家，頗以好惡爲去取。如評宋濂云：「如酒池肉林，直是豐饒，而寡芍藥之和」，評劉伯溫云：「如叢台少年，入說社，便辟流利，小見口才」。而濂爲明代開國文臣，其文醇深演迤；基與濂同爲開國文臣，其文雖不及濂，然氣盛而奇，不失雄邁之氣，豈叢台少年之屬？觀《四庫提要》稱：「濂文雍容渾穆，如天閑良驥，魚魚雅雅，自中節度」，又「基文神鋒四出，如千金駿足，飛騰飄瞥，驀澗注波」，則元美之評未免太過。

元美於文家類多貶抑，唯於何仲默、李于鱗則有溢美之辭。如評何仲默云：「如雉翬五彩，飛下百步，能鑠人目睛」，評李于鱗云：「如商彝周鼎，海外瓌寶，身非三代人與波斯胡，可重不可議。」

元美論文，立意甚高，復喜以抽象事理作譬，故弄玄虛，此其病也。然所持論亦不乏精闢之語，不落前人窠臼，故能成一家之言。

《文章薪火》　（清）方以智撰

作　者

方以智，字密之，號鹿起，安徽桐城（今安徽省桐城縣）人。生卒年均不詳，約清世祖順治中前後在世。與冒襄、陳貞慧、侯方域稱「明季四公子」。崇禎十三年（1640）進士，官檢討。入清爲僧，名弘智，字愚者，一字無可，人稱藥地和尚。以智博極群書，考據精核，所著《通雅》五十二卷，論者謂在楊愼、陳耀文、焦竑三家之上；又有《物理小識》、《藥地炮莊》、《易餘》、《古今性說合觀》、《一貫問答》及《浮山全集》，並行於世。《清史》無傳。

板　本

民國五年石印本，見於周鍾游編《文學津梁》中。書首題「桐城方以智密之著」，書末有曹晟、中憙、揭暄三家跋。現藏國立中央圖書館。

內　容

書凡一卷，於群經、諸子、史漢、六朝至唐宋八家，皆有所評。其論或自出胸臆，或引諸家之說。所引者有程子、黃溍、吳萊、馬存、馮開之、李翱、蘇明允、潛谷、謝叠山、袁中郎、阮霧靈、李文饒、李翰、曹子桓、陳龍川、癡山、宋九青、石塘師等。日人青木正兒以爲其議論「大體本於宋儒哲學，議論難解」〔註20〕。其論文，首言性與道，以爲性、道之於文，猶春之於花。次言文章以立意爲先，然不可專作誇己掃人之詞。又次言讀書須開眼。所謂開眼即在專精，能深入幾微之處。觀其文論，大都本前人之說，無甚新見。

至其評文，首評群經，如云：「典謨爾雅，訓體約厚，隆古尙簡故耳，春秋乃以事還事之筆，不可增損，禮記論語，則通方時義之雅言也，詩道性情；窮於理，而通於詩，觀其深乎！」、「左傳巧鍊，未免雋傷，國語伸之與戴記近。」其次評諸子，計有孟子、屈子、莊子、老子、楊墨、惠施、公孫龍、告子、管子、商、韓、荀子、關尹子、鶡冠、亢倉、呂覽、淮南等。其議論則甚爲特出，如評「老子、楊墨、皆近孔子前後，自老子正言若反，而惠施交易之；其歷物也，大其小，小其大，長其短，短其長，虛其實，實其虛而已，公孫龍遂爲隱射距鉤之機，皆楊墨之流也」、「呂覽、淮南則養客撮衆人之英者也，不韋預知焚書，而寓之以一束始發，此皆更巧於招隱矣」。

次評史漢，以爲「子長以鬱折而成史記，收合百家，洽古宜時，散近乎朴，變藏於平，書序事理眞不虛也。」、「孟堅嚴整之中亦能錯落」，所評甚是。

〔註20〕見青木正兒《清代文學評論史》。

其評歷代短文，所宗仍在唐宋八家，如敍述後漢以來，文漸趨駢麗，至六朝，此風益盛，則云：「唐宋遂爲別體，吾取其流爽者」，又美韓愈云：「韓昌黎振起八代之衰，爲單行古文法也，子長爲質，上泝周秦氣骨，其言正直，潤色典雅，故超於技」，評宋人云：「去痕跡，而一以平行之，則歐曾也；蘇則鋒於立論，而衍於馳騁，八家大同小異，要歸雅馴，學者鼓篋門，從此入，至於盡變，更須開眼。」，其論文大旨如此。

《呂子評語餘編》　　（清）呂留良撰　車鼎豐編

作　者

呂留良，字莊生，又名光綸，字用晦，號晚村，浙江石門（今浙江省崇德縣東北二十里）人。生於明思宗崇禎二年（1629），卒於清聖祖康熙二十二年（1683），年五十五。幼有異稟，穎悟絕人。八善善屬文，旋通程朱之學。明亡，削髮爲僧，更名耐可，字不昧，號何求老人。能醫，又號呂醫山人。著書多種族之感，《維止錄》一書，對滿清尤多譏刺。卒後，爲曾靜文字獄所連，毀墓戮屍，所著尚有《晚村文集》等，獄發均被毀。《清史》無傳。

板　本

清康熙五十五年楚邵車氏刊本。書首有車鼎豐略例。現藏國立中央圖書館。

內　容

書凡八卷，乃摘錄明人稿內論文之語，呂子並附其說於其中。所輯有：呂子、歸震川、唐荊川、黃葵陽、金正希、黃陶菴、江西五家、陳大樽、錢吉士等稿內摘錄及《質亡集》、《大題觀略》、《小題觀略》、《程墨觀略》、《東皋續選》、《愍書》及各本序例附錄內摘錄，其末附〈親炙錄〉六條。

呂子每論一家，或自稿內摘錄論文之語，或自所著記言，摘錄評論該家之言，以爲總論。其次選取若干篇章，逐一予以評論。又每評一章，往往先引時人之評，再出以己見。如震川稿內「物格而后節文」，引艾千子云：「八件倒一字不得，倒用一字，則爲上節矣，此文尺寸不苟」，呂子評云：「千子所稱，稱其法也，吾所圈識，亦指其神於法也。然法雖高，可以摹而得，震川是文之不可及者，在其逐股實講道理，皆深造自得之言。」呂子於各家文集之評，皆依此體例。雖名之曰稿內摘錄，然十之七八皆呂子之語也。

呂子評語中，評文、論文之說，間或出之，所評文家以明末爲主。於諸家中，最推重歸震川，如：「震川精於理，密於法，而出之以沛然之氣，渾浩流轉，斯爲獨立」、「歸公文繼韓歐，渾涵群品，而其說理最爲樸實謹密」、「震川文字之妙，

在理蘊精到，高人數等，故出手便不同耳」，震川為文本經術，得太史公神理，為有明一代大家，呂子評之「精於理」、「密於法」，皆的當之評也。

呂子評語中，論文之說亦遍及全書，如云：「文章曲折，本乎題理之所有」、「文必理為主，而文氣足以達之，乃為至耳」、「漢、魏、齊、梁，追琢光華，極其古豔，然纔著此相，即減卻品地，故文字之本色為至也」、「熟於史傳，見古來之情形，熟於世故，見今人之變態，要之聖人作易作詩之妙，亦只是此心此理透明耳，摹寫到至處，便是不朽文字」、「文章貴體、體視氣、氣視理，惟多讀書講究自得之，不可於詞調間求速化之術也。」觀上述所言，知呂子論文「重理」、「重氣」、「貴本色」、「尚自然」，其論蓋本宋儒，復增之以本色也。

綜觀全書，知呂子言稿內摘錄者，實則為己說樹立綱要也。其依各家稿內所摘錄者，為立說之綱領，故摘錄者十之二三，其餘皆呂子獨抒己見，自著評語也。後學欲窺呂子文論堂奧者，可以此書為進階也。

《論文四則》　　（清）楊繩武撰

作　者

楊繩武，字文叔，江南吳縣（今江蘇省吳縣）人。康熙癸巳（1713）進士，官翰林院編修，秉志節，通經術，大學士上埈深重之，館閣大著作多出其手。丁憂，遂不出。著有《古柏軒集》，《文章鼻祖》等。

板　本

清光緒間吳江沈氏世楷堂刊本，見於《昭代叢書》戊集。書首題：「吳縣楊繩武文叔著」，書末有楊復吉跋。現藏國立中央研究院。

內　容

書凡一卷，標舉「清真雅正」為文章極則。全書或言清真雅正之義，或論八家、諸史以上通乎經，或評成宏、正嘉、隆萬、清初之文。觀其所言，皆本乎經。其所謂清者，譬如長江大河之有本有源，故能淯之不濁。所謂真者，即自然也，能合於自然，則有生意貫徹於其中。所謂雅者，以為胸中須有百卷書，則舉止吐屬必合於雅，勉人多沈浸書卷之中。所謂正者，如武侯陣圖，雖變化不測，皆出於陰陽奇偶，天地自然之數。故云：「孟子之文，縱橫恣肆，不可方物，而謂之醇。太史公之文，恢奇瑋琶，無所不有，而謂之潔。知孟子之所以為醇，太史公之所以為潔，可以得清真雅正之所從入矣。」至於為文之道，主張根柢盤深，骨氣厚重，筆力堅剛，欲達乎此，則義必根經，取材亦以經為上。

其次論諸子之文，諸子之文是非雖謬於聖人，然其滉洋奇恣，奧衍峭刻，亦

足以極文章之變。然習諸子之文，當別其純駁，勿襲其險句怪字。

次論諸史之優劣，以爲史本於經，子長孟堅爲史家之祖，乃千古文章之大宗。其後復有蔚宗之博贍、三國五代之謹嚴、六朝南北之名雋、《唐書》之鍊密、《宋史》之繁富，各有所長，獨《元史》蕪穢耳！然皆足以識治亂、明是非、辨人才、知學術，於文章確有裨益。

次論八家根柢皆從經出，如：昌黎之法典謨、廬陵之學春秋、柳州之摹子長……皆本於經也。次評成宏、正嘉、隆萬、啓禎、清初之文風。

綜上所言，知文叔立言，皆本乎經典。所論自經典而下有諸子、諸史、八家……上下數千年，雖涉語無多，然能各取其精，汰其蕪，折衷乎經典，誠所謂萬變不離其宗也。

《經書巵言》　　（清）范泰恆撰

作　者

范泰恆，號無厓，河內（今河南省沁陽縣）人。生卒年均不詳。約清高宗二十五年（1760）前後去世。乾隆十年（1745）進士，改庶吉士，外補崇義縣知縣。泰恆工古文，著有《燕川集》六卷傳於世。

板　本

清光緒間吳江沈氏世楷堂刊本，見於《昭代叢書》辛集。無序無跋，書首但題「河內范泰恆無厓著」，現藏國立中央研究院。

內　容

書凡一卷，所論計有《今古文尚書》、《周易》、《毛詩》、《禮記》、《大學》、《中庸》、《周禮》、《考工記》、《春秋》、《三傳》、《國語》、《孟子》諸書。以爲《國語》非經，論之者，以其爲《左傳》外傳也。論《尚書》則崇尚今文，以爲今文莊古奇倔，氣味龐厚，古文則淺薄而多割裂。論《周易》則評其文字，考其錯簡。論《毛詩》爲風騷之祖，史公之贊昌黎銘詩皆得其遺。論《禮記》之非成於一代，然文字或古奧、或肅括、或樸茂溫醇，多斐然可觀。論《考工記》之或出自漢人手。論《春秋》爲經之綱，無傳則目不詳，然杜預分傳麗經，割裂罕通，公穀則峭冷拗折。謂《國語》爲《左氏》外傳。論《論語》之文，淳古淡泊，高不可及。論《孟子》之文，恢奇怪變，隨事賦形。觀其所論，幾囊括群經，然涉語無多，略能見其端倪，無法深及堂奧，然立論平實，亦有可觀。

《初月樓古文緒論》　　（清）吳德旋述　　呂璜錄

作　者

　　吳德旋，字仲倫，江蘇宜興（今江蘇省宜興縣）人。生於清高宗乾隆三十二年（1767），卒於宣宗道光二十年（1840），年七十四。諸生。以古文名天下，惲敬、陸繼輅、呂璜、周凱輩，皆推重之，詩亦高澹絕俗。著有《初月樓文鈔》十卷、《續鈔》八卷、《詩鈔》四卷、《聞見錄》十卷、《續聞見錄》十卷，並行於世。《清史》有傳。

　　呂璜，字禮北，號月滄，廣西永福（今廣西省永福縣）人。生於清高宗乾隆四十三年（1778），卒於宣宗道光十八年（1838），年六十一。嘉慶十六年（1811）進士，官浙江知縣，累遷海防同知，時稱循吏。晚年歸里，以古文名，大吏聘主秀峰講習。璜嘗學古文法於吳德旋，其文能於紆回百折之中，有峻嶒離合之勢，著有《月滄小集》行於世。《清史》有傳。

板　本

　　本書板本有六：

一、清道光十一年武林竹簡齋重印本，見《別下齋叢書》。現藏國立中央圖書館台灣分館。

二、道光十七年海昌蔣氏刊本，見《別下齋叢書》。現藏國立台灣大學。

三、民國十二年上海商務印書館據蔣氏刊本影印本，《別下齋叢書》。現藏國立中央研究院。

四、清光緒間蛟川張氏花雨樓刊本，見《花雨樓叢鈔》。現藏國立中央研究院、國立臺灣大學。

五、民國五年石印本，見周鍾游編《文學津梁》中。書末有呂璜、陳增、錢泰吉跋。現藏國立中央圖書館。

六、民國二十五年上海中華書局聚珍仿宋鉛印本，見《四部備要》。現藏國立台灣大學。

內　容

　　書凡一卷。內容有：論古文作法、評歷來文家。所評者計有：孟子、老子、列子、莊子、荀子、淮南子、孫武子、司馬遷、班孟堅、范蔚宗、韓昌黎、柳柳州、蘇老泉、蘇長公、王介甫、蘇穎濱、歐陽修、李習之、孫可之、姚牧菴、虞道園、宋潛谿、王遵巖、明七子、歸震川、汪堯峰、朱竹垞、姜湛園、黃梨洲、邱邦士、侯朝宗、魏叔子、邵青門、李榕村、儲同人、王罕皆、方朴山、茅鹿門、唐荊川、方望谿、劉海峰、姚惜抱、惲子居、張皋文、朱梅厓、王惕甫、秦小峴、袁簡齋、張鱸江、魯賓之等。其評每條著墨不多，然語皆精要，如云：「《孟子》

文章，無美不備」、「《老》、《列》、《莊》三子，《老》雖道其所道，而最精深，《莊子》亦超妙，《列子》較淺，恐是周秦間人」、「《荀子》文少變化，其精者已爲《禮記》所采矣」，其於諸子之書，所見甚得其旨。其次評諸史云：「《史記》、兩《漢》、《三國》、《五代史》，皆事與文并美者，其餘備稽考而已，文章不足觀也」，又云：「《史記》如海，無所不包，亦無所不有，古文大家，未有不得力於此書者。」。其次評唐宋八家之文，於昌黎之評價頗高，以爲昌黎文如江河耳，又云：「看昌黎〈毛穎傳〉，直是大文章」，評柳州云：「柳州碑誌中，其少作尚沿六朝餘習，多東漢字句，而風骨未超，此不可學。貶謫後之文，則篇篇古雅，而短篇尤妙，蓋得力於〈檀弓〉、《左》、《國》最深」，評老泉云：「老泉《嘉祐集》，存文不多，卻篇篇可傳。」又評介甫云：「古來博洽，而不爲積書所累者，莫如王介甫，渠作文直不用前人一字，此所以高，其削盡盧庸，一氣轉摺處最當玩。」，其它如評東坡之「波瀾層出」、穎濱爲震川未出前之大家，歐公之大碑版不善學者，易於平，易於散等，皆語語中的。評明七子，則言其模擬之弊，如云：「明七子之文，句句欲古峭，而不知運以灝氣，往往至於不可讀，乃荊棘叢也。」，評震川云：「直接八家，姚惜抱謂其於不要緊之題，說不要緊之語，卻自風韻疏淡，是於太史公深有會處，不可不知此旨。」評朱竹垞云：「頗能擺落浙派，敘事文較議論文爲優，但少風韻耳。」，評侯朝宗云：「天資雅近大蘇，惜其文不講法度，且多唐人小說氣」，評魏叔子云：「魏叔子文之大病痛，在好做段落，狠其容、亢其氣，硬斷硬接，議論文尤多此種。」評方望谿云：「方望谿直接震川矣，然謹嚴而少妙遠之趣，如人家房屋，門廳、院落、庖廚，無一不備，但不見書齋別業，若園亭池沼，尤不可得也。」觀其評清代文家，較前代爲嚴！《清史列傳》云：「其論國朝諸家之文，頗有微辭」，其說甚是。

　　論文章作法，首言立志要高，所謂立志高者，即取法乎上，故云：「史漢及唐人須常在意中也。」次言古文之體，則嚴守其分界，以爲古文最忌雜有小說、語錄、詩話、時文、尺牘等，此五體不去，則非古文。次言文章當從艱難處入手，然不可有艱澀之感。所謂艱難者，即不率易爲文，故提出「雕琢」之論。言「雕琢」則云「但須是清雕琢耳」，功夫成就之後，信筆寫出，則無一字一句喫力，無一字一句率易，清氣澄澈中，自有風神。其它如言：文品之高，在通篇古淡；文章之道，在剛柔相濟，灝氣潛行，皆古文之極境也。

　　綜觀是書，有法有則，其論文宗旨，正合古人；而獨造之言，則自出胸臆也。

《讀文雜記》　　（清）方宗誠撰

作　者

方宗誠，見《論文章本原》作者欄。

板　本

光緒四年志學堂家刊本，見《柏堂遺書》中之《柏堂讀書筆記》，書首題「桐城方宗誠述」，現藏國立中央圖書館、國立中央研究院、國立台灣大學。

內　容

書凡一卷。首為總括之語，分言化工之文與畫工之文，並舉各類義體之祖。次為分論各家良窳得失。

所謂化工之文，即義理充足於胸中，其文皆隨感而發，未嘗有意為之，然皆不蔓不支，四子六經之文屬之。畫工之文則義理未能充積於中，於古人之文，摹其意，會其神，雖能自成一家言，然終不免參以古人之功，文士之文屬之。言文章之祖，則云：「議論之文，莫善於《孟子》；記敘之文，莫善於《左氏》、司馬遷；詞賦莫善於屈宋；設喻之文，莫善於《孟子》、《莊子》、《列子》；典制之文，莫善於《三禮》，是皆義章之祖也。」

其分論各家之文，則稱獨到。於《孟子》、《史記》、《後漢書》等，皆能闡其微言，詳其義法。如云：「左氏長於敘事，尤長於窮源竟委，每於君之見弒，臣之被誅，國之亡，家之破，必原其初所以得禍之故，或先事而言之，或後事而言之，垂誡深矣！讀者不可不深察也。」又云：「孟子識見，直能照破百世以後之人心，而嘗先立說以救之，如曰：『若居堯之宮，逼堯之子是篡也，非天與也』，直看破後世，必有假揖讓而文其篡奪之實者」，於太史公紀傳則云：「往往於篇首數語中，使其人終身如見。如〈項羽本紀〉，首載其學書不成去學劍，又不成，學兵法，略知其意，又不肯竟學。只此數語，而羽之無成，定於此矣！」其獨照之明，一一見諸筆端矣！

宗誠於文之高者，則曰：「有儒者氣象」，於漢人之文則推董仲舒、劉向、諸葛亮，以為皆有儒者氣象。於唐宋八家則推韓愈、歐陽修、曾鞏有儒者氣象，至於王介甫、三蘇，則以為非儒者氣象。於三蘇之文尤多鄙薄，如舉老泉之〈管仲論〉，駁其「仲不舉賢自代」事，言老泉不知本也。舉〈六國論〉，駁其「六國當戰，不當賂秦」事，則云：「老泉之論，純是私心，試思六國不賂秦，而以戰勝秦，長保其國，於民生何益！此亦所謂不知本也」，其次復舉老泉之〈六經論〉、〈明論〉、〈書論〉，分別評之曰：「此等心術實歉光明」、「此全是以權詐之心窺聖人」，於老泉之評，可謂極其嚴苛。至評東坡文則云：「東坡看聖道太淺，只就迹上比較，而不明天理之原」，評子由則云：「輕以立論，豈不害人心術。」其論三蘇之文，雖

有偏頗，然於此正可見宗誠之善思辨也。宗誠自謂於八家之外，最愛董子、賈生、劉子政、諸葛武侯、陶靖節、陸宣公、司馬溫公、范文正公、李忠定公、方正學，以爲讀上述諸家之文，可令人興起。宗誠所論除上述諸家外，於明清諸家文集亦多見地，所評有：孫明復先生〈信道堂記〉、《陽明文集》、方正學先生〈諸與人書〉、《楊忠愍公集》、《容城三賢集》、歸震川〈易圖論〉、〈荀子序錄〉、《方望溪先生集》、《姚惜抱先生文集》、劉海峰《論文偶記》、《顧亭林集》、《艾千子文集》、《王目田集》、《全謝山集》、《石溪文集》、《紫石山房文集》、《六亭文集》、《居業堂集》、《杜溪集》、《茗柯文集》、《東溟文集》、《居業堂文集》、《大雲山房文集》。其讀諸家文，皆有所發明，如讀孫明復〈信道堂記〉，謂其言雖卓然自立，然以荀卿、揚雄、王通、韓愈之道，與堯舜孔孟爲一道，則是「擇之不精，守道雖固，而知道未眞，所以自立處不免雜於氣，而不能純乎理」，讀方正學〈與諸人書〉，則云：「植志正大，立節強毅，議論皆嚴氣正性，侃侃而談，使人讀之卓然思有所樹立，惟氣象一往無前，似奮發興起之意多，而沈潛之功少，有未至耳！」，讀楊忠愍公，則云：「足增人氣骨」，讀海峰《文則》云：「劉海峰文雖不及方姚，而近時如侯汪魏姜諸名家皆不能及」，評《顧亭林集》乃學者之文，評《王白田集》亦學者之文，……於諸家之文皆能見其長，亦不諱言其短，可資來者借鑑也。

綜觀宗誠所論，雖名曰：「雜記」，然不外文集與文家二者，其論文集則詳其義理，論文家則不囿前人之說，皆能抒發胸臆，卓然自立。

《文概》　　（清）劉熙載撰

作　者

劉熙載，字伯簡，一字融齋，江蘇興化（今江蘇省興化縣）人。生於清仁宗嘉慶十八年（1813），卒於德宗光緒七年（1881），年六十九。道光廿四年（1844）進士，改翰林院庶吉士。入直上書房，與故大學士倭仁以操尚相友重。官至左中允。秉性儉約，至貴不易，後主講上海龍門書院以終。熙載治經，無漢宋門戶，自子、史、天文、算法、字學、韻學，靡不通曉。著有《昨非集》四卷、《說文疊韻》二卷、《說文雙聲》二卷、《藝概》六卷、《四音定切》四卷及《持志熟言》二卷。《清史》有傳。

板　本

本書板本有二：

一、民國五年石印本，見於周鍾游編《文學津梁》，現藏國立中央圖書館。

二、民國二十四年雙溪黃氏濟忠堂刊本，現藏國立中央研究院。

內　容

　　書凡一卷，共三百四十則。中以文評爲主，以文論爲次。評文自六經而下，有：《左氏》、《國策》、《國語》、《公羊》、《穀梁》、《檀弓》、《考工》、《家語》、《孟子》、《荀子》、屈原、《莊子》、《列子》、《韓非》、《管子》、賈誼、鼂錯、鼂家令、趙營平、董仲舒、司馬遷、淮南子、司馬相如、劉向、匡衡、揚雄、班孟堅、王充、王符、仲長統、崔寔、荀悅、孔文舉、臧子源、曹子建、陳孔璋、孔北海、李文饒、鄭康成、徐幹、陳壽、范蔚宗、酈道元、劉勰・王仲奄、陸宣公、獨孤至、韓昌黎、柳子厚、李習之、皇甫持正、杜牧之、孫可之、來無擇、劉蛻、柳開、尹師魯、范文正、歐陽修、蘇老泉、蘇東坡、蘇轍、曾南豐、王安石、李泰伯、劉原文、李忠定、朱子、陳龍川、陸象山等。熙載以爲六經爲文章之幟標，後世百家騰躍，終入環內。故綜括經、史、子、集，不偏不頗。其評文次第，先六經、次諸史、次諸子、次西漢、次六朝、次唐、宋，皆依時代先後，有條不紊。其評論之法，或單評，或合評；或獨抒己見，或引申言之；於小家之文，能點出其要，於大家之作，尤能詳其所長，如評《左傳》云：「左氏敘事，紛者整之，孤者輔之，板者活之，直者婉之，俗者雅之，枯者腴之，剪裁運化之方斯爲大備。」此單評也。又云：「《左傳》善用密，《國策》善用疏，《國策》之章法筆法奇矣！若論字句之精嚴，則左公允推獨步。」此合評也。評諸子之文，則最推重《孟子》，如云：「《孟子》之文，百變而不離其宗，然此亦諸子所同其度，越諸子處，乃在析義至精，不惟用法至密也。」此說甚有見地。評諸子之後，則總評周秦文云：「周秦間諸子，雖純駁不同，皆有個自家在內。後世爲文者，於彼於此，左顧右盼，以求當眾人之意，而宜諸子所深恥與。」次云：「秦文雄奇，漢文醇厚。大抵越世高談，漢不如秦；本經立義，秦亦不能如漢也。」評西漢云：「西漢文無體不備，言大道，則董仲舒，該百家，則淮南子；敘事則司馬遷，論事則賈誼，辭章則司馬相如，人知數子之文，純粹磅礴，窈眇昭晰，雍容各有所至，尤當於其原委窮之。」評東漢云：「東漢文浸入排麗，是以難企西京。」評六朝云：「六代之文，麗才多而練才少。」評唐宋八家云：「昌黎之文，如水；柳州之文，如山，浩乎沛然，曠如奧如，二公殆各有會心」、「歐陽公文，幾於史公之潔，而幽情雅韻，得騷人之指趣爲多」、「東坡文亦孟子，亦賈長沙、陸敬輿，亦莊子，亦秦儀，心目窒隘者，可資其博達以自廣，而不必概以純詣律之。」凡此種種，知熙載之評，皆鞭辟入裡，於各家之風格、特色，尤有獨到之見。熙載言文章之法，約有數端：

一、宗　經

　　以爲六經爲文之範圍，聖人之旨，皆備於經，後世百家騰躍，皆入其環內。

又言經有五體，即微而顯、志而晦、婉而成章、盡而不迂、懲惡而勸善。文章之道亦不外乎此也。

二、理法兼顧

以爲長於理，則言有物；長於法，則言有序。舍理而論文辭，則無所取。故明理之文，大要有二，一則闡前人所已發，一則擴前人所未發。又言：「敍事要有法，然無識則法亦虛；論事要有識，然無法則識亦晦」、「義法居文之大要」，此皆理法兼該之論也。

三、去陳言，貴變化

所謂陳言，非必勦襲古人之說以爲己有者。若見識議論，落於凡近，皆是陳言。故主張爲文貴能變化，通其變則爲天地自然之文，所謂變，即一開一闔之謂也。

四、敍事之法

以爲敍事必先有主意，次須有所寓焉，所謂寓者，或寓理，或寓情，或寓氣，或寓識，無寓則如偶人矣。

五、剪裁之法

爲文必須剪裁，其法有六，即紛者整乏，孤者輔之，板者活之，直者婉之，俗者雅之，枯者腴之。皆就其失而正之也。

綜觀全書，所論者上下數千年，評文家，則兼該經、史、子、集，並能切中肯綮。論文章作法，則內容與形式並重，故知此書，實文論之佳構也。

第五章 四六之屬

《四六金鍼》　（清）陳維崧撰

作　者

陳維崧，字其年，號迦陵，江蘇宜興（今江蘇省宜興縣）人。生於明熹宗天啓五年（1625），卒於清聖祖康熙二十年（1682），年五十八。天資穎悟，十歲，代祖作楊忠烈像贊。後與王士祿、士禎、宋實穎、計東等唱和，名益大噪，時有「江左三鳳凰」之目。補諸生，久不遇，因出遊，所至爭客之。性落拓，饋遺隨手盡，獨嗜書，雖舟車不輟。嘗由河南入都，與朱彝尊合刻一稿，名《朱陳村詞》。年過五十，薦應『博學鴻儒』科，試列一等。授翰林院檢討，與修《明史》。

維崧清臞多鬚，海內稱爲「陳髯」。爲文數千言立就，其散文亞於駢體；詩始爲雄麗跌宕，一變爲沈鬱，橫絕一世；詞至千八百首，尤凌厲光怪，變化若神，爲前此所未有。著有《湖海樓詩》八卷、《迦陵文集》十六卷，《詞》三十卷，及《兩晉南北史集珍》六卷。《清史》有傳。

板　本

本書板本有二：

一、清道光十一年六安晁氏活字本，見於《學海類編》。書首有序，並題「宜興陳維崧其年譔」。現藏國立中央圖書館、國立中央圖書館台灣分館、國立故宮博物院。

二、民國九年上海涵芬樓影印清六安晁氏版刻本。現藏國立中央研究院、國立台灣大學。

內　容

書凡一卷，所論有古今四六之法、四六之目、及結構、體式、格局等，俾後

學明四六之要也。

首舉古今四六之法。古法有四，引陳繹曾之說，別之爲：約事、分章、明意、屬辭。約事者，即芟繁易簡，汰蕪存精，使辭旨簡明。分章者，即分門別類，使事意明朗，無雜亂之感。明意者，發揮各段之意，使明白洞達，無晦澀之感。屬辭者，即四六聯辭之法。今法有三，一曰熟、二曰剪、三曰截。所謂熟者，即「用眾所共知之事，則人人耳熟而曉」。所謂剪者，即「兩句出處，各剪出本處，屬對字樣，以備采用」。所謂截者，即「以所剪屬字樣，截取其聲律，諧順語意，明白字樣，穩切者而用之」。剪截之後，復須有潤飾之功，其法有三，一曰融，二曰化，三曰串。所謂融者，即將所截所剪字樣，以神思融會之，使與題中本事相合。所謂化者，即以助語呼喚字化爲渾成之語，使古事與今意並行不悖。所謂串者，即使各聯各段之脈絡貫通。

次列四六之體，分台閣、通用、應用、唐體、宋體，各體皆列其目，如台閣有「詔、誥、表、牋、露布、檄、牒」。

次列四六之製，分起、承、中、過、結五段。起爲破題，承爲解題，中爲述德或作入事，過爲自敍或在述德之前，結爲述意。

次述各體作法，如詔云：「多用散文，亦有四六者，今代四六詔文赦書，多作三段，一破題，二入事，三戒勅或獎喻或獎勸。」

次則四六格局，分上渾成格、中精嚴格、下巧密格。

綜觀全書所述四六之法，類多粗疏，未能深切入理。《四庫提要》評之曰：「此書載《學海類編》中，取元陳繹曾《文說》中所論四六之法，割剝成編，頗爲淺陋，必非維崧之筆。」所評甚是。

《駢體文鈔》 （清）李兆洛編　譚獻評

作　者

李兆洛，字申耆，江蘇陽湖（今江蘇省武進縣東五十里）人。生於清高宗乾隆三十四年（1769），卒於宣宗道光二十一年（1841），年七十三。九歲爲制舉文，操筆立就。嘉慶十年（1805）進士，改翰林院庶吉士。散館，授安徽鳳臺縣知縣，轄境大治。旋丁父憂，遂不出。主江陰書院講席數十年，成材頗眾。兆洛工詩古文，精考證，尤好輿地之學。著有《養一齋文集》二十卷。又輯有《駢體文鈔》、《皇朝文典》、《大清一統輿地全圖》、《鳳臺縣志》、《地理韻編》、《舊言集初編》、《次編》、《廣編》等。《清史》有傳。

板　本

上海中華書局據康刻譚校本聚珍仿宋本，書首有吳育序、李兆洛序。現藏國立中央研究院、國立臺灣師範大學。

內　容

書凡三十一卷，錄秦至隋之文，分上、中、下三編。上編為廟堂之製，分十八類。中編為指事述意之作，分八類。下編為緣情託興之作，分五類。共分三十一類。每類之下，必選文以從之。每篇之首，輒有總評、小注。三十一類中，屬廟堂之製者，有銘刻、頌、雜颺頌、箴、諡諫哀策、詔書、策命、告祭、教令、策對、奏事、駁議、勸進、賀慶、荐達、陳謝、檄移、彈劾。屬指事述意之作者，有書、論、序、雜頌贊箴銘、碑記、墓碑、誌狀、誄祭。屬緣情託興之作者，有設辭、七、連珠、牋牘、雜文。是書以廟堂之製、指事述意之作、緣情託興之作，三種性質相異之文，分為三綱，統攝三十一類，誠為前所罕有。然有性質相類、名稱相同之文體，強為分別標類，分列二門者，如：廟堂之製門，列有頌、雜颺頌、箴三類；而於指事述意之作門，又有雜頌、贊、箴、銘。廟堂之製門內，列有諡諫哀策、告祭；而於指事述意之作門，又列有誄祭；廟堂之製門，列有銘刻；於指事述意之作門內，又列有碑記、墓碑。凡此皆有重牀叠屋之感，蓋其分類之疏也。至其選錄之文，應皆為駢體，屏棄散文；然考其所錄，並非駢體者，如詔書、策命類，所錄漢景帝、武帝等諸詔策，雖間有偶對，實非駢體；奏事類，如賈山〈至言〉、劉子政〈上災異封事〉、〈訟陳湯疏〉、匡衡〈上政治得失疏〉、揚子雲〈諫不受單于朝書〉、諸葛亮〈出師表〉，其間雖略用偶語，實皆為散體。以其所取，質之其書之命名，實有未符。李氏以為為文應奇偶迭用，故於是選，略取散體以示意。惟既主張奇偶迭用，則所選駢散比例，亦應並重，不能過於懸殊，今其所錄之散體，百不過二三，如此，謂即可收奇偶迭用之效乎？由是觀之，不論就其書之命名，就其選文標的言，兩者均為未可也。

綜觀是編，雖主奇偶迭用，考其去取之間，仍未出《文選》之範圍，而《文選》所采錄之文，較為整齊；《文鈔》所錄，則不免瑣碎。《文選》所錄，格調為高。《文鈔》所錄，頗多凡下之作，未足與之相提並論。然駢儷之文，自《文選》而後，作者雖眾，校其得失，要以李氏斯編為翹楚矣！

《四六叢話》　（清）孫梅輯

作　者

孫梅，字松友，號春浦，清烏程（今浙江省吳興縣）人。生卒年不詳。乾隆進士，官太平府同知。著有《四六叢話》、《舊言堂集》。《清史》無傳。

板　本

清光緒七年蘇州重刊本。書首有秦潮、阮元、程杲序、及孫梅自序，書末有許應鑠、陳廣寧跋。現藏國立中央研究院。

內　容

書凡三十三卷，含選二卷、騷一卷、賦二卷、制勅詔冊四卷、表三卷、章疏一卷、啓二卷、頌一卷、書一卷、碑誌一卷、判一卷、序記論各一卷、銘箴贊一卷、檄露布一卷、祭誄一卷、雜文一卷、談諧一卷、總論一卷、作家五卷。其後附選詩叢話一卷。是書倣本事之體，輯錄宋元以前諸家論說四六之言。於各體之前，必有敘說，以釋名章義，並詳其流變也。如釋啓云：「原夫囊封上達，宮廷披一德之文；尺素遙傳，懷袖實三年之字。下達上之謂表，此及彼之謂書；表以明君臣之誼，書以見朋友之悰，泰交之恩洽而表義顯，谷風之刺興而書致衰。若乃敬謹之忱，視表爲不足，明愼之旨，侔書爲有餘，則啓是也。」於敘說之後，則輯錄古今關乎該體之言，其中包羅甚廣，有釋其名者，有述其事者，有舉其作者，凡此種種，總名之「四六話」也。如卷四賦現引《釋名》云：「賦，敷也，敷布其義，謂之賦。」又引文彙信另論云：「賦者，敷陳之稱，古詩之流也。前世爲賦者，有孫卿、屈原，尙有古詩之義，至宋玉則多淫浮之病矣！楚辭之賦，賦之善者也，故楊子稱賦莫深於離騷，賈誼之作，則屈原儔也。」以上皆釋其名。又引《西京雜記》云：「公孫詭爲〈文鹿賦〉，其詞曰：麀鹿濯濯，來我槐庭，食我槐葉，懷我德聲。質如緗繻，文如素綦，呦呦相召，小雅之詩，歎邱山之比歲，逢梁王於一時」，此舉其作也。又引《唐國史補》云：「江左之亂，江陰尉鄒侍徵妻薄氏，爲盜所掠，密其夫官誥，託於村媼，而後死之。李華爲〈哀節婦賦〉，行於當代」，此述其本事也。

諸體之後，則錄古來四六作家，依次爲文選家、楚辭家、賦家、三國六朝諸家、唐四六家、宋四六家、元四六家。各家又依時代先後爲序，如：文選家有昭明太子蕭統、李善、李邕、呂延祚、蕭該、僧道淹、公孫羅、曹憲、康國安、許淹、孟利貞、卜長福、卜隱之、陳仁子、周明辨、常寶鼎、卜鄰、蘇易簡、王若等。各家生平，類多採自史傳，如：昭明太子蕭統傳云：「字德施，小字維摩，武帝長子也。生而聰叡，三歲受《孝經》《論語》，五歲徧讀五經，悉通諷誦。中大通三年薨，年三十一。所著文集二十一卷，文選三十卷。」（見《南史》）。不見諸史傳者，亦必據他書，如宋玉傳云：「集一卷，屈原傳言楚人宋玉、唐勒、景差之徒，蓋皆原之弟子也，而玉之辭賦獨傳，至以屈宋並稱於後世。案隋志集三卷，唐志二卷。今書乃《文選》及《古文苑》中錄出者，未必當時本也。」見《直齋

書錄解題》）。所錄文選家十九、楚辭家十九、賦家九十六、三國六朝八十七、唐五十八、宋七十六、元八家。

綜觀全書，雖博采群言，而能各歸其體。以諸體爲綱，各家論說爲目，故能綱舉目張，各得其所，使四六之旨，燦然可觀。末復舉四六諸家之傳，非僅知人論世，亦可得四六發展之跡也。

參考書目

1. 《唐宋八大家文鈔》，茅坤，清文淵閣《四庫全書》本（故宮）。
2. 《唐宋十大家全集錄》，儲欣，清刊本（師大）。
3. 《古文淵鑑》，徐乾學，清文淵閣《四庫全書》本（故宮）。
4. 《文章辨體》，吳訥，明嘉靖三十四年刊本（中圖）。
5. 《明文衡》，程敏政，明嘉靖六年盧煥重刊本（中圖）。
6. 《文編》，唐順之，明嘉靖間福州知府胡帛校刊本（中圖）。
7. 《文體明辨》，徐師曾，明萬曆十九年吳江刊本（中圖）。
8. 《文章辨體彙選》，賀復徵，清文淵閣《四庫全書》本（故宮）。
9. 《古文辭類纂》，姚鼐，清光緒廿七年刊本（師大）。
10. 《經史百家雜鈔》，曾國藩，中華書局。
11. 《精校古文筆法百篇》，李扶九，清光緒辛巳孟冬刊本（師大）。
12. 《評點史記》，歸有光，民國廿九年石印本（師大）。
13. 《文章指南》，歸有光，廣文書局。
14. 《文脈》，王文祿，明嘉靖原刊隆萬間增補本（中圖）。
15. 《文通》，朱荃宰，明天啓六年黃岡朱氏金陵刊本（中圖）。
16. 《瀾堂夕話》，張次仲，清光緒間吳江沈氏世楷堂刊本（中研院）。
17. 《夕堂永日緒論外編》，王夫之，清同治四年湘鄉曾國荃金陵刊本（故宮）。
18. 《續錦機》，劉青芝，清乾隆八年刊本（中研院）。
19. 《文談》，張秉直，清光緒十五年朝邑劉氏刊本（中研院）。
20. 《退庵論文》，梁章鉅，民國五年石印本（中圖）。
21. 《文毅》，丁晏，清咸豐間山陽丁氏清稿本（中圖）。
22. 《鳴原堂論文》，曾國藩，中華書局。
23. 《論文集要》，薛福成，民國五年石印本（中圖）。

24. 《文筆考》，阮福，藝文印書館《百部叢書集成》。

25. 《續文章緣起》，陳懋仁，清道光活字本（中圖）。

26. 《文原》宋濂，藝文印書館《百部叢書集成》。

27. 《文章一貫》，高琦，日本刊本（中研院）。

28. 《新鍥諸名家前後場肆業精訣》，李叔元，明萬曆三十三年建邑書林陳氏存德堂刊本（中圖）。

29. 《金石要例》，黃宗羲，清宣統至民國間上海國學扶輪社排印本（中研院）。

30. 《救文格論》，顧炎武，清宣統至民國間上海國學扶輪社排印本（中研院）。

31. 《伯子論文》，魏際瑞，民國五年石印本（中圖）。

32. 《日錄論文》，魏禧，民國五年石印本（中圖）。

33. 《掄元彙考》，汪潢，編者手稿本（中圖）。

34. 《論學三說》，黃與堅，藝文印書館《百部叢書集成》。

35. 《文頌》，馬榮祖，清道光中吳江沈氏世楷堂刊本（中研院）。

36. 《西圃文說》，田同之，清康熙乾隆間刊本（中研院）。

37. 《論文偶記》，劉大櫆，清道光咸豐間宜黃氏木活字排印本（中研院）。

38. 《仁在堂論文》，路德，清光緒間蛟川張氏花雨樓刊本（中研院）。

39. 《四書文法摘要》，李元春，清道光十五年朝邑劉氏刊本（中研院）。

40. 《論文章本原》，方宗誠，清光緒四年志學堂家刊本（中圖）。

41. 《論文蒭說》，朱景昭，民國廿二年石印本（中研院）。

42. 《文評》，王世貞，藝文印書館《百部叢書集成》。

43. 《文章薪火》，方以智，民國五年石印本（中圖）。

44. 《呂子評語餘編》，呂留良，清康熙五十五年楚邵車氏刊本（中圖）。

45. 《論文四則》，楊繩武，清光緒間吳江沈氏世楷堂刊本（中研院）。

46. 《經書巵言》，范泰恆，清光緒間吳江沈氏世楷堂刊本（中研院）。

47. 《初月樓古文緒論》，吳德旋，民國五年石印本（中圖）。

48. 《讀文雜記》，方宗誠，清光緒四年志學堂家刊本（中圖）。

49. 《文概》，劉熙載，廣文書局。

50. 《四六金鍼》，陳維崧，學海類編。

51. 《駢體文鈔》，李兆洛，上海中華書局據康刻譚校聚珍仿宋本（師大）。

52. 《四六叢話》，孫梅，清光緒七年蘇州重刊本（中研院）

53. 《尚書》，藝文印書館《十三經注疏本》。

54. 《左傳》，藝文印書館《十三經注疏本》。

55. 《公羊傳》，藝文印書館《十三經注疏本》。

56. 《穀梁傳》，藝文印書館《十三經注疏本》。

57. 《論語》，藝文印書館《十三經注疏本》。

58. 《孟子》，藝文印書館《十三經注疏本》。

59. 《明史列傳》，徐乾學，學生書局。

60. 《清史列傳》，中華書局。

61. 《碑傳集》，錢儀吉，文海出版社。

62. 《續碑傳集》，繆荃孫，文海出版社。

63. 《國朝耆舊獻徵初稿》，李桓，文海出版社。

64. 《清代學者象傳》，番禺葉氏，文海出版社。

65. 《清代七百名人傳》，蔡可園，廣文書局。

66. 《中國人名大辭典》，臧勵龢，商務印書館。

67. 《中國文學家大辭典》，譚正璧，河洛圖書出版社。

68. 《明人傳記資料索引》，國立中央圖書館。

69. 《三十三種清代傳記資料綜合引得》，楊家駱，鼎文書局。

70. 《歷代名人年里生卒年表》，梁廷燦，商務印書館。

71. 《歷代人物年里碑傳綜表》，姜亮夫，華世出版社。

72. 《明清儒家著述生卒年表》，麥仲貴，學生書局。

73. 《中國古今地名大辭典》，臧勵龢，商務印書館。

74. 《中國歷代地名要覽》，青山定雄，洪氏出版社。

75. 《歷代職官表》，黃本驥，洪氏出版社。

76. 《中國歷史紀年表》，華世出版社。

77. 《書目類編》，嚴靈峰，成文出版社。

78. 《叢書子目類編》，楊家駱，中國學典館復館籌備處 中國文化學院

79. 《四庫全書總目提要》，紀昀，藝文印書館。

80. 《續修四庫全書總目提要》，王雲五，商務印書館。

81. 《台灣公藏善本書目書名索引》，國立中央圖書館。

82. 《台灣公藏普通本線裝書目書名索引》，國立中央圖書館。

83. 《台灣各圖書館現存叢書子目索引》，王寶先，中文研究資料中心。

84. 《清人文集篇目分類索引》，王有三，台聯國風出版社。

85. 《清人文集別錄》，張舜徽，明文書局。

86. 《中國歷代文論選》，木鐸出版社。

87. 《箋註文論輯要》，廣文書局。

88. 《十駕齋養新錄》，錢大昕，廣文書局。

89. 《文史通義》，章學誠，華世出版社。
90. 《昭明文選》，蕭統，華正書局。
91. 《韓昌黎文集校注》，馬其昶，世界書局。
92. 《柳河東集》，柳宗元，河洛圖書出版社。
93. 《歐陽修文集》，歐陽修，河洛圖書出版社。
94. 《臨川先生文集》，王安石，華正書局。
95. 《蘇東坡全集》，蘇軾，河洛圖書出版社。
96. 《古文關鍵》，呂祖謙，廣文書局。
97. 《文則》，陳騤，莊嚴出版社。
98. 《文章精義》，李塗，莊嚴出版社。
99. 《文體明辨序說》，徐師曾，長安出版社。
100. 《文章辨體序說》，吳訥，長安出版社。
101. 《涵芬樓文談》，吳曾祺，商務印書館。
102. 《畏廬論文》，林紓，文津出版社。
103. 《文學研究法》，姚永樸，廣文書局。
104. 《文學研究法》，郭象升，正中書局。
105. 《古文辭通義》，王葆心，中華書局。
106. 《古文通論》，金仞千，馮書耕，中華叢書編審委員會。
107. 《國文學》，姚永樸，廣文書局。
108. 《文說》，劉師培，廣文書局。
109. 《文體論》，薛鳳昌，商務印書館。
110. 《文體論纂要》，蔣伯潛，正中書局。
111. 《文論講疏》，許文雨，正中書局。
112. 《文論》，鍾應梅，學生書局。
113. 《中國文學論集》，徐復觀，學生書局。
114. 《中國文話文論與詩學》，程兆熊，學生書局。
115. 《文心雕龍注》，范文瀾，明倫書局。
116 《文心雕龍研究》，王更生，文史哲出版社。
117 《文心雕龍與詩品研究》，莊嚴出版社。
118. 《明代文學批評資料彙編》，葉慶炳，邵紅，成文出版社。
119. 《清代文學批評資料彙編》，吳宏一，葉慶炳，成文出版社。
120. 《明清文學批評》，張健，國家書店。
121. 《清代文學評論史》，青木正兒，開明書店。

122. 《中國文學批評史》，郭紹虞，盤庚出版社。

123. 《中國文藝思潮史》，郭紹虞，宏政出版社。

124. 《中國文學批評史》，羅根澤，學海出版社。

125. 《中國文學批評史》，陳鍾凡，龍泉書屋。

126. 《中國文學批評史大綱》，朱東潤，開明書店。

127. 《中國文學批評》，方孝岳，清流出版社。

128. 《中國文學批評家與文學批評》，朱東潤，學生書局。

129. 《中國大文學史》，謝无量，中華書局。

130. 《中國文學發展史》，劉大杰，華正書局。

131. 《中國文學史論集》，張其昀，中華文化事業出版委員會。

132. 《中國文學史初稿》，黃錦鋐等，石門圖書公司。

133. 《中國文學史論》，華仲麐，開明書店。

134. 《中國文學論》，劉麟生，清流出版社。

135. 《中國散文史》，陳柱，商務印書館。

136. 《中國散文論》，方孝岳，清流出版社。

137. 《中國駢文史》，劉麟生，商務印書館。

138. 《兩宋文話述評》，劉懋君，東吳大學碩士論文。

139. 《歷代詞話敘述》，王熙元，中華書局。